W0052849

hänssler

LYDIA BUKSBAZEN

Und immer siegt die Liebe

ISBN 3-7751-2792-5

© Copyright der amerikanischen Ausgabe 1995 by The Friends of Israel Gospel
Ministries, Inc. Bellmawr, NJ 08099
Originaltitel: They looked for a City
Übersetzt von Marlis Stubenitzky

hänssler-Paperback
Bestell-Nr. 392.792

© Copyright der deutschen Ausgabe 1998 by Hänssler-Verlag, Neuhausen-Stuttgart
Umschlagfoto: Ullstein-Bilderdienst, Berlin
Umschlaggestaltung: Martina Stadler
Druck und Bindung: Ebner Ulm
Printed in Germany

Zur Erinnerung an

meine Mutter

»Ich danke meinem Gott allezeit,
wenn ich deiner gedenke.«
(Philemon 4)

Vorwort

Dieses Buch zu schreiben, ist für mich die Erfüllung des lange gehegten Wunsches, die Geschichte meiner Familie vom Ende des 19. Jahrhunderts bis zum Zweiten Weltkrieg schriftlich festzuhalten. *Sie suchten die Stadt* ist die Saga einer jüdisch-christlichen Familie, die allen Stürmen des politischen und persönlichen Lebens ausgesetzt ist und doch nach jeder bedrohlichen Wasserwoge wieder an der Oberfläche auftaucht – wie getragen von der Hand eines gütigen Gottes und von der Kraft ihres Glaubens. Es erzählt von der Pilgerfahrt von Menschen, die doppelt gebrandmarkt und doppelt privilegiert sind: durch ihr Judentum und durch ihren Glauben an Jesus, den Messias Israels.

Im Zentrum dieser Familienchronik steht meine geliebte Mutter Yente, denn für mich verkörpert sie etwas Besonderes und Kostbares: das Wesen einer jüdischen Mutter und den starken Einfluss ihres Glaubens auf ihre Familie und alle, die mit ihr zu tun hatten. Sie war im wahrsten Sinne eine Tochter Abrahams, nicht nur der natürlichen Abstammung nach, sondern auch durch ihren Glauben; denn wie der Erzvater ihres Volkes suchte auch sie »die Stadt, die einen festen Grund hat, deren Baumeister und Schöpfer Gott ist« (Hebr 11, 10). Ihr Leben war erfüllt und durchdrungen vom Geist ihres Herrn und segensreich für viele. Ich hoffe aufrichtig, dass die Geschichte dieses bunten, ereignisreichen Lebens sich auch jetzt noch hilfreich und ermutigend erweist für die Menschen, die ihr durch dieses Buch begegnen.

Jetzt hat Yente endlich die ersehnte herrliche Stadt erreicht, nach ihrem geliebten Sohn, meinem Bruder Jacob, und vor ihrem lebenslangen Weggefährten, meinem Vater Benjamin. Ich bete darum, dass die von uns, die noch auf der Reise sind, sie zur bestimmten Zeit in der Stadt wiedersehen, die keine Tränen kennt und von der Gegenwart Jesu, unseres Retters, erleuchtet wird.

Kommen Sie mit mir, liebe Leserin, lieber Leser, in eine fremde, vergangene Welt: in das zaristische Russland, das Polen und Deutschland einer vergangenen Generation. Millionen Juden ha-

7

ben hier gelebt, gelitten, geträumt und gehofft, Millionen sind hier umgekommen. Das war eine faszinierende Welt, bestimmt von den uralten Gebräuchen und Traditionen der Juden und von außen geprägt vom ständigen Druck einer feindlichen und manchmal tödlichen Umgebung.

Kommen Sie mit nach Holland, und dann begegnen Sie dem englischen Volk, wie es finster entschlossen den Schrecken zweier verheerender Weltkriege trotzt. Sie werden Menschenmassen und Einzelpersonen begegnen, manche von ihnen freundlich, großherzig und liebenswürdig – Menschen, wie Gott sie prägt. Aber da sind auch andere: die Harten, Herzlosen, vollkommen Rücksichtslosen.

All diese Menschen haben eines gemeinsam: Sie sind keine erdichteten literarischen Gestalten, sondern wirkliche Personen. Ihre Lebensgeschichte ist kein Produkt einer erfinderischen Phantasie; sie ist real. Hier treffen menschliche Grausamkeit und Brutalität direkt auf die Lebenshaltung, die Christus zeigt, und auf den Glauben, der Berge versetzt und alle Hindernisse überwindet. Die Geschichte ist so seltsam, dass niemand sie ausdenken würde, und ich hoffe wirklich, dass sie manchem hilft.

Den Hintergrund dieses vielfarbigen Gemäldes bilden die ungewöhnlichen und manchmal atemberaubenden Erlebnisse meines eigenen Volkes.

Sie suchten die Stadt wäre niemals angefangen worden, wenn mich nicht mein lieber Mann Victor Buksbazen so liebevoll und klug unterstützt hätte. Er hat mich ständig ermutigt und mir mit seiner eigenen schriftstellerischen Begabung unermüdlich geholfen, jedes Kapitel bearbeitet und korrigiert. Seine einzigartige Kenntnis und tiefe Einsicht in Leben, Denken und Geschichte der Juden haben dieses Buch in vielen Punkten bereichert.

Dieses Buch erzählt, wie christlicher Glaube sich im Leben von Menschen auswirken kann, wie es David, der große Dichter der Israeliten, einst so schön beschrieben hat: »Die auf den Herrn hoffen, werden nicht fallen, sondern ewig bleiben wie der Berg Zion« (Ps 125, 1).

8

Inhalt

1. Jakob und Rachel

Jakob Glaser war ein russischer Jude. Mitte des 19. Jahrhunderts wurde er als Kind verschleppt und zum Militärdienst in der Armee des Zaren gezwungen. Den größten Teil seines Lebens, ungefähr 25 Jahre lang, diente er in der russischen Armee. Er hatte ein schweres und aufregendes Leben – wechselvoll und kurz. Wohin ihn der Kriegsdienst auch verschlug, seine treue Frau Rachel, seine drei Töchter und sein Sohn begleiteten ihn. Die Kinder wurden irgendwo in den Wohnquartieren verschiedener russischer Garnisonen in den kaukasischen Bergen geboren. Seine ganze Lebensweise war die eines typischen russischen Soldaten. Sogar sein Aussehen war russisch: groß, blond, blauäugig und grobknochig, ungewöhnlich für einen Juden. Er lebte in einer heidnischen Welt, aber immer wünschte er sich, in eine jüdische Umgebung zurückzukehren und sein Leben als Jude unter Juden abzuschließen. Eine seltsame Angst trieb ihn um, seinem Volk verloren zu gehen und unter Fremden zu sterben. Seine Frau, eine fromme Jüdin und liebevolle Mutter und Ehefrau, ertrug das schwere und unstete Leben, ohne zu klagen. Überall, wohin der Kriegsdienst sie versetzte, versuchte sie es ihrer Familie angenehm zu machen, aber sie vermisste das religiöse Leben, das eine fromme Jüdin für ihre Familie erstrebt.

Da kam es, dass Jakob seine Familie in die kleine Stadt Siedlce brachte, eine Garnisonstadt im russischen Teil Polens, etwa 80 km von der Hauptstadt Warschau entfernt. Dort ließen sie sich in einem bescheidenen Häuschen nieder und versuchten, heimisch zu werden; sie hatten das Reisen satt und freuten sich bei dem Gedanken, dass ihre Wanderschaft endlich aufgehört hatte und dass die neue Umgebung ihnen erlaubte, ein normales Leben mit Gottesdienst in der Synagoge, Unterricht für die Kinder und einem freien Tag am Sabbat zu führen.

Aber nicht viel von diesen Träumen wurde wahr. Jakob, der durch den langjährigen Kriegsdienst geschwächt war, fiel einer Seuche zum Opfer, die Hunderte dahinraffte. So übernahm Rachel Glaser die Aufgabe, ihren vier kleinen Kindern Vater und Mutter zu sein.

Ihr Hauptziel war es, ihren Sohn Mottel (die Kurzform für Mordechai) ein Handwerk lernen zu lassen. Mehr als alles andere fürchtete sie, er könnte den Fußtapfen seines Vaters folgen, in die russische Armee eintreten und dort das gleiche Leben führen, das seinem Vater den frühen Tod gebracht hatte. Tapfer kämpfte sie um die notwendigste Ausbildung für ihre Kinder, denn damals war Bildung ein Luxus, den sich nur die Reichen leisten konnten.

Brutale Kosaken

In dieser Zeit war die Stimmung im russischen Teil Polens sehr gereizt. Seit über hundert Jahren war Polen unter die drei herrschenden Mächte der damaligen Zeit aufgeteilt – Russland, Deutschland und Österreich – und wurde von seinen mächtigen Nachbarn ausgeplündert. Die Polen waren Patrioten bis zur Selbstvernichtung und kämpften immer wieder gegen die Russen und die anderen Besatzer. Diese Aufstände wurden unbarmherzig niedergeschlagen, viele Polen wurden getötet und Tausende in das gefürchtete Sibirien deportiert. Um den polnischen Rebellen und der aufsässigen Bevölkerung Angst einzujagen, gab man der russischen Polizei und den Kosaken freie Hand. Natürlich waren die Juden wie gewöhnlich die Leidtragenden. Nach dem alten Rezept »Teile und herrsche« stachelten die Russen die Polen gegen die Juden auf, um von sich selbst abzulenken. Die unglücklichen und enttäuschten Polen ließen ihre Wut an den wehrlosen Juden aus. Es gab oft Verfolgungen, die die Russen angezettelt hatten.

In dieser Zeit kamen auch die Kosaken auf ihren schnellen, feurigen Pferden, die sie aus der Steppe mitbrachten. Wie ein Blitz aus heiterem Himmel überfielen sie wehr- und ahnungslose Leute, schwangen ihre *Nahaikas* (geflochtene lederne Peitschenriemen) oder schlugen in den Straßen der polnischen Dörfer und Städte unkontrolliert mit ihren Säbeln um sich.

Ein Jude in seinem traditionellen langen Mantel, mit Schläfenlocken und der Samtkappe, die die Frommen tragen, war dafür besonders beliebt. Wie Jäger über ihre Beute fielen die Kosaken

11

über die Juden her, und ihre Pferde trampelten jeden nieder, der ihnen in den Weg kam.

Zu Tode getrampelt

Ein solcher Überfall einer Kosakenabteilung auf die jüdische Bevölkerung von Siedlce überraschte Rachel und zwei ihrer Töchter auf der Straße. Als Rachel den kosakischen Reiter auf sich zukommen sah, handelte sie sofort. Sie warf sich zwischen den Kosaken und ihre Töchter, fing so die Schläge des Peitschenriemens ab und wurde von dem gereizten Pferd an den Kopf getreten. Die beiden Mädchen brachten ihre Mutter blutend und zerschlagen nach Hause, und nach mehreren Wochen erlag sie schließlich einer Gehirnverletzung und anschließenden Lähmung. So starb diese tapfere und opferbereite jüdische Frau, die es sich zum Ziel gesetzt hatte, Gott zu dienen, so gut sie konnte, und ihrer Familie ein Heim zu geben und für sie zu sorgen.

Sarah war die älteste Tochter. Sie war schon immer die rechte Hand ihrer Mutter gewesen. Seit Rachel Geld verdiente, hatte sie im Haus ihre Stelle eingenommen und sie, wenn Rachel krank war, am Arbeitsplatz vertreten. Sarah war still, unauffällig und liebte ihre drei jüngeren Geschwister leidenschaftlich, und sie war realistisch und plante gern. Mottel, das zweite Kind, hatte jetzt seine Lehre in der Schuhfabrik abgeschlossen und konnte in die Welt hinausgehen und seinen Unterhalt selbst verdienen. Später heiratete er und zog mit Frau und Kindern nach Südamerika. Viele junge Ehemänner träumten von einem solchen Abenteuer, aber nur wenige hatten den Mut und das Geld, es wirklich zu unternehmen.

Yente mit dem goldenen Haar

Das zweite Mädchen war Yente: goldblond, hellhäutig und mit blauen Augen. Sie war der Stolz der Familie. In der kleinen Stadt Siedlce war sie berühmt für ihre auffallende Schönheit; aber

12

zugleich hatte sie einen starken Charakter und ein energisches, aktives Temperament.

Sie war der Sonnenschein der kleinen Familie. Trotz des täglichen Kampfes ums Überleben sah sie immer die Sonnenseite des Lebens und ließ auch andere an der seltenen Gabe teilhaben, alles, was auf sie zukam, lächelnd anzunehmen, sei es Freude oder Leid. Yente war ehrgeizig. Wie ihre Mutter träumte sie schon früh von einem Leben ohne die tägliche Angst vor Hunger und Schwierigkeiten. Sie arbeitete viel und hielt sich am liebsten draußen auf.

Wenn es warm war, schlief sie im Hinterhof oder auf der Wiese des Nachbarn. Noch vor der Morgendämmerung stand sie auf, wusch sich in dem eiskalten Bach, der durch die Wiese floss, sammelte Feuerholz und holte Wasser für den Haushalt. Das Leben damals in Polen war wirklich sehr primitiv, aber an Yentes glatter weißer Haut war keine Spur von Rauheit zu sehen, und ihr junges Gesicht zeigte keine Zeichen von Anstrengung.

Sie liebte Kinder und wurde das Kindermädchen für den ganzen Ort. Immer wenn es möglich war (und das war oft), entlastete sie die Mütter im Ort, indem sie ihre kleinen Kinder mit in den Wald nahm, um Beeren und Nüsse zu sammeln. Wenn sie die Kinder zurückbrachte, wurde sie meist zum Essen eingeladen; das nahm sie gern an als Lohn für das Aufpassen auf die Kinder. Zur Erntezeit bot sie den Bauern ihre Dienste beim Ernten der Feldfrüchte an; auch dabei konnte sie draußen an der frischen Luft sein, die für sie Leben bedeutete. Ihre Mittagsmahlzeit bestand meist aus Brot, Milch und frischem Obst.

Der Tod ihrer Mutter, die sie über alles liebte, traf sie hart und machte ihr zum ersten Mal den Ernst des Lebens bewusst.

Die jüngste Schwester, Dora, war noch nicht zehn Jahre alt und völlig auf die Hilfe ihrer älteren Schwestern angewiesen.

Mit der Zeit wurde es Sarah immer klarer, dass es in der kleinen Stadt Siedlce keine Zukunft für sie gab. Unmöglich konnten die drei Mädchen allein in dieser Garnisonstadt bleiben, Tausenden von Soldaten ausgeliefert, die von früh bis spät durch die Straßen marschierten. Die Verantwortung für ihre Schwestern belastete Sarah schwer, und so beschloss sie, mit ihnen in die Hauptstadt

Warschau zu ziehen und dort im Ghetto unter den eigenen jüdischen Volksgenossen Arbeit zu suchen. In der großen Stadt würden sie viel sicherer sein als in Siedlce, und es würde mehr Arbeitsmöglichkeiten geben.

2. Die große Stadt

Es war Frühling 1896. Die Mädchen hatten den großen Tag ihrer Abreise festgesetzt. Für ihre Nachbarn und Freunde war es unbegreiflich, dass die Schwestern Glaser ihre wenigen Habseligkeiten packten und die kleine Stadt verließen, in der alle sie kannten und liebten.

Anfangs versuchten ihre Freunde sie von ihrem Plan abzubringen und wiesen auf die Gefahren hin, denen junge Mädchen ausgesetzt sind, wenn sie sich allein in einer so riesigen Stadt wie Warschau aufhalten. Manche sagten sogar, sie würden ihr letztes Stück Brot mit ihnen teilen, wenn sie nur dablieben. Aber Sarah ließ sich dadurch nicht umstimmen.

Yente, ein blühendes dreizehnjähriges Mädchen und für ihr Alter ziemlich reif, war bewegt von den Sorgen der Nachbarn und vor allem von den Bitten der befreundeten Kinder, die sie sehr liebten. Es fiel ihr schwer, sich von diesen Kindern zu trennen, die ihr so viel bedeuteten. Und dann die Felder und Obstgärten – jedes Fleckchen war ihr lieb und vertraut, und der Bach, der durch die Wiese floss, schien zu sagen: *Bleib hier, bleib hier. Ich will dich erfrischen, ich will für dich singen, hier wirst du glücklich sein.* An warmen Sommerabenden hatte sie viele Stunden an diesem Bach gesessen. Sie hatte sich wie im Spiegel gesehen, wenn sie da saß und ihre Füße in dem kühlen Wasser baumeln ließ, das sie erfrischte wie Tau vom Himmel – mit dem Bach fühlte sie sich besonders verbunden.

Sie fragte sich, wie sie wohl in der großen Stadt leben könne, wo es weder Wiesen und wilde Blumen noch einen Bach gab. Sie dachte an ihre Mutter, die sie so sehr geliebt hatte – mit wie viel Geduld hatte sie sich für ihre Kinder abgemüht! Und sie hatte sie gelehrt, Gott zu fürchten und zu lieben. Nie mehr würde sie sich in ihre Arme kuscheln und spüren, wie sie ihre langen Zöpfe streichelte, und sie sagen hören: »Mein Kind, nicht was Menschen machen, gibt uns Freude. Nur was unser großer Gott uns gegeben hat, das sollen wir achten und uns daran freuen.« Rachel war eine einfache, aber fromme Frau gewesen. Ihr Wissen von Gott prägte

15

ihr ganzes Wesen. »Kinder«, hatte sie oft gesagt, »denkt an euren Schöpfer und ehrt ihn. Seid nie zu müde oder zu sehr in Eile, um Gott zu geben, was ihm zusteht.« Dieser einfache Glaube prägte nun auch das Denken und Fühlen ihrer Kinder. Jetzt sollte Yente den Ort verlassen, wo ihre geliebte Mutter begraben war. Wäre das treulos gegen ihr Andenken? Nie mehr würde sie den »ewigen Ort« besuchen können, wie die Juden den Friedhof nannten, wo ihr Vater und ihre Mutter nebeneinander lagen. Bei dem Gedanken weinte sie.

Für ein Mädchen in ihrem Alter war sie sehr empfindsam, und eine Welle der Einsamkeit überkam sie. Aber Sarah gab nicht nach und überzeugte sie schließlich.

Im polnischen Zug

Endlich, nach traurigem Abschiednehmen, kam der Tag, und die Mädchen bestiegen den langsamen Zug, der sie nach Warschau bringen sollte. Die Reise war so langwierig, dass sie ihnen endlos vorkam. Die Wagen waren voll mit Bauernfamilien, die von einer Stadt in die nächste fuhren, um ihre Produkte auf dem Markt zu verkaufen. Manche Frauen trugen riesige Milchkannen auf dem Rücken, die sie mit grobem Stoff um die Schultern festgebunden hatten. Manche trugen Körbe mit Eiern und Milchprodukten oder mit gackernden Hühnern. Sie aßen gemeinsam schweres Schwarzbrot und mit Knoblauch gewürzte Schweinewurst, die die jüdischen Mitfahrer mit Ekel betrachteten oder sogar wegschauten – so abscheulich war sie ihnen.

Die Juden fuhren in die große Stadt, um Verwandte zu besuchen, Waren für ihre kleinen Läden einzukaufen, Arbeit zu suchen, auch um die großen Rabbis zu sehen oder in den berühmten Talmudschulen zu studieren, die es dort im Überfluss gab.

Manchmal versteckten sich Leute, die das nötige Fahrgeld nicht hatten, unter den Holzbänken, und die Frauen breiteten hilfsbereit ihre weiten Röcke darüber. Die Schaffner kannten solche Tricks gewöhnlich und fanden sie; aber mit zehn Kopeken war die Sache erledigt, jedenfalls so lange, bis das Zugpersonal wechselte.

16

Sarah und ihre Schwestern sahen durch die Fenster, wie fruchtbare Felder mit schwarzer Erde vorbeizugleiten schienen – Felder, die eine reiche Ernte versprachen. Der Roggen stand grün und kräftig und ebenso der Weizen. Kartoffelpflänzchen waren schon zu sehen, und dazwischen gab es Kleefelder, ein wertvolles Futter für Pferde und Rinder.

Im Warschauer Ghetto

Nach vielen Stunden Fahrt sahen sie schließlich staunend den großen Warschauer Bahnhof vor sich. Das neue Erlebnis der großen Stadt nahm die Mädchen ganz in Anspruch. Die vielen Gaslaternen (unbekannt in den düsteren und schmutzigen Straßen von Siedlce), der Lärm der Pferdedroschken, die auf eisenbeschlagenen Rädern über das Straßenpflaster ratterten, das Klingeln und Klimpern der leichteren Pferdewagen, die sperrigen, von großen Pferden gezogenen Lastwagen, das hektische Treiben der unübersehbaren Menschenmassen, die eilig ihrer Arbeit nachgingen oder einfach ziellos umherschlenderten, die großen Geschäfte mit den verschiedensten Kleidern und anderen Luxuswaren in den Schaufenstern, die diese Bauernmädchen noch nie gesehen hatten – all das machte sie ganz benommen und ängstlich. In dieser fremden, überwältigenden neuen Welt fühlten sie sich verloren.

Zum Glück nahm eine Freundin von Sarah sie mit zu einem kleinen Zimmer im jüdischen Viertel, das sie nach langem Suchen für sie hatte mieten können. Jetzt waren sie mitten im jüdischen Ghetto und damit im eigentlichen Zentrum des europäischen Judentums. Die Straßen um sie her waren belebt von Juden, und all diese Juden machten einen so vornehmen Eindruck.

Die meisten Männer trugen lange schwarze Kaftane und merkwürdige kleine schwarze Kappen aus Tuch oder aus glänzend schwarzem Samt, wenn es sich um besonders Fromme handelte. Sie hatten dekorative Schläfenlocken, wallende Bärte und träumerisch-traurige Augen. 19 Jahrhunderte Leiden und Verbannung schienen aus diesem tragischen Blick zu sprechen. Hier und da sah man

17

einen Juden in großer Eile, der seinen *Taless* (Gebetsumhang) und die *Phylakterien* bei sich trug, die man beim Morgengottesdienst gebraucht. Er beeilte sich, in der *Schul* (der Synagoge) den *Minjen* voll zu machen: die Anzahl von zehn Juden, ohne die kein öffentlicher Gottesdienst stattfindet. Sonst müsste er allein beten, und das wäre lange nicht so verdienstvoll wie die Teilnahme am Gebet eines *Minjen*. Ab und zu sah man jüdische Jungen, deren fein geschnittene Züge noch durch Unterernährung und Armut betont wurden; wenn sie herumsprangen, wie Jungen es so tun, sah man unter ihren langen schwarzen Mänteln den *Taless kotten*, den vierzipfligen Umhang mit langen Quasten, der das Zeichen der Rechtgläubigkeit ist.

Schon bald merkten die Mädchen, dass sie sich hier sicherer fühlen konnten als in der Garnisonstadt Siedlce, wo die häufig betrunkenen russischen Soldaten sich oft grauenhaft und beleidigend benahmen. *Sicher*, dachte Yente, *würde Mutter den Umzug richtig finden*, und der Gedanke tröstete sie. Hier würde sie arbeiten und Geld verdienen.

Sarah hatte schon Arbeit in einer Kürschnerwerkstatt, wo sie Pelzmützen herstellte, und auch Yente wollte dieses Handwerk lernen. Sarah hatte die Absicht gehabt, den Lebensunterhalt für ihre beiden jüngeren Schwestern zu verdienen, bis sie alt genug wären, um selbst für sich zu sorgen, aber Yente bestand darauf, gleich zu arbeiten. So gab Sarah sie ungewöhnlicherweise zu einem nichtjüdischen Kürschner in die Lehre. Er hatte mehrere Kinder, und Yente sollte einen Teil der Zeit für die Kinder sorgen und in der übrigen Zeit das Handwerk lernen.

Das ging gut bis zum Zahltag; Yentes Chef war ein unzuverlässiger Mensch, er hielt für seine jüdischen Arbeiter keinen Sabbat und für sich selbst keinen Sonntag ein und vertrank sein Einkommen. Am Zahltag erklärte er seinen Arbeitern seelenruhig, sie bekämen ihr Geld erst, wenn der nächste Schub Arbeit fertig sei. Das gefiel Sarah gar nicht, und sie ließ Yente zu Hause den Haushalt betreuen, bis sich eine günstigere Gelegenheit böte. Sarah arbeitete schwer, oft 16 Stunden am Tag oder noch mehr, kümmerte sich um ihre Schwestern und behütete sie wie eine Mutter.

18

Jede Woche brachte sie neuen Stoff mit nach Hause, denn sie hatten nur sehr wenig Kleidung. Sie blieb abends stundenlang auf und nähte mit Yentes Hilfe für sie alle, bis sie sich schließlich mit anderen Mädchen sehen lassen konnten, ohne sich zu schäbig zu fühlen. Sie beauftragte sogar eine Oberschülerin, zweimal in der Woche zu kommen und ihre Schwestern zu unterrichten. Sie hoffte, diese hätten so später dann bessere Möglichkeiten, ihren Lebensunterhalt zu verdienen. Als Yente 15 Jahre alt war, arbeitete sie mit Sarah in derselben Werkstatt als Lehrling und trug mit ihrem Verdienst zur Erhaltung des kleinen Ein-Zimmer-Haushalts bei. Wenn sie ihre geringen Einkünfte zusammentaten, konnten sie gerade davon leben.

Im Trubel des Stadtlebens rückte die Vergangenheit bald weit in die Ferne. Das neue Leben verdrängte das alte. Yente war glücklich, dass sie endlich arbeiten und die finanzielle Verantwortung mit ihrer Schwester teilen konnte. Sie sparten viele Monate, und dann ließ Sarah an Yente Maß nehmen und ihr von einem Schneider das erste wirklich elegante Kleid ihres Lebens machen – und ihre Freude war vollkommen.

Ein Sabbat

Jede Woche feierten die Mädchen den Sabbat, wie sie es von ihrer Mutter gelernt hatten. Am Freitagnachmittag, wenn die Arbeit für die Woche beendet war, putzten und wuschen sie und räumten ihre Wohnung auf, damit sie richtig festlich aussah. Sie legten ein weißes Tischtuch auf den Tisch, und Sarah, die jetzt das Haupt der Familie war, zündete kurz nach Sonnenuntergang die Sabbatlichter an, genau wie ihre Mutter es früher getan hatte. Dann bedeckte sie ihr Gesicht mit den Händen und betete still ein Gebet der Hingabe an den Gott Abrahams, Isaaks und Jakobs. Dabei dachte sie daran, wie Rachel so viele Jahre lang dasselbe getan hatte, schon als ihr Mann noch lebte und später, als sie Witwe war, und bei der Erinnerung an ihre geliebte Mutter liefen Tränen durch ihre Finger.

Dann lasen die Mädchen die kurzen Gebete aus dem Gebetbuch, die für Frauen am Sabbat bestimmt waren. Sie brauchten nicht zur Synagoge zu gehen, denn diese Aufgabe war den Männern vorbehalten. Diese dankten Gott täglich für dieses Vorrecht mit den Worten: »Gelobt seist du, Gott unser Vater, der du mich nicht als Frau geschaffen hast.«

Der Duft der Sabbatgerichte erfüllte die kleine Wohnung. Es gab »gefilte Fisch« aus dem gehackten Fleisch frischer Flussfische wie Karpfen, Barsch und Hecht, kräftig gewürzt mit vielen Zwiebeln, Salz, Pfeffer und Zucker und mit Eigelb zusammengehalten. Sie hoben die Fischhaut auf, füllten sie mit der fertigen Fischmischung und sotten sie mit Gemüse in Wasser. Der Geruch, der für jüdische Nasen und auch für manche ihrer nichtjüdischen Nachbarn so viel bedeutet, erfüllte freitagnachmittags ihre Wohnung und die ganze Nachbarschaft.

Dann gab es ein Huhn, das koscher zubereitet war: eine ganze Stunde lang in Wasser eingeweicht und dann eine halbe Stunde mit Salz bedeckt, damit kein Blut darin blieb, denn Gott hat seinem Volk verboten, etwas vom Blut geschlachteter Tiere zu sich zu nehmen.

Auf dem Sabbatttisch stand auch *Chale*, ein oval geformtes Brot mit Ei und Zucker und mit glänzend brauner Kruste.

Nach den Gebeten wuschen sich die Mädchen nach dem Gesetz ihrer Vorfahren die Hände, indem sie aus einem Literkrug dreimal Wasser auf ihre geballten Fäuste gossen, erst auf die linke und dann auf die rechte Hand. Dann trockneten sie die Hände ab, sprachen das vorgesehene Gebet, setzten sich an den Tisch, dankten für das Brot und tranken den *Kidusch*-Wein (den geweihten Wein). Erst dann fingen sie mit der Mahlzeit an. Sie empfanden Freude und Stolz, dass sie sich ein unabhängiges Leben verdienen konnten, aber in ihrem Inneren blieb eine tiefe, verzehrende Einsamkeit. Sie waren drei Waisenmädchen, die versuchten, sich in einer fremden Welt tapfer zu zeigen.

An hohen Feiertagen wie dem *Yom Kippur* (dem Versöhnungstag), dem Passah- und Laubhüttenfest gingen sie in die Synagoge, um am Gedenkgottesdienst teilzunehmen; dieser religiösen Pflicht sollten auch Frauen nachkommen.

In der Synagoge saßen sie auf der Galerie und schauten von oben auf die Männer hinunter. Der *Chasn* (Vorsänger) sang die Gebete mit geübter Tenorstimme, immer mit dem Gesicht nach Osten. Die Gebete mit ihren uralten Melodien und die schwermütigen Klagelieder beeindruckten die Schwestern tief. Das leicht flackernde Licht der Kerzen erinnerte sie irgendwie an die Seelen ihrer geliebten Eltern, und wenn der Vorsänger die traurige Melodie von *Ejl mole rachmim* sang (O Gott voller Gnade – das Gebet für die Seelen der Verstorbenen), dann dachte man an seine Toten, und alle Frauen und auch manche Männer weinten laut.

Am Nachmittag und Abend des Sabbat und an hohen Feiertagen gingen die Mädchen aus wie alle jungen Leute. Sie spazierten die Nalewski-Straße entlang, die Hauptstraße des jüdischen Ghettos in Warschau. Bald sahen sie vertraute Gesichter. Die jungen Leute grüßten sich mit *Gut Schabess* (Guten Sabbat) oder *Gut Jontef* (Guten Feiertag). Man lernte Freunde kennen, und viele verliebten sich. Freunde gingen in kleinen Gruppen in die nahe gelegenen Cafés, um ein Glas Tee mit Zitrone zu trinken und leckere Plätzchen zu essen. Wenn ihre letzte Fleischmahlzeit schon sechs Stunden her war, tranken sie auch Schokolade mit Schlagsahne, aber das konnten sich nur die Wohlhabenderen leisten. Die Ärmeren mussten dafür am nächsten Morgen auf das Frühstück verzichten.

Die Promenade

Die drei Glaser-Mädchen erregten bald Aufmerksamkeit, nicht nur wegen des Sabbatspaziergangs, sondern auch, weil es kein schöneres Mädchen gab als Yente. Alle Teenager beneideten sie um ihre helle Haut und ihre langen goldblonden Zöpfe, und viele wetteiferten darum, neben ihr zu gehen, um auch ein wenig von der Beachtung abzubekommen, die ihr so reichlich entgegengebracht wurde.

Es dauerte nicht lange, bis junge Männer Sarah baten, mit Yente ausgehen zu dürfen; aber Sarah war sittenstreng und erlaubte es nur selten. Einmal auf einem Spaziergang machte jemand die Mädchen auf einen gut aussehenden jungen Mann aufmerksam und sagte ihnen, er sei ein Nachbar, aber sehr zurückhaltend und bliebe meist für sich. Er war der Sohn eines reichen jüdischen Schreiners, dessen Laden und Werkstatt ganz nahe bei der Wohnung der Mädchen lagen. Mindestens vierzig Männer arbeiteten dort.

Benjamin

Yente hatte diesen jungen Mann schon oft gesehen und sein stilles, aber ausgeglichenes Benehmen bewundert. Auch sein gutes Aussehen gefiel ihr. Er war ein kultivierter junger Mann, irgendwie anders als die anderen. Wenn sie ihn während der Woche sah, war er gewöhnlich bei der Arbeit in und um die Werkstatt seines Vaters. Er machte einen beherrschten Eindruck, und sie nahm an, er müsse wohl sehr gebildet sein. Seine Züge waren regelmäßig; sein dunkles Haar und der kleine Schnurrbart waren immer gepflegt. Sie fragte sich oft, wie er die Zeit fand, immer so gepflegt auszusehen, wenn er doch anscheinend immer arbeitete.

Es war Benjamin Sitenhof, einziger Sohn aus einer der angesehensten Familien in der Nalewski-Straße. Ob er sie schon einmal wahrgenommen hatte? Wahrscheinlich nicht. Schließlich war sie nur eines von den vielen Mädchen, die er immer wieder sah. Sie versuchte ihm auszuweichen, aber es war schon zu spät. Ein Freund machte ihn mit den Glaser-Schwestern bekannt.

Es war Liebe auf den ersten Blick, und schnell entwickelte sich eine Freundschaft. Yente und Benjamin merkten bald, dass sie von seiner Familie viel Widerstand zu erwarten hatten, denn Benjamin war ein gebildeter und vielversprechender Sohn reicher Leute und hätte ein wohlhabendes Mädchen aus einer bekannten und angesehenen Familie heiraten können. Das war in der jüdischen Gesellschaft üblich. Bildung, Wohlstand und gute Familie wurden hoch geschätzt. Dabei bedeutete »gute Familie« die Abstammung von großen rabbinischen Gelehrten. Heiraten wurden von Heiratsvermittlern arrangiert: Sie stellten den Antrag bei den Eltern beider Parteien und priesen dabei die Vorzüge und Verdienste der zukünftigen Brautleute an – gegen Honorar natürlich.

22

Ein gebildeter junger Mann konnte mit einer großen Mitgift rechnen, vielleicht auch mit einer Teilhaberschaft am Geschäft seines Schwiegervaters. Wenn er studierte, hatte er das Recht auf mehrere Jahre *Kesst* (Kost und Wohnung im Haus der Brauteltern), bis sein Studium beendet war und er für seine junge Familie aufkommen konnte.

Benjamin war der Liebling seines Vaters. Er war siebzehn Jahre alt und nicht nur Schreinermeister und Zimmermann, sondern er organisierte auch den ganzen Betrieb seines Vaters. Außerdem war er ein lernbegieriger junger Mann und studierte eifrig die Thora; oft beglückwünschten alte Gelehrte seinen Vater zu den Leistungen seines Sohnes. Vielleicht würde er eines Tages sogar Rabbi werden und dem Namen seines Vaters Ehre machen. Obwohl seine älteste Schwester, die nach dem Tod der Mutter deren Stelle einnahm, ihn vergötterte und verhätschelte, war er doch unverdorben und eher zu ernst für sein Alter.

Jetzt musste er sich einem Problem stellen, wie es ihm noch nie begegnet war. Bisher hatten sein Vater und noch mehr seine Schwester sich liebevoll um alle seine Bedürfnisse und Schwierigkeiten gekümmert; aber diesmal würde er selbst entscheiden müssen. Eines wusste er: Was auch kommen mochte, er würde Yente heiraten. Er hatte das Gefühl, alle Folgen tragen zu können, die daraus entstünden. Er war jung und tüchtig und fühlte sich imstande, sein Privatleben selbst zu gestalten. Der Gedanke, dass von all seinen Freunden gerade er das Herz des schönsten Mädchens im jüdischen Viertel gewonnen hatte, begeisterte ihn. Ihr freundliches Wesen und ihre natürliche Schönheit beeindruckten jeden, der sie kannte, nachhaltig.

Dreißig Jahre später, als Yente Warschau wieder besuchte, erkannte jemand sie noch wieder und rief: »Wo sind deine schönen goldenen Zöpfe, Yente?«

Heimliche Heirat

Für Benjamins Vater, einen ehrwürdigen alten Mann mit gutem Ruf in der Gemeinde, war es ein Schock, als sein geliebter Sohn ihm mitteilte, dass er Yente heiraten wollte. Zuerst nahm er das gar nicht ernst, aber bald merkte er, dass die Sache sogar sehr ernst war. Benjamins Schwester Sima bekam einen Wutanfall und schwor, sie würde Yente aus der Stadt jagen lassen, wenn er diese verrückte Idee nicht aufgäbe. Benjamin ließ sich nicht einschüchtern und bereitete in einer kleinen Stadt in der Nähe heimlich die Hochzeit vor.

Der Kleinstadtrabbi leitete die Feier in vollem rabbinischem Ornat: Das sind ein glänzend schwarzer breitrandiger Hut, ein schwarzer Mantel, der bis zu den Knöcheln reicht, und eine breite Seidenschärpe. Außer dem Rabbi und dem Brautpaar waren nur ein paar Trauzeugen da. Der Hochzeitsbaldachin (*Chupa*) wurde aufgerichtet, und darunter streifte Benjamin Yente den Trauring über und sagte zu ihr: »Du bist mir angetraut nach dem Gesetz Moses und Israels.« Dann fügte er die traditionellen Worte hinzu, die Gott über seine zukünftige erlöste Braut Israel gesagt hat:

> »Ich schließe die Ehe mit dir für alle Zeiten; und mein Brautgeschenk für dich sind meine Hilfe und mein Schutz, meine Liebe, mein Erbarmen und meine unwandelbare Treue. Du wirst erkennen, wer ich bin – ich, der Herr.« (Hos 2, 21–22; Gute Nachricht)

Dann wurde ein Glas zerbrochen, und die kleine Gesellschaft rief: »*Masel-tow! Masel-tow!*« (Viel Glück). Jetzt waren Benjamin und Yente nach dem Gesetz Moses und Israels Mann und Frau.

Das Glück des jungen Paares war groß, aber es wurde bald beeinträchtigt: Benjamins Familie bestand darauf, die Heirat für ungültig zu erklären. Düstere Wolken sammelten sich am Horizont. Aber in all diesen Ereignissen führte sie die Hand Gottes durch Schmerz und Schwierigkeiten zu einem tieferen und umfassenderen Verständnis, das ihr Leben völlig verändern sollte.

24

3. Die Bedeutung des *Jichuss*

Benjamins Vater und seine beiden Schwestern leisteten heftigen Widerstand gegen seine»Mésalliance«, wie sie die Ehe nannten. Sie konnten sich nicht erklären, was ihn geritten haben musste, dass er Yente heiratete. Was brachte sie als Mitgift? Wer waren ihre Verwandten? Sie hatte nichts als ein hübsches Gesicht und ein Paar goldblonde Zöpfe. Zugegeben, ihr Gesicht war schön, die Augen klar und blau, und das wohlgeformte Kinn ließ auf Entschlossenheit und Charakterstärke schließen.

Wenn sie nur *Jichuss* hätte – eine edle Abstammung, auf die sie mit Recht stolz sein könnte. Aber sie hatte keine berühmten Vorfahren, keine Rabbis, keine bekannten Gelehrten, nicht einmal hochangesehene und reiche Kaufleute. Sie hatte nichts vorzuweisen als einen Vater, der beim Militär war, einen Juden, der fast zum Russen geworden wäre. Sie selbst war nur ein Waisenkind vom Land und musste schwer arbeiten, um das Nötigste zu verdienen. Sie sollte doch jemanden aus ihrem Stand heiraten! Keinen vornehmen, vielversprechenden und hochbegabten Mann »wie unser Benjamin«, sagten seine Verwandten.

Diese Einstellung trug natürlich nicht zum Glück des jungen Paares bei. In solcher Erde gedeiht Liebe nicht gut. Sarah, Yentes Schwester, sah das sehr klar und glaubte, wenn ihre Ehe gut werden und nicht an den Klippen von Feindschaft und Ablehnung scheitern sollte, müssten die jungen Leute aus Warschau wegziehen.

Weg mit dir

Die Sache wurde noch dadurch kompliziert, dass die Lage der Juden im russischen Reich, zu dem Polen damals gehörte, nicht gut war. Die Kosaken hatten immer noch freie Hand, und Bauern und Bürger wurden von der russischen Kirche und den zaristischen Behörden immer wieder durch Anklagen und Gerüchte zu Ausschreitungen und blutigen Verfolgungen gereizt, denen Tausende

25

von Juden zum Opfer fielen. Eine große Auswanderungsbewegung setzte ein, der Wunsch, wegzukommen aus Russland und aus der Unterdrückung – irgendwohin, so weit weg wie möglich. Viele gingen nach Deutschland, Frankreich, England oder ins ferne, sagenumwobene Amerika, von dem Tausende träumten. Man sagte, dort gäbe es Straßen, die mit Gold gepflastert seien, und wenn man einmal in dieses Wunderland hineinkäme, hörten alle Sorgen auf.

Sarah sah es als ihre Pflicht an, ihrer Schwester und ihrem Schwager zu helfen. Sie waren jung – Yente 16 und Benjamin 17 Jahre alt – und jemand musste sich um sie kümmern. Sarah reiste nach England, um dafür zu sorgen, dass Benjamin und Yente so bald wie möglich nachkommen konnten, und im Frühjahr 1900 reisten auch Benjamin und Yente nach England. Sie hatten große Hoffnungen auf eine glückliche Zukunft, nicht nur für sich, sondern auch für das Kind, das sie erwarteten.

Glücklicherweise brauchte man damals noch keine Reisepässe. Erst Jahre später wurde das nötig. Später sagte man in Russland: »Der Mensch besteht aus drei Teilen: Körper, Seele und Pass; aber der wichtigste von allen ist der Pass.« Im Frühjahr 1900 war jedoch der Pass noch nicht zu einem notwendigen Teil des Lebens geworden.

Benjamin und Yente reisten mit dem Zug durch den Kontinent Europa – dritter Klasse. Das war in dieser Zeit kein Spaß. Die Züge waren schmutzig und überfüllt mit Passagieren aller Altersstufen, auch Säuglinge in den Armen ihrer Mütter waren dabei. Es herrschte ein babylonisches Gewirr von Sprachen und Dialekten, und ein unverhältnismäßig großer Anteil war Jiddisch. Durch die Türen und Fenster zogen Rauch und Asche herein und machten alles noch unangenehmer und ermüdender. Alle waren hungrig und übermüdet. Ein abgestandener Geruch von *Machorka* (einem billigen Tabak) und selbstgedrehten Zigaretten machte die Luft unerträglich schlecht. Die kleinen Abteile und die Gänge waren voller Leute, die sich an die Fenster drängten, um ein Stückchen von Europa zu sehen (Russland betrachtete man nicht als Teil Europas) oder die auf Bündeln oder billigen Pappkoffern saßen.

Aber all diese vielen Menschen waren durchaus nicht unglücklich. Die meisten waren jung und voll gespannter Erwartung. Sie

26

waren Pioniere, wollten neue Abenteuer erleben und unbekannte Welten erobern. *Wenn wir nur den Schleier der Zukunft durchdringen und wissen könnten, was am Ende der Reise steht* – solche Gedanken beschäftigten sie.

Es machte nichts, wenn sie unbequem saßen, müde und hungrig waren, denn am Ende der Reise warteten ungeahnte Möglichkeiten auf sie – ein neues, aufregendes Leben. Ein für allemal wären sie dem verhassten Russland mit seinen ungerechten Gesetzen, der Korruption und sentimentalen Rührseligkeit entkommen, die oft plötzlich in extreme Grausamkeit umschlug. Sie würden frei sein, Menschen unter Menschen.

Yente sehnte sich wie immer mehr nach frischer Luft und Bewegungsfreiheit als nach Essen. Den größten Teil der Reise verbrachte sie auf dem Gang sitzend, und immer, wenn sie den bevorzugten Platz am Fenster bekommen konnte, schaute sie hinaus. Der Anblick der Landschaft war schön und ermutigend.

Dover: Tor zum Himmel

Den letzten Teil der Reise, die Überfahrt über den Ärmelkanal, machten sie mit dem Schiff. Das war ein sehr aufregendes Erlebnis, denn weder Yente noch Benjamin hatten schon einmal das Meer gesehen. Wie spannend, zum ersten Mal die salzige Seeluft zu atmen, die endlose Wasserfläche zu sehen und das mächtige Brausen der Wellen zu hören, die an die Küste schlugen. Sie waren begeistert! Am liebsten hätten sie vor Freude gejubelt. Mitten in der Menge von verschiedensten Menschen mit zahllosen Gepäckstücken stiegen sie hinauf an Deck; von dort aus versuchten sie eifrig, am Horizont die englische Küste zu erkennen. Endlich kamen die weißen Klippen von Dover in Sicht. Yente kam es vor, als wären sie das weiße Tor zum Himmel, als erwartete sie dahinter das vollkommene Glück. Hier, in einem freien Land, würde ihr erstes Kind geboren werden. Hier durften auch Juden ihren Geschäften nachgehen ohne Angst vor den Peitschen der Kosaken und den blutigen, gesteuerten Pogromen der erregten Mobs. Bewusst oder unbe-

27

wusst hatte sie immer so eine Stadt gesucht, und hier war sie nun erreichbar. Welch glücklicher Gedanke!

Dann kam London, die Hauptstadt Europas. Ehrfurchtsvoll stiegen sie im Bahnhof Victoria-Station aus dem Zug. Fast atemlos vor Staunen sahen sie die großen, komfortablen Züge und im Vorbeifahren das prächtige Bahnhofsrestaurant. Das war wirklich eine neue Welt!

Und da war Sarah. Was für ein Wiedersehen! Sie war besorgt um ihre kleine Schwester und überschüttete sie mit Fragen:»Habt ihr eine gute Reise gehabt? Geht es dir gut?« Die Augen der Ankömmlinge drückten Glück und freudige Erwartung aus. Es war gut, dass eine weise Vorsehung ihnen nicht gezeigt hatte, was für ein unstetes Leben voll Schwierigkeiten, Freuden und Leiden ihnen bevorstand.

Petticoat Lane

Sarah nahm sie mit zu einem kleinen Zimmer in der Leman Street bei Whitechapel, das sie für sie gemietet hatte. Sie entschuldigte sich, dass es nicht größer war, und erklärte, es würde nur für kurze Zeit sein – bis sie eine größere Wohnung fänden und Benjamin Arbeit hätte. Aber Benjamin war Meister in seinem Handwerk und fand ohne Schwierigkeit Arbeit als Zimmermann.

Sie wohnten mitten im jüdischen Viertel von London. Seine Arbeitsstelle war so nahe bei der Wohnung, dass er sogar zum Mittagessen nach Hause kommen konnte.

Sobald sie sich von der Reise ausgeruht hatten, nahm Sarah sie mit zur Petticoat Lane, der Hauptgeschäftsstraße der jüdischen Welt. Sie war genau wie die Nalewski-Straße in Warschau – nur noch ausgeprägter. In den Läden und auf den Bürgersteigen sahen sie überfüllte Stände mit allem, was man sich vorstellen kann – all dem, was gute jüdische Bürger gern essen. Es gab große Fässer mit Salzhering und eingelegtem Gemüse, Räucherlachs und saftige schwarze Oliven, deren Duft den ganzen Markt durchzog. Es gab unglaublich viel Fisch, sowohl See- als auch Süßwasserfisch.

28

Dort verkaufte ein kleiner Jude aus Litauen *Bejgl*, runde Brötchen mit einem Loch in der Mitte. Er pries seine Ware an, so laut er konnte, indem er auf Jiddisch rief: »Frische *Bejgl*, frische *Bejgl*, direkt aus dem Backofen. Stärkt eure Seele.« In der Petticoat Lane verschmolzen Seelenglück und körperlicher Genuss zu einer einzigen großen Harmonie des Judentums.

Ganz nah war ein Stand voll mit Krawatten, Socken, Taschentüchern und anderer Wäsche und Herrenbekleidung, daneben einer mit Resten schöner bunter Stoffe. Sein Besitzer zeigte seine vielfarbige Ware und rief: »Nehmt, nehmt. Kleidet euch königlich. Fast geschenkt!«

Ein kleiner verwachsener Mann wachte über ein Fass mit verschiedenen Strümpfen; fieberhaft beobachtete er die etwa zwölf Handpaare, die sich in den Behälter streckten, um ein passendes Paar zu finden. Wenn man den passenden Strumpf fand, kostete das Paar nur drei *Pence*. Mit Argusaugen bewachte er die Hände, damit nicht ein Strumpfpaar unbezahlt abhanden käme. Wenn man ihn bat, einen passenden Strumpf suchen zu helfen, rief er immer: »Morgen, morgen, komm morgen wieder.« Das gab brüllendes Gelächter bei der Menge, denn sie kannte schon seine immer gleiche Antwort. Dann gab es Läden und Stände mit neuer und gebrauchter Kleidung und Stoffen, wunderbare Gelegenheiten für die ärmeren Leute, sowohl Juden als auch Nichtjuden.

Yente stand da wie hypnotisiert. Diese Juden wirkten genau so und doch so anders als die, die sie in Polen zurückgelassen hatte: die gleichen Züge, die gleichen Gesichter, und doch irgendwie anders. Hier gab es keine Unterdrückung, Freiheit bestimmte die ganze Atmosphäre. Bei diesen Leuten fühlte sie sich zu Hause. Als sie daran dachte, was für ein Vorrecht es war, dass ihr erstes Kind in diesem gesegneten Land geboren werden sollte, stiegen ihr Freudentränen in die Augen, und innerlich sprach sie ein Dankgebet. Ihr erstes Kind würde ein britischer Staatsbürger sein.

Weiter weg schlug *Big Ben* die Stunde, und die Glockenspiele in der Nähe antworteten mit einem fröhlichen, harmonischen Chor von hohem, klingendem Geläut.

Sarah arbeitete hart und bestand darauf, die Miete zu bezahlen,

29

damit sie Benjamins Lohn für die zu erwartenden Arztkosten und die beträchtlichen Ausgaben für das zukünftige Baby sparen konnten. Die Abende verbrachten sie in ihrem bescheidenen kleinen Zimmer, und sie genossen die Dämmerung, solange sie anhielt. Wenn es Nacht wurde, saßen sie oft im Dunkeln, weil sie die *Pennys* für den Gaszähler entweder nicht hatten oder sparen wollten. Sie sprachen über frühere Zeiten in dem Land, das sie verlassen hatten, aber schon jetzt schien es sich in der Vergangenheit zu verlieren, verdrängt und überlagert von diesem aufregenden neuen Leben in der großen, pulsierenden Hauptstadt der Welt.

Der Sturm

Yente war glücklich. Aber Benjamin? Bald änderte sich sein Verhalten, und er saß oft still da und dachte nach. Wie konnte Yente wissen, was im Kopf ihres jungen Ehemannes vorging? Wie konnte sie ahnen, dass er in Gedanken wieder in dem großen Haus seines Vaters war, wo er der Stolz der Familie war und jeden Wunsch erfüllt bekam, sobald er ihn äußerte? Das Leben in London war nämlich gar nicht so rosig. Das kleine Zimmer in der Leman Street war schäbig und deprimierend. Die Kochgerüche aus den anderen Küchen bildeten ein unangenehmes Gemisch, vor dem er oft flüchtete und in der breiten Whitechapel Street spazieren ging, wo er wenigstens frei atmen konnte. Ein sechster Sinn warnte Yente, dass ihr Glück gefährdet war.

Solange sie konnte, begleitete Yente ihren Mann auf den Spaziergängen, denn sie litt noch mehr unter dem Mangel an frischer Luft als er. Aber sie sprachen beide nicht über ihre heimlichen Gedanken, um den anderen nicht unglücklich zu machen. Benjamin war fast noch ein Junge und stand plötzlich vor den Lasten und Pflichten eines Erwachsenen; das war beängstigend und sehr schwer für den schmal gewachsenen jungen Mann.

Abends kam oft Sarah und leistete Yente Gesellschaft, wenn Benjamin spazieren ging. Mit der Zeit schien es, als würden diese Spaziergänge immer länger. Sarah war besorgt um das Wohl ihrer

30

Schwester, und eines Abends beschloss sie, Benjamin zu folgen. Sie sah, wie er in ein Haus in der Nähe hineinging und nach kurzer Zeit in Begleitung zweier Menschen herauskam. Zu ihrem Erstaunen waren das seine ältere Schwester Regina und ihr Mann. Jetzt konnte Sarah sich ein Bild machen. Sie wusste, dass Regina vorhatte, nach Amerika auszuwandern. Höchstwahrscheinlich hatte sie ihre Reise in die Vereinigten Staaten hier in England unterbrochen. Aber warum hatte Benjamin ihnen nicht gesagt, dass sie gekommen war? Warum die Heimlichtuerei? Sie war gekränkt und zum ersten Mal von ihm enttäuscht, und dann packte sie die Angst. Sicher hatten sie etwas Unrechtes vor; irgendetwas stimmte nicht. Die Familie wollte Benjamin immer noch von ihrer Schwester trennen und ihn entweder mit nach Amerika nehmen oder wieder nach Polen schicken.

Sie blieb wie angewurzelt stehen. Wie könnte sie das Yente sagen? Aber andererseits, wie könnte sie es ihr verschweigen? Ihr Baby konnte jetzt jeden Tag kommen, und in so einer Zeit würde Benjamin sicher nicht auf seine Schwester hören. Aber Sarah hatte gehört, Regina und ihr Mann würden keine Rücksicht kennen und seien bekannt dafür, Unruhe zu stiften.

Sie ging zurück zu dem kleinen Zimmer; und als sie atemlos dort ankam, sah sie überrascht, dass eine kleine Gruppe von Leuten beim Eingang stand. Schnell drängte sie sich durch, ihr Herz schlug ängstlich. Dann merkte sie, dass der Arzt und die Hebamme da waren. Das Baby war gekommen, und sie war nicht bei ihrer Schwester gewesen, als sie sie am dringendsten brauchte!

Aber wo war Benjamin? Niemand wusste es. Sarah schickte eine Nachbarin zu dem Haus, von dem sie eben gekommen war, und bald darauf kam er.

»*Masel-tow*, Papa! Du hast eine süße Tochter, Benjamin. Wie willst du sie nennen? Elizabeth? Klingt nicht sehr jüdisch, aber macht nichts. Wenn man es bedenkt, ist Elizabeth nicht die leicht entstellte englische Form des guten jüdischen Namens *Elisheva*? Das bedeutet: *Der Herr hat geschworen*. Natürlich. Jetzt hat er sein Versprechen gehalten. Gelobt sei sein Name!«

Sarah war sehr froh, dass sie Yente nichts von ihrer traurigen

31

Entdeckung hatte erzählen können. Sie wollte sie für sich behalten und Yente jede Aufregung ersparen, die sie und ihr neugeborenes Kind belasten könnte.

4. Verlassen

Als Elizabeth geboren war, brauchte die Familie dringend eine größere Wohnung. Benjamin verdiente dafür noch nicht genug; also nahm Sarah, sobald Yente sich erholt hatte, eine Stelle als Kindermädchen bei einem reichen jüdischen Fischhändler an. Das war eine gute Stelle, aber sie musste außerhalb der Stadt wohnen, weiter von Yente entfernt. Allzu weit war der Weg aber nicht, und sie verabredeten, sich an Sarahs freien Tagen zu treffen.

Jetzt war Yente allein. In den paar Monaten, die sie in London waren, hatte Benjamin etwas Englisch gelernt, aber Yente hatte nur sehr wenig Gelegenheit, Englisch sprechen zu hören. In ihrer Umgebung und erst recht in der Einkaufsstraße Petticoat Lane wurde hauptsächlich Jiddisch gesprochen. Bisher hatte Sarah die meisten Einkäufe erledigt; jetzt musste Yente die Haushaltsführung übernehmen. Benjamin arbeitete weiter als Schreiner, aber er verdiente nur gerade genug für die Miete und das Essen.

Dann geschah etwas, das ihr ganzes Leben veränderte. Als die kleine Betty erst fünf Wochen alt war, kam Benjamin eines Abends nicht nach Hause. Yente blieb auf und wartete auf ihn bis weit nach Mitternacht, aber er kam immer noch nicht. Sie wusste nichts von seiner Schwester und deren Absichten. Am Morgen schaute sie sich im Zimmer um und fühlte sich gedrängt, ihre wenigen Habseligkeiten durchzusehen. In der Ecke einer Schreibtischschublade fand sie einen Briefumschlag und öffnete ihn hastig. Es war ein Brief in unbekannter Handschrift. Er war von Benjamins Schwester Regina und informierte Yente, ihr Mann sei auf dem Weg zurück nach Polen zu seinem Vater. Sie solle ihn vergessen. In dem Brief waren drei Pfundnoten für das Nötigste zum Leben. Yente war wie betäubt. Sie las den Brief immer wieder. Nein, das konnte nicht wahr sein. Sicher träumte sie. Benjamin würde so etwas bestimmt nicht tun. Er liebte sie und das Baby doch und hatte versprochen, sie niemals zu verlassen. Sie wollte es nicht glauben.

Aber es blieb dabei: Benjamin kam nicht nach Hause. Langsam und widerstrebend musste Yente einsehen, dass es doch wahr war.

33

Es zerriss ihr das Herz. Das Baby wimmerte und wollte gefüttert werden.

Ihr Gehirn arbeitete fieberhaft. Sie musste etwas tun, und sie wusste auch was. Sie fütterte das Baby, räumte das Zimmer auf und zog sich und ihr Kind an. Ihr Gesicht war gerötet und ihr Herz schlug heftig, aber ihr Blick war entschlossen. Wenn Benjamin nach Polen fuhr, musste sie auch dorthin. Sie musste ihre Papiere einstecken – nur ihre Heiratsurkunde war nötig. Sie suchte danach, aber auch sie war verschwunden. So jung und unerfahren sie war, verstand sie doch, dass etwas Furchtbares geschehen war. Sie brach zusammen und weinte hemmungslos.

Das Wertvollste, das sie besaß, waren die mit Gänsedaunen gefüllten Federbetten, die sie aus Polen mitgebracht hatte. Die würde sie verkaufen, und wenn das nicht reichte, würde sie auch ihren Trauring verkaufen. Langsam, zutiefst verletzt und erschüttert, nahm sie zum ersten Mal seit ihrer Hochzeit den Ring ab und steckte ihn in ihren Geldbeutel.

Sie bat eine Nachbarin, auf das Baby aufzupassen, nahm ihre Federbetten unter die Arme und ging zur Petticoat Lane; sie war sicher, sie dort verkaufen zu können. Tatsächlich kam ein Kunde und bot ihr die ansehnliche Summe von fünf Pfund. Für Yente war das ein kleines Vermögen, obwohl die Daunen eigentlich viel mehr wert waren. Es bedeutete, dass sie zu ihrem Mann fahren konnte, dem Vater ihres Kindes. Sie dachte nicht nach, warum er das getan hatte, und machte ihm keine Vorwürfe. Sie meinte, irgendwie müsse Benjamins Schwester ihn überredet haben, nach Hause zu fahren, und sie wusste, dass sie zu ihm kommen musste.

Bestohlen

Sorgfältig steckte sie die fünf Pfund in ihren Geldbeutel zu den dreien, die sie schon hatte, steckte den Geldbeutel in ihre Hüfttasche und ging schnell nach Hause zu ihrem Baby. Als nächstes würde sie mit dem Kind zum Bahnhof gehen und fragen, wie hoch die Reisekosten wären. Wenn nötig würde sie ihren Trauring

34

verkaufen, um die Reise zu bezahlen. Aber zuerst musste sie jemanden finden, der beim Reisebüro für sie dolmetschte. Sie konnte noch nicht genug Englisch, um gut verstanden zu werden. Mit dem Baby auf dem Arm kam sie am Bahnhof an. Instinktiv fasste sie nach ihrer Tasche, um sich zu überzeugen, dass ihr Geldbeutel da war, und stellte mit Schrecken fest, dass er verschwunden war. Sie war bestohlen worden – alles, was sie besaß, war gestohlen! Sie schrie auf und verlor das Gleichgewicht. Menschen kamen gerannt. Alles schien sich zu drehen, und dann spürte sie kräftige Arme um sich, und eine Stimme fragte wie von weither: »Wer ist das?« Die Leute sagten: »Sie sagt, man hat ihr etwas gestohlen. Aber was? Sie ist so jung und schön. Wem gehört das Kind, das sie trägt?« Sie fragten immer weiter, und dann beugte sich ein stämmiger Mann im dunkelblauen Anzug zu ihr herüber und stützte sie. Sie hielt krampfhaft den Ärmel des Mannes fest und rief immer noch weinend: »Er ist weg, mein Geldbeutel, alles, was ich hatte, meine Federbetten, alles!« Er sah sie verständnislos an: Sie sprach Jiddisch. Jemand übersetzte eifrig, was das Mädchen so verzweifelt erklärte, und dann verstand er.

Es war ein Polizist, einer dieser großen, kräftigen, gutmütigen Männer – ein Bobby –, die sie und Benjamin so oft bewundert hatten. Wie anders war dieser Polizist als die Russen zu Hause! Sie war sicher, dass er ihr helfen würde. Er würde ihr Portemonnaie finden. Wie konnte jemand zu ihr und ihrem Baby so grausam sein? Die Leute brachten sie in einen Laden, drehten eine leere Kiste um, und sie setzte sich darauf. »Beruhige dich«, sagte man zu ihr, »und erzähle uns, was passiert ist.« Ja, sie musste ruhig bleiben, sie musste stark sein, klar denken und ihnen erzählen, welche doppelte Tragödie sie betroffen hatte.

Sie erzählte ihnen von ihrem Mann. Sie blickten auf ihren linken Ringfinger, und sie sagte ihnen, dass der Ring in der gestohlenen Geldbörse gewesen war. Sie erklärte, dass sie beschlossen hatte, all ihren Besitz zu verkaufen, um wieder zu Benjamin zu kommen. Sie fragten nach ihrer Heiratsurkunde, und sie erklärte, dass ihr Mann sie mitgenommen hatte. Die Leute sahen einander und dann Yente vielsagend an.

35

Es war still geworden. Was für eine mitleiderregende Gestalt – und dann diese Geschichte. Für den Polizisten wurde das Ganze übersetzt, und dann fragte er, ob sie in London jemanden kennen würde. Das tat sie. Sie hatte eine Schwester namens Sarah, aber ihre Adresse wusste sie nicht. *Ach, was wird jetzt aus mir?*, fragte sie sich. Diese Leute waren fremd. Wie konnten sie verstehen, dass das alles in so kurzer Zeit geschehen war? Sie merkte selbst, dass ihre Geschichte phantastisch und unglaublich klang. Es fielen leise Bemerkungen. Offensichtlich waren die Leute an der Grenze ihrer Gutgläubigkeit, und ihr Mitleid verlor sich rasch. Die ersten gingen schon weg.

Söhne der Barmherzigkeit

Da tauchte ein Mann aus der Menge auf. Er sprach schnell und erregt und fragte: »Können wir Juden uns ʻSöhne der Barmherzigkeitʼ nennen und zulassen, dass dieses Mädchen mit seinem Kind in einem fremden Land allein gelassen wird? Was macht es aus, ob wir glauben oder nicht glauben, was sie erzählt? Sie ist doch eindeutig in Not. Ich appelliere an euch, jeden einzelnen, euch um sie zu versammeln. Ist sie nicht eine Tochter Israels, die leidet? Sie braucht unsere Hilfe. Seid barmherzig, habt Mitleid.« Seine Worte wirkten Wunder. Jetzt ließ er einen alten zerbeulten Hut herumgehen. Die Menge wurde größer, Hände streckten sich aus, und aufgeregtes Flüstern war zu hören. Jetzt waren es gutwillige, helfende Hände. Der Hut ging so lange herum, bis er voll war, und dann nahm ihn der Polizist und legte seine Spende dazu. Viele hatten Tränen in den Augen.

»Hier, Mädchen, Tochter Israels, hier ist dein Fahrgeld. Wir können den Schuft, der dich bestohlen hat, nicht finden, aber wir glauben dir und wollen dafür sorgen, dass du wieder zu deinem Mann kommst, wenn du wirklich einen hast.«

Dann hörte man eine Stimme aus dem hinteren Raum des großen Ladens. Jemand flüsterte: »Das ist Herr Chaim Rosen selbst.« »Kind«, sagte er, »hast du gesagt, du hast eine Schwester, die

Kindermädchen in den Außenbezirken der Stadt ist?« »Ja, ja«, rief Yente aufgeregt, »sie heißt Sarah Glaser.« »Komm, mein Kind«, sagte er, »deine Schwester ist bei uns in Hyams Park. Sie hat uns von dir erzählt und wollte dir diese Woche schreiben. Komm, ich bringe dich zu ihr.« Ein Wunder war geschehen. Dieser Mann war der reiche Fischhändler. Die Menge stand staunend da. Das Baby fing an zu weinen. Der Mann, der die Sammlung in Gang gebracht hatte, strahlte jetzt vor Freude und Befriedigung.

Yente lächelte trotz ihrer Tränen. Für sie schien wieder die Sonne, wenn auch durch dunkle Wolken. Bald würde sie Sarah treffen, und wenn Gott wollte, würde sie auch Benjamin bald wiedersehen. Innerlich sprach sie ein Dankgebet an Gott, dass er sich so um sie kümmerte, und sie wusste, dass alles wieder gut werden würde. Wie großmütig ihr jüdisches Volk doch war – genau wie in Warschau, immer bereit, einander mit ganzem Einsatz zu helfen. Sie war dankbar und stolz.

Herr Rosen war ein freundlicher Mensch. Er nahm Yente und ihr Baby mit nach Hause, damit sie Sarah treffen konnte. Als sie ankamen, nahm seine Familie sie auf, als wäre sie die eigene Tochter. Sarah war froh und dankbar, ihre Schwester bei sich zu haben und sich um sie kümmern zu können.

Zwei Monate lang genoss Yente die Gastfreundschaft dieser freundlichen jüdischen Familie. Weder Sarah noch Rosens erlaubten ihr, die lange Reise zurück nach Polen anzutreten, bevor sie sich ganz von dem Schock erholt hatte und das Baby alt genug zum Reisen war.

Das Landhaus der Rosens stand ganz allein in herrlicher Umgebung im Wald. Sie hielten eigene Hühner und eine Kuh. Yente erlebte wieder die Annehmlichkeiten des Landlebens, und obwohl sie es schwer erwarten konnte, bei ihrem Mann in Polen zu sein, genoss sie doch jeden Augenblick in dieser friedlichen Umgebung und unter freundlichen Menschen.

37

Die Heimreise

Als König Edward VII. gekrönt wurde, brachte Sarah Yente und das Baby nach London und verabschiedete sie am Bahnhof Charing Cross, von wo aus sie über den Kanal setzen sollten. Der Anblick der Menschenmassen, die unter begeistertem Jubel ihren eben gekrönten König willkommen hießen, machte den beiden jungen Frauen erst recht bewusst, wie einsam und hilflos sie waren. Die Trennung machte die Schwestern traurig. Sarah dachte an alles, was Yente brauchen würde, und besorgte Kleidung, Proviant und viele Kleinigkeiten, die die Reise angenehmer gestalten sollten. Weil sie keine Ausweispapiere und noch nicht einmal eine Geburtsurkunde hatte, wurden Yente und ihr Kind unterwegs mehrfach aufgehalten. Damit hatte sie nicht gerechnet, und so hatte sie nicht genug Kleidung für das Baby. Bald waren alle Windeln verbraucht, und es gab keine Möglichkeit, sie zu waschen. Yente konnte alles aushalten – Schmutz, Müdigkeit und Hunger –, aber ihr armes Baby tat ihr sehr leid. Sie versorgte es, so gut sie eben konnte, und ging mit ihrem wenigen Geld so sparsam wie möglich um.

Je müder sie wurde, umso mehr strengte es sie an, mit dem drei Monate alten Kind auf dem Schoß auf den harten Bänken zu sitzen. Oft konnte sie die ganze Nacht nicht schlafen. Irgendwann wurde das deutsche Zugpersonal vom russischen abgelöst. Die Züge waren schon vorher nicht sauber gewesen, obwohl die Deutschen jeden Tag ein- oder zweimal hereinkamen, um zu fegen, aber die Fahrt durch das russische Polen war unerträglich. Weil sie keine Papiere hatten, behaupteten die Russen, Yente und ihr Baby fielen dem Staat zur Last, und behandelten sie entsprechend. Eines Nachts, als sie wieder umsteigen musste, wurde Yente in einen dunklen Teil des Zuges gedrängt. Unversehens wurde sie mit dem Kind in ein Abteil gestoßen und aufgefordert, sich auf den Fußboden zu setzen. Das Baby war unruhig und weinerlich, und auch sie selbst fing fast an zu weinen.

Plötzlich bewegte sich jemand in einer Ecke des dunklen Abteils. Sie erstarrte vor Schreck, und dann ertönte ein schauriges Lachen wie von einem Wahnsinnigen. Sie wollte schreien, aber sie brachte keinen Laut heraus. Dann versuchte sie zu lachen, war aber vor Angst wie gelähmt. Wieder ertönte das abstoßende und furchterregende Lachen. Panische Angst packte sie, und endlich schrie sie. Mit einer Hand trommelte sie an die Tür hinter ihr und tastete fieberhaft nach dem Griff. Da wurde die Tür von außen aufgerissen. Der Schaffner erfasste augenblicklich die Situation: Die Zugwache hatte sie versehentlich mit einem Betrunkenen in dasselbe Abteil geschoben. Alle waren verlegen und bedauerten den Vorfall. Wie konnte so etwas passieren? Der Schaffner war sehr wütend und entschuldigte sich immer wieder. Er brachte sie in ein eigenes Abteil und versuchte die kleine Elizabeth zu beruhigen, die jetzt aus Leibeskräften schrie.

Man brachte warme Milch für Mutter und Kind, und das beruhigte beide. Sie bekam auch warmes Wasser, um ihr rußiges Gesicht zu waschen und ihr Baby sauber zu machen. Ein freundlicher jüdischer Passagier, der auch nach Warschau fuhr, bot seine Hilfe an. Er sah, was das Kind brauchte, sprang am nächsten Bahnhof schnell aus dem Zug, kam mit einem sauberen Betttuch zurück und riss es gleich in Stücke, die sie als Windeln benutzen konnte.

Danach dauerte die Reise noch sechs lange Tage. Würden sie je in Warschau ankommen? Der Zug hielt in jedem kleinen Dorf. Inzwischen hatte sich überall herumgesprochen, dass eine junge allein reisende Jüdin mit einem Baby auf dem Arm unterwegs war. Ganze Delegationen kamen aus den Städtchen und Dörfern zum Bahnhof, oft unter der Leitung des örtlichen Rabbi, um die junge Mutter und das Kind zu begrüßen. Sie trösteten sie und brachten ihr warmes Essen und was sie sonst brauchte.

Wiedersehen und Versöhnung

Endlich kamen sie doch in Warschau an. Yente hatte nicht erwartet, dass Benjamin sie am Bahnhof in Empfang nehmen würde, aber Sarah hatte ihm ein Telegramm geschickt, und da stand er und wartete auf sie. Er erzählte, dass er seit sechs Tagen jedesmal gekommen war, wenn ein Zug einlief, und seine Sorge um sie und das Baby mit jedem Mal größer geworden war.

Jetzt waren sie wieder zusammen, Gott sei Dank, und er versprach ihr, dass sich nie mehr jemand zwischen sie drängen dürfe. Sie waren zwei verliebte junge Leute, und alles war vergeben und vergessen. Voll Scham erzählte ihr Benjamin, wie seine Schwester ihn überredet hatte zurückzufahren und wie er in einer schwachen Stunde nachgegeben hatte; aber seitdem hatte er immer darunter gelitten. Er hatte eine harte Lehre bekommen, und er versprach, sich nie wieder von irgendwelchen Verwandten in seinen Entscheidungen beeinflussen zu lassen. Dieses Versprechen hielt er.

Yente war wieder glücklich. Als er sah, wie entschlossen sein Sohn war, bei ihr zu bleiben, akzeptierte ihr Schwiegervater sie zunächst widerwillig; aber bald zeigten sich Bewunderung und kaum verhehlter Stolz in seiner Haltung zu seiner Schwiegertochter. Er fand, in ganz Polen könne es kein Mädchen geben, das solche Schicksalsschläge tapferer und mutiger bewältigen würde. Die Familie war versöhnt, und zu Yentes fröhlichem Wesen passte es nicht, etwas lange nachzutragen. Es herrschte wieder Friede.

Aber dieser Friede sollte durch eine schwerwiegende Entdeckung zerstört werden, die ihr ganzes Leben und das zukünftiger Generationen ändern würde: Eines Tages begegnete Benjamin unmittelbar seinem Messias.

40

5. Benjamin begegnet dem Messias

Eine Zeit lang schien die Sonne hell für die wieder vereinte Familie. Die kleine Elizabeth war der Liebling ihres Vaters. Mit ihren dunklen Locken und den kleinen, regelmäßigen Zügen sah sie ihm auffallend ähnlich. Wann immer er Gelegenheit hatte, schaute er sie ein paar Minuten lang an, denn sie war hübsch wie eine Puppe. Als Elizabeth zwei Jahre alt war, wurde ihr Bruder Ernest geboren. Es herrschte große Freude über den neugeborenen Sohn. Yente war auf der Höhe ihres Glücks. Oft dankte sie Gott, dass er sie so unbegreiflich liebte. Es war für Yente ganz natürlich, dankbar zu Gott aufzublicken, ebenso wie sie den Arbeitern fröhlich »Guten Morgen« wünschte, wenn sie morgens in die Fabrik kamen. Oft brachte sie Benjamin oder ihrem Schwiegervater ein warmes Essen. Die Fabrik war voll ausgelastet, das Geschäft ihres Schwiegervaters blühte, und Yente wurde von vielen jungen Frauen und Müttern beneidet, mit denen sie zu tun hatte.

Das einzige, was ihr Glück trübte, war die Armut in dem jüdischen Ghetto um sie herum. Manche von den ärmeren Juden mussten um das bloße Überleben kämpfen. Das erinnerte sie an ihr früheres Zuhause, an ihre verwitwete Mutter und ihre eigenen schweren Jahre. In solchen Zeiten klammerte sie sich an Benjamin wie ein Kind, denn sie fürchtete, etwas könnte das Glück zerstören, an dem sie sich jetzt so freute.

Benjamin führte seine Arbeit in der Schreinerei seines Vaters fort und stellte wunderschöne Möbel her. Er hatte so außerordentlich geschickte Hände, dass oft gesagt wurde, er habe »goldene Hände.« Mit den Händen konnte er alles, und viele bewunderten sein Geschick und sein Feingefühl auf diesem Gebiet. Mit kaum 20 Jahren wurde er Vorarbeiter der ganzen Fabrik. Niemand zweifelte daran, dass er später zum Partner und schließlich zum Erben des gut gehenden Betriebes werden würde.

Aber Gott tut oft Dinge, die kein Mensch erwartet. Er hatte bessere Pläne für Benjamin, als gute Möbel zu bauen. Er sollte mit dem Zimmermann aus Nazareth zusammenarbeiten und helfen,

Menschen durch die Macht des Evangeliums zu formen. An einem friedlichen Sommertag kam ein katholischer Kunde ins Geschäft, und Benjamin ahnte nicht, was daraus folgen würde.

Der Kunde hatte ein kleines Buch mit schwarzem Einband in der Hand. Das gab er dem jungen Vorarbeiter und sagte: »Lesen Sie das. Ein Missionar hat es mir gegeben. Anscheinend ist es ein religiöses Buch, aber meine Kirche erlaubt nicht, dass ich es lese. Vielleicht haben Sie ja Lust, es zu lesen.«

Dieser Name

Es war ein Neues Testament in polnischer Sprache und nicht nur dem katholischen Kunden verboten, sondern auch dem orthodoxen Juden Benjamin. Er hatte von klein auf immer einmal wieder sehr vage Äußerungen über dieses Buch gehört. Es hatte etwas mit »diesem Menschen« zu tun, dessen Namen niemand aussprach. Man nannte ihn mit dem verschlüsselten Namen »Yeshu«, was bedeuten sollte: *Sein Name und Andenken soll ausgelöscht werden.* Benjamin fielen im Zusammenhang mit »diesem Namen« seltsame und schreckliche Dinge ein. *Alle diese Gläubigen hassen die Juden,* dachte er. In alten Zeiten hatten sie oft Juden hingerichtet. Sie hatten sein Volk verfolgt und ermordet, und noch heute hatten nur wenige ein freundliches Wort für die Juden. All das furchtbare Unrecht, die Benachteiligungen und Demütigungen, die sein Volk erlitten hatte, hatten sich ihm tief eingeprägt. Die Erinnerungen seines verfolgten Volkes waren auch in ihm lebendig.

Wenn er an »diesen Namen« dachte, sah er Menschenmengen vor sich, die eine seltsame und erschreckende religiöse Leidenschaft verbreiteten. Sie trugen Bilder und geschnitzte Figuren von einer Frau mit einem Kind auf dem Arm, aber auch andere Figuren, die Heilige darstellten, alles Dinge, die aus jüdischer Sicht eine schreckliche Verirrung waren. Die Volksmassen sangen seltsame Lieder, deren bloßer Klang ihn schon erschreckte. Er wusste, wenn solche Prozessionen durch die Straßen kamen, war es für Juden am besten zu verschwinden, denn sonst wurde man leicht Opfer von unkontrollierbaren Massenpsychosen von religiösem Wahn, die gewöhnlich mit Gewalt endeten.

Es war also kein Wunder, dass Benjamin unsicher war, als er das Buch bekam. Aber er wollte doch gern mehr von »diesem Menschen« wissen, wollte diese Persönlichkeit verstehen, die so viel Leidenschaft und Glauben geweckt hatte und anscheinend unbegrenzte Macht über die Volksmassen hatte. Unauffällig steckte er das Buch in die Tasche, entschlossen es zu lesen, wenn er allein war. In seinem Zimmer, wo er Ruhe hatte, fing er an, das Buch durchzuarbeiten. Er erwartete glühende Worte der Anklage und des Hasses gegen die Juden, aber er fand nichts dergleichen. Im Gegenteil, es hatte eine sanfte Schönheit. Es war die Geschichte eines Menschen, dessen Leben unaussprechlich gut und dessen Tod grausam und unverdient war. Je mehr er las, umso mehr faszinierte ihn das Buch.

Als er die Bergpredigt las, stiegen ihm Tränen in die Augen. Da erschien vor ihm eine neue Welt von Liebe, Schönheit und Vollkommenheit; noch nie hatte er etwas Vollkommeneres oder auch nur Ähnliches gehört oder gelesen. Er las die Evangelien und dann die anderen Schriften des Neuen Testaments, und der Heilige Geist fing an, ihm manches zu zeigen. Mehr und mehr fühlte er sich zu diesem erstaunlichen Mann aus Nazareth hingezogen. Bestimmt war das ein Mann Gottes.

Je mehr er im Neuen Testament las, umso überzeugter wurde er, dass in seinem Leben Sünde war und dass er einen Messias brauchte. Er las es immer wieder, bis er den Text sehr gut kannte. Ohne Frage handelte dieses Buch von dem wahren Messias, nach dem er sich schon seit seiner Kindheit sehnte. Diese Sehnsucht war ihm von seinen Vorfahren weitergegeben worden, und sie reichte durch unzählige vergessene Generationen über die Jahrhunderte und Jahrtausende zurück bis zu den fernen Tagen der frühen Geschichte seines Volkes.

Zu Lebzeiten schon tot

Lange Zeit schwankte Benjamin in seiner Haltung. Er suchte Klarheit, und Gott erfüllte seinen Wunsch. Allmählich gewann er die feste Überzeugung, dass dieser Mann ganz ohne jeden Zweifel der Messias war, der Sohn Gottes selbst, den die Propheten angekündigt hatten und um den seine Vorfahren bis heute sehnsüchtig beteten. Er konnte nichts anderes tun, als ihn anzunehmen.

Aber das war leichter gesagt als getan. Was würde sein Vater tun? Seine Freunde? Was würde seine junge Frau sagen? Würden sie ihn einen Verräter nennen oder denken, er sei einfach verrückt geworden? Sie würden ihn aus der Stadt jagen. Sie würden ihn als tot betrachten, sie würden die *Schiwe* für ihn halten, die Trauerzeit wie für einen Toten. Man würde im Zimmer eine Kerze anzünden; alle Spiegel würden mit schwarzem Stoff verhüllt werden: Sein Vater würde die Schuhe ausziehen, in Strümpfen auf einem niedrigen Schemel sitzen und mit einem Ausdruck tiefer Verzweiflung vor sich hinstarren, der schlimmer war als die Trauer um jemanden, der gestorben ist. Für sie würde er schon zu Lebzeiten ein Toter sein. Niemand würde es wagen, zu seinem Vater oder jemandem, den er liebte, von ihm zu sprechen. Sie würden erklären, es gäbe ihn nicht, und so tun, als hätten sie nie einen Sohn oder Bruder gehabt. Auch seine geliebte Yente würde ihn verlassen. Dieser Gedanke schmerzte ihn bis ins Innerste.

Für einen jungen Mann, der eben erst erwachsen geworden war, war die Aussicht so niederschmetternd, dass er meinte, sie nicht ertragen zu können. Aber die ganze Zeit war da dieser unwiderstehliche Christus, der ihn rief: »Und wer Häuser oder Brüder oder Schwestern oder Vater oder Mutter oder Kinder oder Äcker verläßt um meines Namens willen, der wird's hundertfach empfangen und das ewige Leben ererben« (Mt 19, 29). Er zitierte die Worte, die er schon mehrfach in diesem kleinen schwarzen Buch gelesen hatte. Aber jetzt schienen diese Worte direkt von dem zu kommen, der für ihn gekreuzigt worden war. Es war eine enorme Herausforderung, aber er bat voll Trauer um eine andere Möglichkeit. Schließlich konnte er es nicht länger aushalten. Er würde sich

44

zu ihm bekennen; er würde die Folgen tragen, egal wie sie aussähen.

Eines Tages bemerkte Yente, dass Benjamin stundenlang in dem kleinen schwarzen Buch las; er hatte das in den letzten Tagen oft getan, und sie fragte sich, was ihn da so völlig in Anspruch nahm. Aber sie sagte nie etwas darüber, denn sie wusste, eines Tages würde er es ihr von sich aus sagen. Für Benjamin war das Neue Testament die größte Offenbarung seines Lebens. Jetzt verstand er so vieles, was ihm vorher unklar gewesen war.

Nach seinem Entschluss wurde Benjamins Leben anders, und seiner Familie fiel die Veränderung auf. Er konnte sie nicht verbergen, denn sie war ein ganz wesentlicher Teil seiner selbst. Er war ruhiger und beherrschter. Monatelang tat er seine Arbeit mit einem abwesenden Ausdruck in den Augen. Die Leute machten Bemerkungen darüber, und manche dachten sogar, er sei nicht mehr so interessiert am Geschäft. Sie konnten nicht ahnen, was sich in seinen Gedanken und Gefühlen entwickelt hatte. Eine neue Welt hatte sich ihm eröffnet – er hatte neue Klarheit und neues Verständnis gewonnen. Irgendwann konnte er seine Freude über den Erlöser Israels nicht länger verbergen. Mühsam musste er sich zu einem Entschluss durchringen und dann ging er zuerst zu seinem Vater.

Nicht Frieden, sondern das Schwert

Benjamins schlimmste Befürchtungen bestätigten sich. Zuerst dachte sein Vater, er sei geistig leicht gestört. Er versuchte ihm diese »merkwürdige Täuschung« auszureden. Aber Benjamin war eisern. Er zitierte Prophetien aus dem Alten Testament und zeigte, wie sie im Leben Jesu wörtlich erfüllt worden waren. Es waren so viele, und sie waren in allen Einzelheiten so genau, dass kein Irrtum möglich war. Er war überzeugt, dass Jesus derjenige war, nach dem er sich schon immer gesehnt hatte. Schließlich gab sein Vater es auf, ihn überzeugen zu wollen, aber er gab auch Benjamin auf.

Benjamin würde bald ausziehen müssen, und sein Vater Abraham würde vergessen müssen, dass er einmal einen einzigen Sohn

45

hatte, auf den sich alle seine Zukunftshoffnungen richteten. Er hätte es lieber gehabt, wenn sein Sohn gestorben wäre, als dass er ein *M'schumed*, ein Abtrünniger, war.

Schweren Herzens ging Benjamin zu seiner Frau und versuchte ihr seinen neu gefundenen Glauben verständlich zu machen. Aber Yente – die immer Liebe, Vertrauen und Verständnis aufbrachte – wandte sich auch von ihm ab. Mit einem *M'schumed* wollte sie nicht leben. Er würde sich entscheiden müssen, ob er sie oder seinen Jesus wollte. Wenn er ihn wichtiger fand als seine Frau und seine Familie, konnte er ihn haben, aber sie würde mit ihren zwei kleinen Kindern in Warschau bleiben.

Todtraurig und niedergeschlagen beschloss Benjamin, seine Lieben zu verlassen. Irgendwie glaubte er, wenn ihr Zorn eines Tages seinen Ausdruck gefunden und ihre Leidenschaft sich gelegt hätte, könnte er wieder mit seiner Familie versöhnt und vereint werden.

Aber jetzt musste er seine Heimat verlassen. Wohin konnte man in den ersten Jahren dieses Jahrhunderts als junger Mann auswandern, wenn nicht nach Amerika, in das Land der goldenen Möglichkeiten für jedermann? Ja, dorthin würde er gehen.

Schon bald war er unterwegs in das Land jenseits des Meeres. Nach einer unglücklich durchwachten Nacht in einem Zugabteil dritter Klasse kam er müde, mit roten Augen und tieftraurig in Deutschland an. Etwa sechs Stunden lang wartete er in Kassel auf den Anschlusszug in die Hafenstadt Rotterdam. Er fühlte sich einsam und unwohl und beschloss, einen der Rabbis zu besuchen, von denen er schon früher gehört hatte, um sich so die Wartezeit zu verkürzen. Auf der Straße fragte er einen Passanten nach dem Weg zur Wohnung des Rabbi. Als er bei dem beschriebenen Haus ankam, erfuhr er, dass dies das Haus eines Evangelisten war, der durch einen merkwürdigen Zufall oder durch Fügung genau denselben Namen trug wie der Rabbi. Dieser Evangelist wurde für Benjamin das, was Hananias nach dessen Erlebnis auf der Straße nach Damaskus für Paulus geworden war.

46

6. Ein seltsames Gebet
und eine seltsame Antwort

Man begleitete Benjamin zum Arbeitszimmer des Herrn Ludwig Sommer, einem dämmerigen, nur schwach erleuchteten Zimmer mit dicken Teppichen. Die schweren braunen Möbel und die Wände voller Bücher schufen eine Atmosphäre freundlichen Willkommens. Benjamins müder Körper schien hier Entspannung und seine verstörte Seele Beruhigung zu finden. Der Raum wirkte würdevoll und freundlich und lud ihn ein, hereinzukommen und ruhig zu werden. Das Dienstmädchen, das ihn hereingelassen hatte, sagte ihm, Herr Prediger Sommer werde in wenigen Minuten zu ihm kommen. Was bedeutete das? Benjamin konnte nicht viel Deutsch, aber es war genug, um zu verstehen, dass dies nicht das Haus eines Rabbi, sondern das eines christlichen Predigers war. Als er am Kasseler Bahnhof angekommen war, hatte er Gott gebeten, ihm einen Weg zu ebnen und zu zeigen, was er wollte, und dies war schon die Antwort.

»Ehe sie rufen, will ich antworten; wenn sie noch reden, will ich hören« (Jes 65, 24) – das hatte Benjamin kürzlich in der Bibel gelesen, und genau das erlebte er jetzt. *Wie gut, diesen Erlöser zum Freund zu haben,* dachte Benjamin, als er in dem Ledersessel vor dem großen eichenen Schreibtisch saß. *Wie der Prediger wohl aussieht?,* fragte er sich. *Ob er überrascht ist, einen Juden zu sehen? Ob er wohl freundlich ist?* Er überlegte, welche Haltung jemand, der an Jesus glaubt, gegenüber Juden haben könnte. Eines war für ihn ganz sicher: Wer ehrlich an den Messias der Juden glaubt, könnte nie einen Juden hassen oder verfolgen. Es müsste sehr schön sein, so einen *Heidenchristen* kennen zu lernen.

Die Tür ging auf, und da stand der Prediger. Einen kurzen Moment hielt Benjamin den Atem an: Die stattliche Gestalt in der Tür, im Gehrock und mit einem großen Halstuch über der Brust, kam langsam, mit bedächtigen Schritten und einem warmen Begrüßungslächeln herein. Der Prediger war etwa Mitte fünfzig,

47

groß und aufrecht, mit dichtem weißem Haar und einem gepflegten weißen Bart, der sein adliges Aussehen noch unterstrich. Aber das Ungewöhnlichste waren seine freundlichen, leuchtend blauen Augen, die schon zu sprechen schienen, bevor er überhaupt den Mund öffnete. Für Benjamin schien der Prediger einen Augenblick lang alle äußeren Merkmale seines neu gefundenen Messias zu tragen, wie er ihn sich vorstellte. Er ergriff gleich seine Hand und wusste, hier hatte er einen Freund.

Der Prediger stellte sich förmlich vor und fragte dann, was er für Benjamin tun könne. Dieser erklärte, so gut er es in seinem gebrochenen Deutsch konnte, wie er hierher gekommen war, und entschuldigte sich für den Irrtum (für den er insgeheim dankbar war); der Prediger aber antwortete ruhig: »Benjamin Sitenhof, ich habe auf Sie gewartet. Ja, ich habe sogar um Sie gebetet. Ich sehe, Sie sind ein Ostjude aus Polen. Ich habe mir schon lange gewünscht, einen Israeliten wie Sie kennen lernen zu können; und Gott, an den ich glaube, hat Sie zu mir geschickt.« Da erzählte ihm Benjamin alles über die Glaubensentscheidung, die er erst vor kurzem getroffen hatte. Er erklärte, auch er habe sich die Möglichkeit gewünscht, es jemandem zu erzählen, der es verstehen und sich mit ihm freuen würde. Mit Tränen der Freude und Erleichterung sprach er sich aus; und dieser Mann, dessen bloße Anwesenheit Trost und Wärme verbreitete, hörte begeistert zu. Er nahm ihn auf wie ein Vater, und zum ersten Mal, seit Benjamin Christ geworden war, betete er kniend und dankte Gott, dass er so freundlich und liebevoll mit ihm umging.

Rein oder nicht rein

Als sie aufstanden, trat eine Dame ein. Voller Freude stellte der Prediger Benjamin Frau Sommer vor, die ihn herzlich begrüßte. Sie trug ein schwarzes Kleid mit weißem Kragen und weißen Manschetten; ihr Gesicht war heiter und freundlich, und sie sprach ruhig und sanft mit Benjamin wie eine Mutter mit ihrem Sohn. Überraschend lud sie ihn ein, zum Abendessen ihr Gast zu sein.

48

Er hatte noch nie im Haus eines Nichtjuden gegessen. Würde es etwas mit Schweinefleisch geben? Die alten, von längst vergessenen Generationen ererbten Verbote hatten noch großen Einfluss auf seine Gedanken und Gefühle. Es war leichter für seine Seele, Jesus als Herrn und Retter anzuerkennen, als für seinen Magen, sich an unreine Speisen zu gewöhnen. Ohne es zu wissen, fühlte er wie einst ein anderer Jude, der sich zu Jesus hielt, aber dem unreine Speisen doch widerstrebten: »O nein, Herr; denn ich habe noch nie etwas Verbotenes und Unreines gegessen« (Apg 10, 14), hatte Petrus ausgerufen. Ebenso sträubten sich Benjamins Gefühle dagegen, die alte Tradition plötzlich fallen zu lassen. Außerdem wurde es schon spät. Andererseits hatte Benjamin seit vielen Stunden kaum gegessen – er war so beschäftigt gewesen, dass er es vergessen hatte. Er schaute auf die Uhr. In zwei Stunden würde sein Zug nach Rotterdam abfahren. Wie gern würde er hier bei diesen liebevollen Leuten bleiben! Als ob er Gedanken lesen könnte, schlug der Prediger ihm vor, über Nacht zu bleiben und am nächsten Tag mit dem gleichen Zug zu fahren.

Wenn ihr lieber Gast kein Fleisch essen wollte, das nicht koscher sei, würde Mutter (so nannte der Prediger Frau Sommer) sicher reichlich andere Speisen finden, die ihm zusagten. Vor diesem Sturmangriff von Gutherzigkeit und christlicher Gastfreundschaft schwanden Benjamins Bedenken schnell; ohne weitere Überredungskunst blieb er bereitwillig über Nacht bei seinen neuen christlichen Freunden.

Das Essen war für Benjamin etwas ganz Besonderes: Zum ersten Mal erlebte er Freundschaft unter Christen. Noch nie in seinem Leben hatte ihm jemand so viel Mitgefühl und Verständnis entgegengebracht wie diese Fremden. *Was für Wunder der Glaube an Christus bewirken kann*, dachte er. Diese Leute waren ihm völlig fremd, er hatte sie noch nie gesehen oder mit ihnen gesprochen, aber schon nach zwei Stunden unterhielt er sich mit ihnen, als hätte er sie schon immer gekannt. Die Gemeinsamkeit, die sie verband, der Glaube an den Messias der Juden, schien ihm so stark und tief, dass alles andere daneben unwichtig wurde, sogar die Tatsache, dass er ein polnischer Jude im Haus eines deutschen Nichtjuden war,

49

mit dem er im üblichen Sinn nichts gemeinsam hatte. An diesem Abend erlebte Benjamin, wie froh die geistliche Einheit und Gemeinschaft mit Christen einen Menschen machen kann. Jetzt verstand er, dass es Eifer und Leidenschaft gibt, die nur der Glaube an einen lebendigen Retter wecken kann. In dieser Nacht hatte er einen ungewöhnlichen und wunderbaren Frieden mit sich selbst.

Am nächsten Mittag war es Benjamin und auch dem Prediger schon klar, dass er seine Pläne ändern und seine Reise in die Staaten aufschieben würde. Den ganzen Vormittag über hatte Benjamin Prediger Sommer eifrig über die Bibel ausgefragt. So vieles war ihm unklar. Er wollte alles erklärt haben, er wollte sich von diesem reichen Gedankengut möglichst viel aneignen. So kam es also, dass sein neuer Freund ihn einlud, ein paar Wochen in seinem Haus zu bleiben, damit sie die Bibel zusammen durcharbeiten könnten. Benjamin nahm die Einladung mit Freuden an. Nichts anderes war ihm jetzt wichtig; er wollte nur möglichst viel vom Reichtum des Neuen Testaments ausschöpfen. Hier war ein Mensch, der für Gott arbeitete und die Bibel gut kannte, bereit, sich die Zeit zu nehmen, mit ihm zusammen die Bibel zu studieren und ihm zu erklären. Es war fast zu schön, um wahr zu sein.

In seiner Begeisterung hätte Benjamin fast vergessen, dass er eine Frau und zwei Kinder hatte. Er war so eingenommen von seinem Herrn und Erlöser und so eifrig, ihn besser kennen zu lernen, dass alles andere in seinen Gedanken zurücktrat. Diesen brennenden Wunsch behielt Benjamin sein Leben lang. Für ihn kam Gott immer zuerst, obwohl der Preis manchmal sehr hoch war.

So saß Benjamin wochenlang »zu Füßen« seines großen Lehrers Prediger Sommer und befriedigte seinen Wissensdurst. In dieser Zeit machte er bemerkenswerte geistliche Fortschritte. Sommers hatten zwei Söhne, die etwa so alt wie Benjamin waren, und sie wurden bald enge Freunde. Immer wieder sagte der Prediger nachdenklich: »Ich habe um einen Israeliten gebetet, und Gott hat ihn zu mir geschickt.« Ja, er liebte Israel sehr. Und Benjamin liebte seinen Lehrer und sah ehrfurchtsvoll zu ihm auf, wenn er die Texte erklärte; manchmal konnte er kaum glauben, dass dieser Mann kein Engel vom Himmel war.

50

Nenne ihn Jacob – Brief folgt

Als Benjamin entschieden hatte, bei Sommers zu bleiben, hatte er an Yente geschrieben, aber keine Antwort erhalten. Er schrieb immer wieder, und eines Tages kam ein Telegramm, das ihm die Geburt ihres dritten Kindes mitteilte – es war wieder ein Junge. Das brachte Benjamin sozusagen in die Wirklichkeit zurück. Voll Freude telegrafierte er an Yente: »Nenne ihn Jacob – Brief folgt.«

Er wusste, seine Anweisung, seinen neugeborenen Sohn Jacob zu nennen, würde Yente aus zwei Gründen viel Freude machen. Yentes Vater, an den sie nur eine vage, aber liebevolle Erinnerung hatte, hatte Jakob geheißen, und sie würde seinen Enkel gern Jacob nennen, um sein Andenken wach zu halten. Außerdem zeigte ihr die Tatsache, dass Benjamin seinen Sohn Jacob nennen und ihm nicht irgendeinen ausgefallenen nichtjüdischen Namen geben wollte, dass er sich nicht von seinem Volk losgesagt hatte und dass die Liebe zu seiner Familie durch seinen neuen Glauben an den Messias nicht beeinträchtigt wurde. Dieses liebevolle Vorgehen verfehlte seine Wirkung nicht.

Zwischen Yente und Benjamin entspann sich ein lebhafter Briefwechsel, eine Art Tauziehen: Yente flehte Benjamin an zurückzukommen, und Benjamin bat Yente, zu ihm zu kommen. Er versuchte ihr klarzumachen, wieviel Freude und Zufriedenheit er durch den neuen Glauben bekommen hatte. Er schrieb, er habe jetzt erst angefangen wirklich zu leben, und dieses Leben wolle er mit ihr teilen. Yente wünschte sich sehr, Benjamin zu sehen und ihm das neue Baby zu zeigen. Er war so ein hübscher, großer Junge, und sie sehnte sich danach, dass Benjamin wieder seinen rechtmäßigen Platz als Vater und Ernährer der Familie einnahm. Sie vermisste ihn schmerzlicher, als man sich vorstellen kann, aber sie behielt ihren Kummer für sich. Irgendwie hoffte sie, Benjamin zu gegebener Zeit wieder für das Judentum zurückzugewinnen.

Mit diesem Gedanken schnitt sie einmal ihrem Schwiegervater gegenüber das verbotene Thema an. Er schalt sie nicht, sondern ermutigte sie sogar zu Benjamin zu fahren; wenn nötig könne sie allein fahren und die Kinder bei einer Pflegerin lassen. Aber davon wollte Yente nichts hören. Ihre drei geliebten Kinder würde sie überallhin mitnehmen.

Sie bereitete alles vor, und endlich kam der Tag: Yente war reisefertig und verabschiedete sich. Es tat ihr leid, ihren Schwiegervater zu verlassen, denn sie hatte ihn liebgewonnen. Sie würde ihn vermissen, und er würde ohne sie unglücklich sein. Ihr immer fröhliches Gesicht und die blitzenden blauen Augen taten dem alten Mann gut, selbst wenn sie ihn neckte und ihm das Baby zu halten gab, um irgendetwas Unwichtiges tun zu können. Manchmal hatte er sie wehmütig angeschaut und gesagt: »Yente, wie lange wirst du noch hier sein und mein Sonnenschein sein?«

Er hatte gewusst, dass Yente früher oder später zu seinem Sohn ziehen musste, der für ihn verloren war, und insgeheim hoffte er, sie könnte ihn für das Judentum zurückgewinnen. Er vergewisserte sich, dass Yente und die Kinder genug Kleidung und neue Leib- und Bettwäsche mitnahmen, denn das war das Wichtigste in einem neuen Heim. Sie hatten Daunen- und Federdecken (er hatte ihr die besten gekauft, die es gab), Kopfkissen, Bett- und Tischwäsche. Er besorgte die besten Gepäckstücke, die er bekommen konnte. Zum Abschied schenkte er Yente ein Paar silberne Kerzenhalter, und sie musste versprechen, sie jeden Freitagabend zu benutzen, wenn es dunkel würde.

Die kleine, jetzt vierjährige Elizabeth und der zweijährige Ernest hielten sich fest an den Händen, während das sechs Wochen alte Baby im Arm seiner Mutter schlief. Als Yente so den Bahnhof von Warschau betrat, begleitet von ihrem Schwiegervater und anderen Familienmitgliedern, ahnte sie nicht, dass sie Warschau viele Jahre lang nicht mehr sehen würde. Sie konnte nicht wissen, wie sehr sich ihr Leben verändern würde und wieviel Arbeit, Leiden und Tränen den Wechsel jahrelang begleiten würden.

Yente kommt nach Kassel

Benjamin war außer sich vor Freude, als er erfuhr, dass Yente und die Kinder kommen würden, und bewegte sich wie im Traum. Er streifte durch die engen, winkligen Straßen der Altstadt, deren Häuser noch aus dem 17. Jahrhundert stammten, um eine geeignete Wohnung für seine Familie zu finden. Mit Hilfe und auf Empfehlung des Predigers konnte er eine möblierte Dreizimmerwohnung im Tiefparterre eines malerischen Giebelhauses mieten, die seiner Frau sicher gefallen würde. Das Geld, das er nach Kassel mitgebracht hatte, hatte er gewissenhaft für den Bedarf der nächsten Zeit eingeteilt. Prediger Sommer predigte nicht nur, er betrieb mit Hilfe seiner Söhne auch eine gute christliche Buchhandlung und eine Druckerei. Dort konnte Benjamin arbeiten und seinen Lebensunterhalt verdienen, jedenfalls vorläufig. So sorgte sein Freund nicht nur geistlich, sondern auch materiell für ihn.

Benjamin ging gern durch die schöne Altstadt und über die alte Brücke, die die Fulda überquerte, die in Mäandern durch die Stadt floss. Oft stand er da, starrte in das trübe Wasser und träumte von der Zeit, wenn Yente neben ihm stehen würde. Wenn er dann durch den nahen Park nach Hause ging, dachte er, wie lange es wohl dauern würde, bis auch sie den Messias Jesus anerkannte. Er war sicher, früher oder später würde sie die Wahrheit sehen und sein neues Glück mit ihm teilen. Er betete eindringlich darum, dass das schon bald nach ihrer Ankunft einträte.

Endlich kam der Tag. Es war ein warmer Nachmittag im Juni, und Benjamin ging über den großen Friedrichsplatz zum Bahnhof. Auf dem Markt herrschte reger Betrieb. An den ordentlich aufgereihten Ständen wurde von verführerischer Landbutter und Eiern bis zu Damen- und Herrenbekleidung alles angeboten. Kinder rannten zwischen den Reihen hin und her. Es gab schönes Obst, und ein verführerischer Duft von reifen Pflaumen schlug ihm entgegen. Er blieb nur kurz stehen, um ein Pfund Kirschen zu kaufen: Sie waren unwiderstehlich und würden den Kindern Freude machen, wenn sie kamen.

Der Zug hielt mit einem Ruck. Yente ging zur Wagentür, Elizabeth hielt sich auf einer Seite an ihrem weiten Rock fest und Ernest auf der anderen, während sie Jacob trug. Ehe sie einen Blick auf den Bahnsteig werfen konnte, hatte Benjamin sie schon gesehen, öffnete schnell die Tür und half ihr mit den Kindern heraus. Das

Wiedersehen war warm und herzlich. Ihre große Liebe zueinander ließ alle Gedanken an Entfremdung und Missverständnisse zu nichts zerrinnen. Liebevoll und stolz betrachtete Benjamin seine schöne Frau und die verwirrten Kinder, die alle zum ersten Mal diese fremde Umgebung sahen. Yente und Benjamin hatten sich so viel zu erzählen, aber damit mussten sie bis später warten.

Der prächtige Bahnhof beeindruckte Yente, und die Kinder hielten sich auf dem Weg zum Ausgang eng an sie. Viele elegante Pferdetaxen ließen Passagiere ein- oder aussteigen. Das Bild war faszinierend und erinnerte Yente an ihre Ankunft in London vor vier Jahren. Als Benjamin alles Gepäck hergebracht hatte, ging er auf eine von diesen eleganten Taxen zu, und Yente freute sich wie ein Kind darauf, in einem so vornehmen Fahrzeug durch die Stadt zu fahren. Die kleinen Droschken, die mit ohrenbetäubendem Lärm auf ihren eisenbeschlagenen Rädern über das Straßenpflaster von Warschau ratterten, waren nicht zu vergleichen mit diesen modernen Wagen, die auf Gummireifen sanft über Kassels Asphaltstraßen rollten. Die Kutscher mit ihren Hüten mit bunten Federn waren sehenswert. Die Pferde waren gut gepflegt und wollten gleich loslaufen. Endlich waren Gepäck und Familie untergebracht, und sie fuhren ab.

Yente hatte gar nicht daran gedacht, wo sie wohnen würden. Aber Benjamin hatte eine Überraschung für sie. Sie fuhren durch die prächtige Königstraße, und Yente fühlte sich wie eine Königin, die sich mit ihrer Familie dem Volk zeigt. Als sie vor ihrer Wohnung ankamen, war Yente begeistert von der bescheidenen kleinen Unterkunft. Wie eine junge Braut lief sie von einem Zimmer ins andere, bewunderte alles und war unendlich glücklich. *Es ist so leicht, Yente glücklich zu machen*, dachte Benjamin. Sie hatte so ein gewinnendes Wesen. Alles gefiel ihr, und sie übersah nichts in der Wohnung. Als die Kinder endlich im Bett waren, aßen Benjamin und Yente zu Abend und redeten bis spät in die Nacht. Beide hatten einander so viel zu erzählen und zu fragen. An diesem Abend sprach niemand von Benjamins Glauben. Sie waren einfach froh, wieder zusammen zu sein. Aber schon an diesem ersten Tag bemerkte die wache Yente, dass Benjamin sich verändert hatte. Er

54

war anders als früher. *Heute*, sagte sie sich, *will ich gar nicht versuchen, den Grund herauszufinden*. Sie war müde. Morgen würde sie ihn anders sehen können. Eines war ihr klar: Es war richtig gewesen, zu ihm zu kommen.

Sie war wohl sehr müde gewesen, denn als sie aufwachte, war es schon taghell, und sie fragte sich einen Moment lang, ob sie träumte. Dann fiel ihr alles wieder ein, was sie gestern erlebt hatte, und sie sprang erschrocken auf, denn das Baby musste ja versorgt werden, und Elizabeth und Ernest würden hungrig sein. Als sie die Küchentür öffnete, sah sie zu ihrem Erstaunen, wie sie gewaschen und angezogen am Tisch saßen und frühstückten. Benjamin saß bei ihnen, schaute seine Kinder strahlend an und erzählte ihnen Geschichten, während sie aßen. Es war ein Bild vollkommenen Glücks. Yente tat es fast leid, die Tür geöffnet zu haben, denn sie wollte sie nicht stören. Benjamin war ein ganz anderer Mensch geworden. In Warschau hätte er so etwas nie getan. Er war jetzt so freundlich und rücksichtsvoll, und er ging so liebevoll mit den Kindern um. Was hatte er in dem kleinen schwarzen Buch gelesen, das ihn so verändert hatte? Sie zog sich hastig an und nahm sich vor, ihn den ganzen Tag sorgfältig zu beobachten. Nach dem Frühstück ging Benjamin mit Elizabeth und Ernest spazieren.

Kampf um einen Menschen

Während sie fort waren, begutachtete Yente die Wohnung und dankte Gott wie immer für seine Freundlichkeit, dass er sie und ihren Mann wieder zusammengeführt hatte. Beim Frühstück hatte Benjamin etwas davon gesagt, wie schnell sein Herr Gebete erhört, und hinzugefügt:»Ich wünschte, du lerntest ihn auch kennen, Yente, Liebes.« Das fiel ihr jetzt wieder ein. Was meinte er? Von wem sprach er? Zweifellos von »diesem Menschen.« Könnte es sein, dass Benjamin etwas von ihm wusste, was sie noch nie gehört hatte? Wenn er wiederkam, würde sie ihn ausfragen und versuchen genauer zu erfahren, auf welch rätselhafte Weise ihr Mann sich so völlig verändert hatte.

Benjamin fand bald Gelegenheit, Yente zu sagen, was Jesus Christus für ihn bedeutete. Er war wirklich ganz verändert – »wiedergeboren durch den Geist«, sagte er – und er freute sich aus tiefster Seele darüber, dass er jetzt seinen Messias kannte. Yente hörte verwirrt zu und versuchte irgendeine Antwort zu finden, die bewirken könnte, dass Benjamin zur Gemeinde der Juden zurückfand. Aber was sollte sie als Frau Benjamin entgegenhalten, der das Alte Testament und den Talmud so gut kannte und sogar daraus zitieren konnte, während sie kaum den Mund aufmachen konnte? Im Judentum waren die Religion, die Schrift und der Talmud nur für Männer – Frauen waren nicht gebildet.

Man hatte sie gelehrt, ein paar Gebete zu sprechen. Morgens beim Aufstehen sagte sie das »Mojde Ani« auf: »Ich danke dir, Herr, du ewiger und lebendiger König, dass du mir nach der Nachtruhe meine Seele wieder gegeben hast.« Sie wusste auch, dass jeder Mensch jüdischen Glaubens, wenn er in große Gefahr gerät, das »Schma Jissro'ejl« ausrufen musste: »Höre, Israel, der HERR ist unser Gott, der HERR allein.« Wenn er das hörte, würde jeder böse Geist mit Sicherheit verschwinden. Sie wusste, dass sie am Vorabend des Sabbat die Lichter anzünden, ihr Gesicht mit den Händen bedecken und still ein Gebet beten musste, das mit den Worten anfing: »O Gott Abrahams, Isaaks und Jakobs.« Sie wusste, wie man für reine Speisen sorgte: dass man Fleisch eine Stunde lang in Wasser einweichen und dann dick einsalzen musste, damit kein Tropfen Blut darin blieb. Sie erinnerte sich noch, wie eine heidnische Nachbarin sie deswegen ausgelacht und gesagt hatte: »Du wäschst alles Gute aus dem Fleisch heraus.« Aber sie hatte nie auf sie gehört. Was weiß schließlich eine Heidin vom Judentum?

Yente wusste noch viel mehr über die Pflichten einer wahren Tochter Israels als Ehefrau und Mutter. Sie wusste auch, dass die Christen Bilder anbeten und die Juden hassen. Wie sollte sie – die arme, ungebildete Yente – auf die tiefsinnigen Argumente aus der heiligen Schrift antworten, die anscheinend bewiesen, dass »J« (sie mochte den Namen nicht einmal aussprechen) der Messias war?

Was sollte sie dazu sagen? Benjamin zitierte immer wieder Jesaja

56

53 direkt aus ihrer hebräischen Bibel und nicht aus dem »kleinen schwarzen Buch«, dem Neuen Testament. Er sagte, wenn ein Jude dieses Kapitel, das beim Vorlesen des Alten Testaments in den Synagogen immer ausgelassen wurde, offen und ohne Vorurteile läse und dann im Neuen Testament läse, unter welchen Umständen Christus geboren ist, dann müsse er einfach erkennen, dass Jesus der versprochene Messias sei, den die Juden ablehnten, aber viele Heiden annähmen. Diese Worte prägten sich Yente ein. Immer wieder klangen sie in ihr nach, und unwillkürlich brachte sie Benjamins verändertes Wesen mit diesem neuen Glauben in Verbindung. *Wenn nur mein Schwiegervater hier wäre!*, dachte sie. *Er könnte Benjamin sicher die richtigen Antworten geben und ihn wieder für das Judentum gewinnen.* Aber immer wieder wunderte sie sich über Benjamins frohe und gelassene Art.

Etwas Neues: Ein Heide liebt die Juden

Benjamin konnte es kaum erwarten, Yente seinem Freund Prediger Sommer und dessen Familie vorzustellen, von denen er ihr schon so viel erzählt hatte. *Das ist wirklich eine andere Welt*, dachte Yente. Sie waren so vornehm und kultiviert und dabei doch so bescheiden und freundlich. Es war nichts Gekünsteltes an ihnen, und sie verbreiteten einen Frieden und eine ansteckende Freude, nach denen Yente sich insgeheim sehnte. Der Prediger sagte ihr, wie sehr er und seine Familie Israel liebten. »Aber warum«, fragte sie, »wenn doch alle Welt die Juden hasst?« Freundlich erklärte er, er könne nicht anders als die Juden lieben, weil er den größten Juden liebte, den es je gab: den Messias Jesus, der von den Propheten angekündigt worden war. Das war für Yente alles ganz neu. Sie musste über alles gründlich nachdenken.

Währenddessen wies Benjamin immer wieder darauf hin, dass nur Jesus der Messias für die Juden ist und dass die alten Prophetien nur dadurch wahr werden, dass sie alle im Leben eines einzigen Menschen erfüllt worden sind: im Leben Jesu. Wer sonst sollte der

Knecht Gottes sein, von dem in Jesaja 53 die Rede ist? Und Jesaja war doch zweifellos ein anerkannter jüdischer Prophet – kein Heide und nicht einmal ein Christ. »Benjamin,« sagte Yente verwirrt, »ich bin nur eine ungebildete Frau, und du bist ein Gelehrter. Ich kann zu deinen Argumenten nichts sagen, aber ich bin sicher, es gibt eine Antwort, und ich werde sie finden. Wenn nur dein Vater hier wäre! Er wüsste, was man dir antworten kann. Aber was auch kommt, ich will die richtige Antwort finden.«

Sie fand keine Ruhe, und eines Tages beschloss sie, nach Möglichkeit die Meinung der Juden zu dieser Frage herauszufinden. Sie fasste den Plan, den örtlichen Rabbi zu besuchen und ihn zu bitten, ihr Jesaja 53 zu erklären.

Der Rabbi ärgert sich

Eines Abends kam sie zum Rabbi, und er ließ sie nur widerwillig herein. *Anscheinend haben Rabbis nie Zeit, mit Frauen zu sprechen*, dachte sie. Sie waren immer voll mit ihren Studien beschäftigt.

Sie stellte sich vor, und in ihrer offenen, natürlichen Art kam sie gleich zur Sache. »Rabbi«, sagte sie, »ich muss Sie etwas sehr Wichtiges fragen. Ich möchte gern, dass Sie mir das dreiundfünfzigste Kapitel des Propheten Jesaja erklären. Auf wen bezieht es sich, wenn da steht: '...wie ein Lamm, das zur Schlachtbank geführt wird'?«

Der Rabbi war sprachlos. Wie konnte eine jüdische Frau es wagen, mit solch einer Bitte zu ihm zu kommen? Er hatte erwartet, sie würde eine dieser immer wiederkehrenden Fragen stellen, die gute, fromme Jüdinnen ihrem Rabbi stellen, wie: Was soll man tun, wenn aus Versehen ein Tropfen Milch in den Topf mit dem Huhn fällt? Muss man das Huhn wegwerfen, oder hat der Rabbi eine Möglichkeit, diese schmerzliche und teure Notwendigkeit zu umgehen? Oder vielleicht eine Frage, die die rituelle Reinheit der Frauen betrifft. Es gab so viele Feinheiten im Gesetz, und fromme Frauen wussten oft nicht recht, wie sie sich richtig und gottgefällig verhalten sollten.

Solche religiösen Fragen, *Schajless* genannt, gehörten zum Alltag eines Rabbi. Er war bereit, sie für eine kleine Anerkennung schnell und endgültig zu beantworten. Aber diese Frau, eine Ostjüdin, wagte es, ihm eine Frage vorzulegen, die seit undenklichen Zeiten die großen jüdischen Denker beschäftigte. Und der Streit war noch lange nicht entschieden. Manche sagten, Jesaja spreche vom Messias, andere, er meine die Juden, die immer unabänderlich Opfer der *Gojim*, der Heiden, werden. Die Christen schlugen Kapital aus dieser geheimnisvollen und verwirrenden Prophezeiung: Sie behaupteten, der große Prophet spreche von »diesem Menschen.« Und da kam eine einfache Frau und stellte ihn vor dieses uralte Rätsel. Er dachte an das Sprichwort: »Ein Dummkopf kann einen Stein in den Garten werfen, den zehn Weise nicht wieder loswerden.« Er würde sie zurechtweisen.

Er unterbrach sie, ohne ihren flehenden Blick zur Kenntnis zu nehmen. »Frau«, sagte er streng, »die Religion ist nicht für die Frau, sondern für den Mann. Führen Sie Ihren Haushalt, vergessen Sie, was Sie gehört haben, halten Sie Ihr Geschirr rein und versorgen Sie Ihre Kinder und Ihren Mann. Mehr wird nicht von Ihnen erwartet.« Damit wies er ihr die Tür, führte sie hinaus und schlug die Tür hinter ihr zu. Yente hatte kaum Zeit, zu Atem zu kommen. Verwirrt stand sie draußen. Das war bestimmt nicht die richtige Art, die einfache Frage einer Frau zu beantworten. Was hatte er gesagt? Was hatte sie getan, dass der Rabbi so wütend wurde? Wie anders benahm er sich als Prediger Sommer, der Heide! Warum wollte der Rabbi nicht eine einfache Frage über die Schriften der Juden beantworten?

Aus der Tiefe

Tränen des Zorns und der Verletztheit liefen ihr über das Gesicht, als sie nach Hause ging. In der Dunkelheit tastete sie sich leise zur Tür und schloss sie auf. Die Kinder schliefen, und Benjamin war auf einer jener religiösen Versammlungen, die er oft besuchte und von denen er immer so glücklich und begeistert zurückkam, dass

59

die Freude sie manchmal fast ansteckte. Im Dunkeln ging sie ins Schlafzimmer. Und plötzlich, zum ersten Mal in ihrem Leben, spürte sie den Drang, auf die Knie zu fallen und auszurufen: »O Gott, wenn Jesaja 53 vom Messias handelt – und wenn Jesus Christus diese Prophetie erfüllt –, dann vergib meinen Unglauben und hab Mitleid mit mir. O Gott, gib mir ein Zeichen, dass er wirklich der Messias für mich ist. Lass mich nicht in dieser Ungewissheit.« Es war ein Hilferuf aus tiefster Seele. Dann hörte Yente wie von fern eine Stimme und sah einen Engel, der das dunkle Zimmer mit einem fremdartigen Licht erfüllte. Und die Stimme sagte: »Tochter Israels, verlass dich darauf: Der Prophet spricht von Jesus Christus, dem Messias. Glaube es, dann wirst du gerettet.« Die Erscheinung verschwand, und als sie von den Knien aufstand, wusste sie, dass sie eben geistlich neu geboren worden war.

7. »Jerusalem« in Hamburg

Dass Yente so plötzlich und unter so ungewöhnlichen Umständen Christ wurde, machte Benjamins Freude vollkommen. Er hatte nicht zu hoffen gewagt, auch nicht in den versteckten Winkeln seines Herzens, dass sein neuer Messias so schnell handeln konnte. Für ihn war das ein unumstößlicher Beweis, dass durch den Messias Jesus alles möglich ist. Benjamin liebte die Wahrheit und hatte eifrig danach geforscht. Es war schmerzlich für ihn, dass Israel den, der selbst die Wahrheit und Mensch geworden ist, abgelehnt hatte und immer noch ablehnte. Die Blindheit und die Vorurteile der jüdischen Brüder Jesu erschreckten ihn. Solange auch Yente die Wahrheit abgelehnt hatte, hatte er sehr darunter gelitten und Gott verzweifelt gebeten, ihr Klarheit zu geben. Er wusste, nur ein Wunder könnte Yente zu derselben Erfahrung der Wahrheit verhelfen, die sein Leben so völlig verändert hatte. Und jetzt war genau dieses Wunder geschehen. Begeistert lobte er Gott.

Eines Tages sagte ihm Herr Sommer, ein jüdisch-christlicher Pfarrer und Missionar namens Dr. Arnold Frank aus Hamburg wolle nach Kassel kommen, und er wünsche sich, dass Benjamin ihn kennen lernte. Benjamin hatte schon von Dr. Frank gehört. Er war damals schon als Vater der Judenchristen in Europa bekannt, und er betrieb eine Missionsstation und ein Krankenhaus in Hamburg mit dem Namen »Jerusalem«. Dort hatten Tausende von Juden aus Osteuropa entdeckt, dass Jesus der Messias ist, den sie so sehnsüchtig erhofft und erbeten hatten. In diesem »Jerusalem« mitten in der Großstadt hatten Tausende von Juden eine Unterkunft gefunden, als man ihnen die Tür ihres elterlichen Hauses vor der Nase zuschlug, weil sie den Mut hatten zu sagen, dass »dieser Mensch« ihr Erlöser war.

Dr. Frank lud Benjamin und Yente ein, nach Hamburg zu kommen und sich taufen zu lassen, und so wurden das junge Paar und seine drei Kinder ordnungsgemäß von Dr. Frank in der Hamburger Jerusalemkirche getauft.

Damit eröffnete sich ihnen ein neues, erfülltes und glückliches

Leben in dem Wissen, dass Jesus Christus sie gerettet hatte. Sie waren zwar »unmündige Kinder in Christus« (nach 1. Kor 3, 1), aber sie waren gesunde Kinder und immer hungrig auf »Speise, die ... bleibt zum ewigen Leben« (Joh 6, 27). Kein Wunder, dass sie schnell lernten und dass ihr Glaube bald kräftiger wurde.

Benjamin hatte eine ältere Schwester, Dora, die vor Jahren einen Geschäftsmann namens David Fogel aus Odessa in Südrussland geheiratet hatte und nach Westfalen gezogen war. Als Kinder hatten sie sich gut verstanden, und obwohl Dora älter war, hatte sie Benjamin immer als den Stolz der Familie betrachtet, den Kenner der Thora und die »Hoffnung« der Familie. Ihr plötzlicher Umzug nach Deutschland war Benjamin immer ein Rätsel gewesen. Er wollte sie gern wieder treffen und ihr seine »gute Nachricht« mitteilen. Eines Tages wurde diese lange gehegte Hoffnung wahr. Wie groß war aber sein Erstaunen, als er gleich beim Betreten ihres Hauses als erstes einen Text aus dem Neuen Testament sah, der an der Wand hing! Da stand: »Da redete Jesus abermals zu ihnen und sprach: Ich bin das Licht der Welt« (Joh 8, 12). Verwirrt fragte er seine Schwester, was dieser Vers in ihrem Haus zu bedeuten habe. Da erfuhr er die ganze Geschichte.

Erscheinung auf dem Ölberg

Vor vielen Jahren hatte Aaron Fogel, ein jüdischer Kaufmann in Odessa und Davids Vater, einen bemerkenswerten Mann mit Namen Joseph Rabbinowitz kennen gelernt, einen bekannten Rechtsanwalt und Führer der jüdischen Bewegung in Bessarabien in Südrussland.

Das war in der Zeit, als die Verfolgung viele Juden zur Verzweiflung trieb und sie fieberhaft nach einem Zufluchtsort suchten. In Kishineff, Rabbinowitz' Heimatort, floss viel jüdisches Blut.

Voll Trauer über das Unglück seines Volkes reiste Rabbinowitz nach Palästina, um zu erfahren, ob es eine Möglichkeit gäbe, dort eine Kolonie für seine verfolgten Brüder aus Russland zu gründen. Aber als er nach Jerusalem kam, war er entsetzt darüber, in welch

62

traurigem Zustand die Juden lebten, die er dort antraf – sowohl materiell als auch geistlich. Die meisten waren alt und waren hergekommen, um im Heiligen Land zu sterben – nicht um hier zu leben. Sie waren entmutigt, ohne Hoffnung und Zukunftsaussichten, und lebten von Spenden, die ihnen fromme Juden aus Europa schickten, oder als Hausierer in den Straßen von Jerusalem. Das Land war verwüstet, ohne Leben und unbeschreiblich verarmt. Nein, Palästina schien damals keine Lösung für das tragische Schicksal der Juden zu bieten. Hoffnungslos und entmutigt beschloss Rabbinowitz zurückzukehren und seinem Volk zu sagen, dass es sich nach einem anderen Zufluchtsort umsehen müsse; die Zeit für die Rückkehr nach Palästina sei noch nicht reif. »Höchstwahrscheinlich«, würde er ihnen sagen, »müsst ihr warten, bis der Messias kommt, und wer weiß, wann das sein wird – vielleicht heute oder morgen, in einem Jahr oder im schlimmsten Fall nie!«

Schweren Herzens beschloss er einen Spaziergang auf den Ölberg zu machen, um einen letzten Blick auf Jerusalem zu werfen. Wie wichtig, wie begehrenswert war diese Stadt für die, die weit verstreut in fremden Ländern lebten, und wie enttäuschend, wenn man sie selbst sah!

Still und nachdenklich setzte er sich auf einen Stein. In Gedanken überblickte er die Geschichte seines Volkes: die Berufung Abrahams, Gottes Versprechen an ihn und seine Nachkommen; Ägypten und die Unterdrückung dort; dann die Rückkehr in das Land durch Gottes Güte und Großherzigkeit unter Moses Führung; Ungehorsam und Rebellion bei seinem Volk; Propheten und Seher, Könige und Führer, die Gott schickte und denen man nur Ungehorsam und Ablehnung entgegenbrachte; und dann dieser Mann aus Nazareth, von dem er einmal heimlich in einem hebräischen Neuen Testament gelesen hatte. Dessen erstaunliche Worte waren ihm nicht entgangen: »Jerusalem, Jerusalem, die du tötest die Propheten und steinigst, die zu dir gesandt sind! Wie oft habe ich deine Kinder versammeln wollen, wie eine Henne ihre Küken versammelt unter ihre Flügel; und ihr habt nicht gewollt!« (Mt 23, 37).

Wie eine plötzliche Eingebung bei den Propheten früherer Zeiten traf ihn eine unerbittliche Erkenntnis: Der Schlüssel zum Hei-

63

ligen Land und zur Zukunft Israels liegt in der Hand unseres Bruders Jesus!

Diese plötzliche Überzeugung erschütterte Joseph Rabbinowitz bis ins Innerste. Der Gedanke brannte in ihm, als er wieder in seine Heimat Bessarabien reiste, und von Begeisterung und starkem Glauben beflügelt, predigte er mit flammenden Worten Jesus, den Messias und Retter Israels. Er identifizierte sich nach wie vor mit dem jüdischen Volk und sah die Notwendigkeit, Christus in den jüdischen Synagogen, Häusern und Wohnvierteln bekannt zu machen.

Sein leidenschaftliches Eintreten für Christus führte dazu, dass seine Frau und seine sieben Kinder, aber auch Hunderte von anderen Juden in seiner Stadt, im benachbarten Odessa und in vielen anderen Städten und Dörfern Christus anerkannten. Tausende von Juden in Südrussland sahen sich zum ersten Mal in ihrem Leben gezwungen, ernsthaft über den Anspruch ihres Bruders Jesus nachzudenken, er sei der Messias.

Aaron Fogel gehörte zu den ersten, die Rabbinowitz mit seinen Bemühungen erreichte. Als sein Sohn David Dora Sitenhof heiratete, glaubten beide noch nicht an Jesus. Bald zogen sie nach Deutschland und eröffneten dort ein Geschäft. Aber dann kam Vater Aaron aus Russland und besuchte das junge Paar. Er war so begeistert von seinem herrlichen Erlöser und von der wunderbaren Nachricht, die er gehört hatte, dass auch David und Dora Jesus bald als ihren Herrn anerkannten. Das war etwa im Jahr 1900.

So leitete Gott die Geschwister auf verschiedenen Wegen, den einen in Polen, die andere in Deutschland, auf erstaunliche Weise zu Christus – und durch ihn fanden sie auch zueinander.

In den wenigen Jahren, seit David und seine Familie Christen geworden waren, hatte er Juden und Heiden gleichermaßen das Evangelium gepredigt und jede Stunde genutzt, die er zur Verfügung hatte, um von seinem Retter zu sprechen. David war ein sehr erfolgreicher Geschäftsmann, charakterfest und entschlossen. In seinem Wohnort und auch in der Kirche, zu der die Familie gehörte, war er hoch angesehen. Er war auch ein Mensch von strenger Disziplin und mutigem Handeln. Er setzte sich für den Glau-

64

ben ein und sprach von Christus, wann immer er konnte. Sein Urlaub wurde ausnahmslos dazu genutzt, evangelistische Gottesdienste in verschiedenen Gegenden Deutschlands zu leiten. Dora war klein gewachsen, aber sie hatte ein großes Herz und ein sanftes, liebevolles Wesen und half gern allen, die sie kannten.

Vertreter für Christus

Am Abend vor seiner Abreise vertraute Benjamin seiner Schwester und seinem Schwager an, dass es sein großer Wunsch und sein Ziel war, von Gott den Auftrag zu bekommen, als hauptberuflicher Missionar für sein eigenes Volk zu arbeiten. Das hatte er sich vorgenommen, und er sagte ihnen, er wolle es mit aller Kraft anstreben. David versprach, ihm möglichst zu helfen, sein Ziel zu erreichen. »Bis dahin«, sagte er, »wollen wir miteinander arbeiten und wachsen.« Benjamin verstand erst, was David meinte, als der ihm seinen Plan erläuterte. David bat Benjamin, als Reisender für seine Gesellschaft zu arbeiten; so könnte er alle wichtigen Städte Deutschlands besuchen und hätte dabei Gelegenheit, von Christus zu berichten. Das leuchtete Benjamin sofort ein, und er war bereit, gleich anzufangen.

Das war eine Überraschung für Yente, als Benjamin mit der Nachricht nach Kassel zurückkam, dass David und Dora Christen waren, und mit einer neuen, glänzend schwarzen Reisetasche mit Verkaufsmustern für seine neue Arbeit! Benjamin als Vertreter? Benjamin war Handwerker, Schreinermeister, aber kein Vertreter! Da war Yente sich sicher, aber sie spürte seine Begeisterung, sagte nichts dazu und freute sich mit ihm. Ihr Glaube war stark, und obwohl sie noch nicht lange an Christus glaubte, wusste sie, dass Gott Benjamin so machen konnte, wie er ihn haben wollte. Ihre Liebe zu ihrem neuen Messias kannte keine Grenzen, und beide zusammen waren glücklich in der Überzeugung, dass sie alles ertragen konnten.

Aber sie ahnten nicht, wie bald sie sich im »finstern Tal« wiederfinden würden.

65

8. Die Schönheit des Lebens mit Christus

Als das vierte Kind ankam, ein reizendes kleines Mädchen, nannten sie es Marie Hannah nach ihrer Freundin, Frau Sommer, die sie als ihre geistliche Mutter betrachteten. Benjamin, Yente und ihre Kinder lagen Sommers ebenso am Herzen wie ihre eigenen Kinder, und die beiden Familien verbrachten jeden freien Tag und jedes Fest miteinander im Haus der Sommers in dem schönen Vorort Wilhelmshöhe.

Hier erlebte Benjamin ein christliches Miteinander in seiner ganzen Schönheit. Hier erfuhr er, wie wohltuend tägliche Familienandachten sein können. Hier konnte er beispielhaft sehen, welcher geistliche Reichtum sich einem Christen erschließt, wenn er sein Leben ganz Christus zur Verfügung stellt. Und gerade das wünschte er sich so sehr.

Die beiden Familien gingen zusammen in den schönen Park von Wilhelmshöhe. Sie stiegen zusammen die weißen Steinstufen hinauf zu den kristallklaren Springbrunnen und Teichen am Fuß des Denkmals; zur Freude der Kinder gab es darin große Goldfische. Das war ihr Lieblingsspaziergang.

An öffentlichen Feiertagen, wenn sich große Menschenmengen versammelten, um die Schönheit der Gegend zu genießen und den Duft der großen, uralten Bäume zu atmen, holte Benjamin ein Päckchen Traktate hervor und verteilte sie an die Menge. Oft führte er Gespräche mit einzelnen und erklärte ihnen, wie man gerettet werden kann. In solchen Zeiten war Benjamin glücklich. Hier im Park machte er die allerersten Erfahrungen mit Gesprächen über seinen Herrn. Oft nahm er auch mit anderen Christen an Versammlungen im Freien teil. So lernte er mehr über Christus und die Bibel.

Eine gefürchtete Krankheit

Yente versuchte Benjamin so gut wie möglich von der Belastung durch Familienprobleme freizuhalten. Sie konnte sehen, dass seine Arbeit seine ganze Kraft forderte, und in letzter Zeit sah er dünn und blass aus. Insgeheim fürchtete sie, er könnte krank werden. Yente war aber nicht die einzige, der Benjamins blasse Gesichtsfarbe aufgefallen war; auch Prediger Sommer sah, dass Benjamin nicht so gesund war wie früher. Er sagte das Dr. Schmidt, einem Christen, dem die Familie Sitenhof am Herzen lag.

Eines Abends nach einem Gebetstreffen sprach Dr. Schmidt Benjamin an und verabredete eine Untersuchung am nächsten Tag. Es zeigte sich, dass einer von Benjamins Lungenflügeln schwer von der gefürchteten Tuberkulose befallen war und dass er sofort in einem Sanatorium behandelt werden musste.

Zu Anfang dieses Jahrhunderts war Tuberkulose eine bedrohliche Krankheit, die nur selten jemand lebend überstand. Es gab keine Antibiotika und keines der anderen lebensrettenden Mittel, die wir heute haben. Die einzige Hoffnung für die Patienten war ein frühes Erkennen der Krankheit, gute Ernährung und frische Luft.

Yente versuchte, sich tapfer auf diese plötzliche Wendung der Dinge einzustellen. Ehe sie Christ wurde, wäre sie bei der schlimmen Nachricht wahrscheinlich zusammengebrochen, aber jetzt trug sie sie mit Fassung. Jeden Tag betete sie und trug Gott ihre schwere Lage vor, und Gott, von dem alles Gute ausgeht, gab ihr Kraft. David wurde sofort benachrichtigt, und nachdem er mit dem Arzt gesprochen hatte, besorgte er für Benjamin einen Platz im Sanatorium Liebspringen im Rheinland, das für gute Heilungserfolge in ähnlichen Fällen bekannt war. Man hoffte, dort könne die Krankheit zum Stillstand gebracht werden.

So kam es, dass David im Februar 1908 ein kleines Haus in der Stadt Biebrich am Rhein (heute ein Stadtteil von Wiesbaden) für Yente mietete, wo sie in Benjamins Nähe sein konnte, denn es konnte Monate oder sogar ein ganzes Jahr dauern, bis er entlassen würde.

David war wie ein Vater zu Yente und den Kindern. Er scheute keine Mühe und keine Ausgaben, um sie schnell unterzubringen.

Obwohl er selbst zwei Kinder hatte, teilte er seine Zeit so ein, dass er für seine und Yentes Familie sorgen konnte.

Was Yente anging, so leistete sie in schweren Zeiten Unglaubliches. Ungeahnte Reserven an Kraft, Mut und Zuversicht traten in ihr zutage, wenn es schien, als müsste sie unter den Schicksalsschlägen zusammenbrechen. Jetzt kam zu ihrer natürlichen Charakterstärke noch der starke Glaube an ihren liebevollen Messias, der versprochen hatte, sie nie allein zu lassen.

Eine tapfere Frau

Yente, die immer aktiv war, wusste, dass sie David nicht die ganze Verantwortung für ihre Familie allein überlassen konnte, und fing an, nach einer passenden Arbeit zu suchen, die sie zu Hause tun konnte, um zur Ernährung ihrer Kinder beizutragen. Manchmal nahm sie Näh- und Änderungsarbeiten und ähnliches an. Dann wieder ließ sie die beiden älteren Kinder in der Schule und die jüngeren bei einer Nachbarin und erledigte Haushaltsarbeiten im Haus eines christlichen Freundes.

Sie fand eine Gemeinde, der sie sich gleich anschloss, denn für Yente war geistliche Nahrung so wichtig wie körperliche. Irgendwie schaffte sie es trotz all ihrer Belastungen und Aufgaben, mindestens die Gebetstreffen zu besuchen, wenn sie die Kinder zu Bett gebracht hatte. Ihre Freunde in der Gemeinde versuchten, ihr zu helfen. Der Mut und die Entschlossenheit dieser Jüdin beeindruckten sie, und ihre leidenschaftliche Liebe zu Christus beschämte manche. Sie arbeitete Tag und Nacht, damit ihre Kinder gut ernährt und gepflegt wurden – und sie erwartete wieder ein Kind.

Benjamin war bedrückt, als er von seiner Krankheit erfuhr. *Wer wird für meine Schäfchen sorgen?*, überlegte er. Aber als er sah, wie Yente die Sache in die Hand nahm und wie viel Mut und Vertrauen sie hatte, gewann auch er mehr Zuversicht. Er überließ die Sache Gott, und die Behandlung wirkte gut an ihm. Nach den ersten Monaten konnte man auf völlige Heilung hoffen.

68

Yentes Zeit war bis zur letzten Minute voll mit Arbeit. Sie wusch für ihre eigene Familie, kaufte ein, kochte und bügelte – und dann tat sie dasselbe noch für andere. Es schien, als hätte sie übermenschliche Kräfte. Sie war 26 Jahre alt, sah aber jünger aus. Aus ihrem schönen Gesicht sprach deutlich die Liebe Gottes. Trotz der stürmischen Wogen, die ihr kleines Schiff bedrohten, blieb sie ruhig und heiter und verlor nie die Herrschaft über das Schiff und seine kleine Besatzung, die sie liebte; ihr Kurs wurde von Hoffnung bestimmt.

Ein Fremder vor der Tür

Eines Abends, als sie die Kinder schon zu Bett gebracht hatte und stopfte, hörte sie ein schüchternes Klopfen an der Tür. Zuerst hielt sie es für Einbildung, denn wer sollte sie so spät besuchen? Es war halb neun, und sie wusste von niemandem, der heute zu ihr kommen könnte. Aber als es zum zweitenmal klopfte, ging sie zur Tür und schaute wie gewöhnlich durch den »Spion«, um zu sehen, wer da war. Ehe sie die Tür öffnete, sah sie einen mittelgroßen bärtigen Mann und fragte ihn, wer er sei.

Zwei müde Augen schauten sie an. Dann kam die Antwort, nicht auf Deutsch, sondern auf Russisch: »Bitte machen Sie auf.« Ohne weiter nachzudenken, öffnete sie die Tür und bat den Fremden einzutreten. »Wer sind Sie?«, fragte sie. »Woher kommen Sie?« Er setzte sich und atmete schwer. »Mein Name ist Hermann Berg«, erklärte er, »und ich komme aus Kiew in der Ukraine.«

Dann erzählte er eine Leidensgeschichte, die sehr ähnlich war wie die so vieler Juden aus dem zaristischen Russland. Weil er die grobe Ungerechtigkeit gegen sein Volk und die Verfolgungen nicht mehr aushalten konnte, hatte er sich einer Untergrundbewegung gegen den Zaren angeschlossen. Dann wurde er gefangen genommen und zum Kriegsdienst für den Zaren gezwungen. Aber in der russischen Armee ging es ihm noch schlimmer. Nicht nur war das Leben eines russischen Soldaten hart, er wurde auch als Jude besonders der Lächerlichkeit ausgesetzt.

Nichts, was er tat, war seinen Vorgesetzten recht. Wo er auch hinging, folgte ihm der Spottruf: »Jude, Jude.« Er beschloss aus Russland zu fliehen, obwohl er es kaum ertragen konnte, seine Frau und seine Kinder allein zurückzulassen. Denn welche Chancen hätte er oder seine Familie, wenn er da bliebe? Im Ausland könnte er vielleicht eine bessere Stellung bekommen und am Ende seine Frau und die Kinder aus dem Elend der Juden in Russland befreien.

Auf die Gefahr hin, in ein Zwangsarbeitslager in Sibirien zu kommen, reiste er über die Grenze. Schließlich kam er in Kassel an. Heute Abend war er fremd und ohne Ziel aus dem Bahnhof gekommen, und Herr Maximilian, ein Taxifahrer, der auf Kundschaft wartete, hatte ihn zu Frau Sitenhof geschickt. Und jetzt war er hier. Yente kannte Max, wie er in der Gemeinde genannt wurde, denn er war Christ und von den Gemeindegliedern hoch geachtet.

Der Fremde konnte kein Deutsch, aber sie konnte erkennen, dass er ein wohlerzogener und gebildeter Mann war. Er war etwa 30 Jahre alt und sprachgewandt. Sein Gesicht war freundlich, wenn auch traurig, und mit dem kleinen schwarzen Bart und den freundlichen Augen machte er einen guten Eindruck.

Er sagte ihr, er habe Erfahrung als Mechaniker und könne seinen Unterhalt sicher selbst verdienen, wenn er Arbeit als Reparateur von Nähmaschinen und ähnlichem fände.

Aber was sollte Yente tun? Wie konnte sie helfen, dass er ein Dach über dem Kopf bekam, wenn sie selbst so wenig hatte? Er konnte nicht einmal Deutsch, und sie war eine alleinstehende Frau mit kleinen Kindern. Sie musste etwas tun, und zwar schnell, denn es war schon spät am Abend. Zuerst musste der müde Wanderer einen Platz bekommen, wo er ausruhen konnte. Über das Weitere würde sie nachts, wenn es still war, mit Gott reden und ihn bitten, ihr die nächsten Schritte zu zeigen.

Kurz berichtete sie Herrn Berg von sich selbst und ihrer Situation. Sie erklärte, dass ihr Mann mit Tuberkulose im Sanatorium war und dass sie kleine Kinder hatten. »Aber trotzdem«, schloss sie fröhlich, »bekomme ich Trost und Hilfe, von denen Sie noch nichts

70

wissen.« Und dann erzählte sie ihm vom Messias Israels und dass sie gelernt hatte, sich völlig auf ihn zu verlassen, unabhängig von allen Schwierigkeiten und Problemen.

Er hörte aufmerksam zu, und am Ende sagte er: »Ich brauche auch eine Quelle, aus der ich Kraft, Weisheit und Trost bekommen kann. Bitte erzählen Sie mir morgen mehr davon!«

Hermann Berg schlief diese Nacht im Haus der Heilsarmee, zu dem Yente ihm den Weg wies. Sie war ganz auf Gottes Willen eingestellt, und Gott wollte durch ihre Vermittlung diesem armen Menschen helfen.

Am nächsten Morgen tauchte er in aller Frühe bei ihr auf. Er sah völlig verändert aus, ausgeruht und mit klaren Augen. Yente fand in der Nähe ein Zimmer für ihn, und dann besprachen sie miteinander die Lage. Sie versprach, ihm zu helfen, denn er brauchte sie als Dolmetscherin. Am Abend gingen sie zusammen zum Gebetstreffen, und obwohl Herr Berg nicht verstand, was gesprochen wurde, beeindruckte ihn die Zeit der stillen ehrfürchtigen Andacht mehr als alles andere. Er war dankbar, als Yente ihm übersetzte.

Heiden – anders als sonst

Noch nie hatte er so seltsame Menschen kennen gelernt. Ja, sie waren Heiden, aber sie waren vollkommen anders als die, die er von Russland her kannte.

Oj, oj, oj,
betrunken ist der Goj (Heide=Nichtjude)!
Trinken muss er immerzu,
denn er ist ein Goj.

So spotteten die jüdischen Kinder über die Trunksucht und Zügellosigkeit der russischen Heiden. Es gefiel ihnen, sich ein wenig rächen und überlegen fühlen zu können. Aber diese Leute waren anders, obwohl sie Heiden waren. Sie waren ehrfurchtsvoll und nachdenklich und strahlten Frieden und Heiterkeit aus, die ihn

71

sehr ansprachen. *Könnte es sein,* dachte er, *dass der Jesus, von dem Frau Sitenhof sprach, mit ihrem seltsamen Verhalten zu tun hat?*

Yentes erste »Eroberung«

Yente stellte Hermann der Gemeinde vor, und Max versprach ihr, er würde ihm helfen, eine Stelle oder Teilzeitarbeit zu finden. Auch andere wollten gern helfen, und man betete für diesen einsamen Juden, der überraschend zu ihnen gekommen war und so gern alles verstanden hätte, was vor sich ging.

Mehrere Wochen vergingen, aber Hermann fand keine Arbeit, weil er kein Deutsch konnte. Yente drängte ihn, Deutsch zu lernen; sie selbst sprach es zwar nicht gut, aber sie konnte es vollkommen verstehen und lesen.

Sie las mit Hermann die Bibel, und Max gab ihm in Yentes Haus Unterricht. So lernte er nicht nur Deutsch, er lernte auch Gott verstehen und Gottes Plan für sein Leben erkennen. Bald entschied er, dass Jesus sein Messias und Herr sein sollte.

Gegen Ende Juli, als Yente nicht mehr außerhalb arbeiten konnte, weil sie Anfang August ihr fünftes Kind erwartete, erzählte ihr Hermann von seiner Entscheidung für Christus. Er hatte Benjamin mehrfach im Sanatorium besucht, und mit ihm hatte er ernste Gespräche über den Messias Israels geführt. Was Yente sagte und dass Benjamin so völlig überzeugt war, verwirrte ihn zuerst, aber bald merkte er, dass das, was sie in all ihren Schwierigkeiten aufrecht erhielt, nur die Kraft eines lebendigen Gottes sein konnte, und er wünschte sich auch solche Sicherheit und solchen Frieden. Als er Jesus als Herrn anerkannte, erlebte auch Hermann das neue Leben und die neue Hoffnung, die jedem gegeben werden, der glaubt.

Bald nach dieser Entscheidung fand er Gelegenheitsarbeiten, und er erledigte sie gut. Er reparierte Fahrräder und Nähmaschinen und sparte jeden Pfennig, um seiner Frau und seinen Kindern, die sehnsüchtig darauf warteten, zu ihm zu kommen, das Reisegeld schicken zu können. Yente half ihm, wo sie nur konnte, und teilte ihr letztes Stück Brot mit ihm.

72

Lydia

Bald darauf ergab es sich, dass Herr Berg Yente helfen konnte. Sie bekam ein kleines Mädchen, und er versorgte in der Zeit die anderen Kinder.

Am Tag nach der Geburt des Kindes kam David und brachte Lebensmittel und Kleidung als Geschenk für sie alle.

Yente dachte nach, welchen Namen das neue Baby bekommen sollte. Sie schlug Apostelgeschichte 16 auf, und ihr Blick fiel auf die Verse 14 und 15:

»Und eine gottesfürchtige Frau mit Namen Lydia, eine Purpurhändlerin aus der Stadt Thyatira, hörte zu; der tat der Herr das Herz auf, so daß sie darauf achthatte, was von Paulus geredet wurde. Als sie aber mit ihrem Hause getauft war, bat sie uns und sprach: Wenn ihr anerkennt, daß ich an den Herrn glaube, so kommt in mein Haus und bleibt da. Und sie nötigte uns.«

Ja, Lydia, dachte sie. *Das ist ein schöner Name. Ich will mein Kind Lydia nennen, und ich hoffe, sie wird Gott treu sein und so gern ihren Mitchristen helfen und Gutes tun wie ihre Namensvetterin.*

9. Der steile und steinige Weg

Yentes Kondition war erstaunlich. Drei Tage nach Lydias Geburt stand sie auf und fing an zu arbeiten. Sie sang, kochte, wusch und putzte so energisch, dass ihre deutschen Nachbarinnen kaum glauben konnten, was sie hörten. Sie kamen, um diese ungewöhnliche Frau zu sehen, die so wenig für sich selbst, aber so viel für die Sache Gottes tat.

Scheinbar unermüdlich »predigte« sie ihnen, und doch konnten sie ihr nicht böse sein, denn obwohl ihr Mann krank war und sie nicht genug zu essen für die Kinder hatte (von ihr selbst gar nicht zu reden), lächelte sie immer, und bei der Arbeit sang sie aus vollem Herzen. Die Nachbarinnen staunten. »Wie kann sich eine Frau so schnell erholen?«, fragten sie einander. »Die meisten von uns haben ungefähr zwei Wochen gebraucht, als unsere Kinder geboren waren. Sie muss stark sein wie ein russischer Kosak«, folgerten sie. Wider Willen bewunderten sie sie, und manche boten sogar an, ab und zu auf die Kinder aufzupassen. Wo Yente wohnte, war Armut das Normale. Niemand konnte sich mit Reichtum an materiellen Gütern brüsten, aber niemandem fehlte es so sehr am Nötigsten wie Yente. »Diese Jüdin hat Mut«, darin waren sich alle einig.

Benjamin erholt sich

Endlich, nach monatelangem Warten und Hoffen, war Benjamin wieder so gesund, dass er das Sanatorium verlassen konnte. Ein Familienrat wurde gehalten, und David Fogel, Prediger Sommer und Hermann Berg, der neue Freund in der Not, nahmen daran teil. Sie beschlossen, es sei das Beste für Benjamin und Yente, wieder nach Kassel zu ziehen, wo viele christliche Freunde sie gern begrüßen würden. Auch Hermann entschloss sich, sich mit den Sitenhofs zusammenzutun.

So gingen sie Anfang 1909 auf die Rückreise. Yente seufzte

74

wehmütig und fragte sich: *Werde ich jemals einen Platz finden, an dem ich wirklich zu Hause bin?*

Sie war erst 26, aber schon Mutter von fünf Kindern, und bisher war ihr Leben eine einzige Wanderschaft von einem unbekannten, unvorhergesehenen Ort zum anderen gewesen. Ihr Herzenswunsch äußerte sich in einem Lied, das sie kürzlich in der Brüdergemeine gehört hatte: »Wo findet die Seele die Heimat, die Ruh?« Aber in ihrem Innersten wusste sie die Antwort: *Yente, du bist dein ganzes Leben lang auf Reisen gewesen, aber bei all diesen Irrfahrten hat dich dein Gott Schritt für Schritt geführt und ist den steinigen Weg mit dir gegangen.*

Yente war überzeugt, dass Gott sie auch jetzt führte, und wusste, dass sie ihm folgen musste.

Benjamin ging es immer besser, aber er war immer noch bleich und matt, und der Arzt hatte ihm geraten, sich zu schonen und sich nicht mit zu viel Arbeit zu überlasten. Benjamin wurde jeden Tag kräftiger, und als er es konnte, übernahm er wieder seine Aufgabe als Ernährer der Familie. Seine Begabung als Schreiner und Zimmermann eröffnete ihm gute Möglichkeiten. Seine Hände waren durch die erzwungene Untätigkeit nicht weniger geschickt geworden.

Noch ein Wiedersehen

Endlich hatte Hermann Berg genug Geld gespart, um seine Familie aus Russland zu holen. Der Tag kam, an dem das kleine Haus, das Yente für die Neuankömmlinge einrichten half, bereit war sie aufzunehmen. Yente dachte an alles, sogar an eine Vase mit Blumen auf dem Tisch.

Hermann wollte seiner Frau am liebsten gleich nach ihrer Ankunft vom Messias erzählen. Er betete inständig, dass diese Nachricht sie nicht allzu sehr schockieren würde.

Eine fröhliche kleine Gesellschaft empfing die Familie Berg am Bahnhof, und bald waren sie zu Hause und feierten das Ereignis mit Kaffee und Kuchen. Endlich war Hermanns Gebet erhört worden, und seine Lieben waren mit ihm in Deutschland. Bei Tisch dankte er Gott dafür. Seine Frau kannte diese Art des Gebets nicht; sie war so verwirrt, dass sie den ganzen Abend still und nachdenklich dasaß und sich fragte, was mit ihrem Mann geschehen war. Aber Hermann schien unbefangen. *Hoffentlich gibt sein Glaube an Christus ihm immer so viel Kraft wie heute,* dachten Yente und Benjamin.

Trotz seiner körperlichen Schwäche versuchte Benjamin tapfer, seine Familie mit Nahrung und Wohnung zu versorgen. Sein einer Lungenflügel war auf Dauer verschlossen, und jede Anstrengung schadete ihm. Aber er konnte seinen Beruf ausüben, und durch Vorsicht und Ruhe, die Yente ihm empfahl, wurde seine Gesundheit allmählich kräftiger.

Die drei Jahre von 1909 bis 1911 waren eine glückliche Zeit für die Familie und in der Gemeinde: Die Kinder wuchsen, und die Eltern machten Fortschritte im Glauben. Aber Benjamin fing an, eine Verantwortung für die Arbeit in der äußeren Mission zu spüren, ganz besonders für sein eigenes Volk – die Juden. Der Gedanke begleitete ihn Tag und Nacht. Der Wunsch, hauptberuflich für Gott zu arbeiten, nahm so sehr von ihm Besitz, dass er und Yente regelmäßig gemeinsam beteten und Gott baten, wenn er es wollte, einen Weg freizumachen und ihn zu berufen.

Der Ruf nach Argentinien

Eines Tages kamen mehrere aus Kassel gebürtige Missionare auf Heimaturlaub. Benjamin sprach mit diesen Männern über seinen dringenden Wunsch und bat sie um Auskunft über Südamerika. Man sagte ihm, auf diesem fernen Kontinent gäbe es eine wachsende jüdische Bevölkerung, besonders in Argentinien, und diese brauchte das Evangelium dringend. Wer könnte es ihnen besser erklären als ein Judenchrist – einer aus ihrem eigenen Volk?

Für Benjamin war das ein deutliches Zeichen, dass Gott wollte, dass er als sein Bote nach Argentinien ausreiste. Mit diesem Ziel nahm er an einem intensiven Bibelstudienkurs teil.

76

Dann bekam Benjamin eines Tages eine Einladung von einer Gruppe der Brüdergemeine in Argentinien, die tief besorgt war, weil niemand den Juden unter ihnen das Evangelium weitergab. Sie hatten von diesem jungen Gemeindeglied gehört und wünschten sich, dass er käme. Aber wäre er bereit, zuerst allein zu kommen und seine Familie später nachkommen zu lassen? Anfangs sagte Benjamin der Gedanke, allein zu fahren, nicht zu. Wie konnte er Yente mit fünf Kindern, das jüngste drei Jahre alt, unversorgt sich selbst überlassen, wenn auch nur für kurze Zeit? Nein, das konnte er nicht. Aber je mehr er darüber nachdachte, umso überzeugter wurde er, dass Gott das von ihm wollte und dass er während seiner Abwesenheit für seine Familie sorgen würde.

Natürlich würde er »im Glauben« ausreisen, und das hieß, er würde keinerlei Einkommen haben. Das Erstaunliche war, dass Yente ihn zur Ausreise ermutigte. Sie hatte ihn genau beobachtet und wusste, wenn er diese Gelegenheit nicht wahrnahm, würde ihn das sehr unglücklich machen. Benjamin wollte einen Teil der Zeit in Buenos Aires in seinem gut bezahlten Beruf arbeiten und hoffte, seine Familie könne schon sehr bald nachkommen.

Aber Yente hatte schon Pläne, wie sie selbst arbeiten und die Kinder versorgen könnte. Dann hätte Benjamin Zeit sich einzuleben, seinen Bibelstudienkurs in Südamerika abzuschließen und für sie und die Kleinen eine Wohnung zu besorgen, wenn sie dann nachkommen konnten.

Die Abreise

An einem kalten Novembertag reiste Benjamin nach Südamerika ab. Yente hatte viel damit zu tun gehabt, seine Sachen zu packen. Sie tat ihre Alltagsarbeit mit einem entschlossenen Gesichtsausdruck. Von Zeit zu Zeit sagte sie den Kindern mit leiser Stimme, Papa würde jetzt bald auf eine lange Reise gehen und sie sollten besonders artig sein. Die Kinder spielten Familie, bis es dunkel wurde, dann versammelten sie sich um die alten Gepäckstücke und flüsterten miteinander. Mit eifrigem Gesicht machten sie selbst

77

Pläne für ihre Reise über das große Meer. Mutter hatte ihnen gesagt, in sehr kurzer Zeit würden sie ihrem Papa folgen.

Oben in dem großen Schlafzimmer öffnete Yente alle Schubladen, um zu sehen, ob sie etwas vergessen hätte, was Benjamin auf der langen Reise vielleicht gebrauchen könnte. Da war ein warmer Schal, den ihm David zu Weihnachten geschickt hatte. Den hatte sie beiseite gelegt. Sie nahm ihn aus dem Versteck und betrachtete ihn liebevoll, und Tränen liefen ihr über das Gesicht.

Sie wusste, vor den Kindern musste sie tapfer erscheinen; sie durften nicht wissen, wie schwer ihr der Abschied fiel. Sie war entschlossen, Benjamin allein fahren zu lassen und, wenn Gott es wollte, mit den Kindern nachzukommen. Aber insgeheim hatte sie eine böse Vorahnung. Benjamins Gesundheit war nicht stabil. Seit der Zeit im Sanatorium war er nicht wieder wie früher gewesen. Der Husten war nicht ganz verschwunden, und sie hatte Angst, das heiße Klima in Argentinien würde seiner Gesundheit schaden.

Irgendwie wurde sie das Gefühl nicht los, sie würde Benjamin sehr, sehr lange nicht wiedersehen. Sie wusste, sie würde ihre fünf Kinder ernähren müssen. Sie dachte immer an die Einstellung des deutschen Volkes und daran, dass sie trotz allem eine Ausländerin in einem fremden Land war. Ihre vielen christlichen Freunde liebten sie wie ein eigenes Familienmitglied, und sie hatten Benjamin versprochen, für sie zu sorgen. Aber selbst in christlichen Kreisen spürte sie manchmal Einsamkeit, wenn unüberlegte Worte oder Gesten auszudrücken schienen: »Was tust du als Jüdin hier bei uns guten deutschen Christen?« Selbst der Glaube, der sie zusammenhalten und einigen sollte, überwand nicht immer die tief verwurzelten Hemmungen und das eingefleischte Misstrauen.

Bedrückt ging sie hinunter, machte sich in der Küche zu schaffen, richtete das Abendessen, wusch die Kinder eins nach dem anderen (wie sie es gewöhnlich und systematisch tat), bürstete den Mädchen das Haar und sprach die ganze Zeit kein Wort. Aber ihr gespannter Ausdruck ließ erahnen, was sie bewegte. Da stand sie, kaum 29 Jahre alt, allein in einem fremden Land mit fünf Kindern, die von ihr Nahrung, Unterkunft und Geborgenheit erwarteten. Aber sie wusste, dass Gott ihr Kraft geben würde. Jeden Morgen und Abend würde er ihre Gebete hören. Sie hatte vollkommenes Vertrauen. In all den Jahren, seit sie Christ geworden war, hatte sie seine erstaunliche Macht erlebt, und sie wusste, dass er sie auch jetzt nicht im Stich lassen würde.

Der Tisch war gedeckt, und die Kinder setzten sich leise mit gespannter Erwartung. Während sie aßen, sahen sie einander mit großen, traurigen Augen an und fragten sich, was wohl gleich geschehen würde. Gegen Ende der Mahlzeit hörte man draußen auf dem Fußweg Schritte. Die Haustür wurde hastig geöffnet, und Benjamin kam herein. Beim Eintreten flüsterte er Yente etwas zu, und als ob sie eine eingeübte Rolle spielten, fingen sie an sich zu verabschieden. Die Kerosinlampe auf dem Tisch verbreitete ein unheimliches Licht und betonte noch die Schatten in den Zimmerecken. Nichts schien sich verändert zu haben, und doch war für Yente alles anders. Es war, als hätte man sie mitten auf dem Meer in einem Boot ohne Kompass ausgesetzt. Man durfte keine Zeit verlieren. Benjamin flüsterte ihr zu, er wolle nicht, dass sie ihn begleitete.

Mit tieftraurigem Gesichtsausdruck ging Benjamin zu jedem Kind, gab jedem einen eiligen Kuss, umarmte Yente einen kurzen Augenblick, nahm seinen schwarzen Hut und seine kleinen Koffer und war verschwunden. Die Kinder saßen regungslos auf ihren Plätzen. Yente kam und setzte sich neben sie, und wie auf Verabredung bedeckten alle das Gesicht mit den Händen. Die Eule draußen in der Laube rief ihren abendlichen Ruf – wie immer. Oder klang es diesmal quälender, trauriger als sonst? Konnte es wahr sein, dass sie allein waren?

10. Eine harte Schule

Unter seinen Freunden sprach sich schnell herum, dass Benjamin in die Mission gegangen war. Das war überraschend. Sie hätten ihn gern mit dem Segen der Gemeinschaft verabschiedet, aber Yente erklärte, er habe erst im letzten Augenblick eine Möglichkeit zur Überfahrt bekommen und sei überstürzt abgefahren, weil er nicht wusste, wann sich wieder eine Gelegenheit bieten würde. Nur eine kleine Gruppe von Freunden hatte sich unter der Leitung von Pastor Sommer getroffen, um Benjamin für seine weite Reise und die bevorstehende Aufgabe Gott anzuvertrauen.

Da sie jetzt mit ihren fünf noch jungen Kindern allein war, machte Yente Pläne, wie sie sie über Wasser halten könnte. Sie war fest entschlossen, solange sie lebte und es einen guten Gott gab, sollten die Kinder keinen Mangel leiden. Sie würde weitermachen, bis sie zu Benjamin nach Argentinien ausreisen könnten.

Frau Emma Schmidt, eine Bauersfrau, hatte ihr versprochen, ihr frühmorgens Butter, Eier und Äpfel zum Verkauf zu liefern. Jeden Morgen um 4 Uhr ging sie eilig zum Bahnhof und holte die Ware, um als Erste auf dem Markt zu sein. Wenn sie alles verkauft hatte, lief sie nach Hause, um den Kindern Frühstück zu geben. Um 8 Uhr waren sie auf dem Weg zur Schule und zum Kindergarten. Dann ging sie schnell zu einer Familie, für die sie die Hausarbeit besorgte, und kam um 14 Uhr zurück, gerade rechtzeitig, um große Wollsäcke in Empfang zu nehmen – davon flickte sie jede Woche einen ganzen Stapel. Nach drei Stunden Arbeit an den Säcken kochte sie ein gutes Essen für die Kinder, brachte nach dem Abendessen die Säcke zurück, brachte die Kinder zu Bett und versorgte dann ihren eigenen Haushalt. Eine Frau hatte Yente gebeten, für sie zu waschen, wenn sie die Zeit erübrigen könnte, und obendrein wurde sie von einer Versicherungsgesellschaft gebeten, deren Büroräume zwischen 3 und 4 Uhr morgens zu putzen.

Elizabeth war 11 Jahre alt und half ihrer Mutter viel bei der Betreuung der jüngeren Kinder. Sie brachte sie von der Schule nach Hause und versorgte sie wie eine kleine Mutter. Elizabeth war ein sehr artiges Kind und zuverlässig – Gott sei Dank. Yentes Herz wurde warm, wenn sie an sie und die anderen Kinder dachte – die armen *Täubchen*.

Lydia unterbrach ihren Gedankengang: Sie rieb sich die Augen und weinte, sie wolle schlafen. Elizabeth kam zu ihrer Mutter, streichelte ihr Haar und flüsterte, sie würde die Kinder zu Bett bringen, damit ihre Mutter sich ausruhen könne. Die beiden Jungen murrten ein wenig, aber als ihre ältere Schwester sie streng anschaute, verschwanden sie schnell in ihre Betten.

Das Haus mit dem roten Dach und die Laube

Als Yente von Benjamin die Nachricht bekam, dass er gut in Buenos Aires angekommen war, hatte sie ihren Tagesablauf so organisiert, dass den Kindern nichts fehlte. Sie wohnten in einem kleinen Haus mit rotem Dach, das mit anderen zusammen einen Halbkreis um einen offenen Hof bildete, in dessen Mitte ein kleiner Rasenplatz lag, die »grüne Aue« für alle Anwohner und besonders für die Kinder und Hunde. Ihr Häuschen war das letzte in der Reihe und endete an einer hohen Mauer, die ihre Straße von der nächsten trennte.

Außerhalb des kleinen Hauses war eine Laube, deren Dach an der hohen Mauer befestigt und von Efeu überwachsen war. Diese Laube war Yentes Lieblingsplatz. Hier versammelte sie die Kinder, wenn sie ein wenig Zeit erübrigen konnte, erzählte ihnen biblische Geschichten und machte Pläne für die Wiederbegegnung mit ihrem Vater. Die Laube war der schönste Platz für die Familie, und dort spielte Elizabeth oft mit den kleineren Kindern Vater und Mutter. Die Laube war in einem besonderen Sinn das »Haus« für die Kinder, und sie verbrachten dort viele schöne Stunden.

All das und dann noch Kuchen

Die Jungen – Ernest, neun, und Jacob, sieben Jahre alt – kletterten mit Vorliebe außen am Laubengitter hinauf, um zu sehen, wer zuerst oben war, und der Gewinner jubelte vor Begeisterung. Hier scharten sich die Kinder jedesmal um ihre Mutter, wenn sie mit der *Überraschung* nach Hause kam. Denn irgendwie schaffte Yente es immer, eine Überraschung für ihren Nachwuchs mitzubringen, und wenn sie noch so klein war. Manchmal war es eine kleine Tafel Schokolade oder ein zerbrochener Streuselkuchen, den sie beim Bäcker zu einem stark reduzierten Preis gekauft hatte. Manchmal war es Kandiszucker. Aber immer gab es etwas, das ihnen Freude machte.

Am liebsten mochten die Kinder den Streuselkuchen, zerdrückte Krapfen oder manchmal einfach Kuchenkrümel. Aus Mitgefühl für die überlastete Mutter und ihre Kinder sammelte eine junge Frau im Bäckerladen alle zerbrochenen Kuchen und Kekse und füllte sie in eine Tüte. Wenn dann Yente abends am Laden vorbeikam, winkte sie ihr und gab ihr die Tüte für zehn Pfennig. Manchmal war die Tüte sehr groß. Yente vermutete, diese freundliche Frau, die ihre Lebensumstände kannte, zerbräche auch absichtlich Kuchen, um sie ihr so billig abgeben zu können. So bekamen Yentes Kinder sogar Kuchen.

Die Leute sind sehr freundlich zu uns, dachte Yente. Sie arbeitete zwar schwer, aber sie spürte, wie ihr aus einer geheimen Quelle Kraft zufloss. Ihr Haus war vorbildlich sauber, ihre Kinder waren gepflegt und gut ernährt und trugen heile Kleidung. Als Jüdin wurde sie von allen kritisch beobachtet, und sie wollte keinen Anlass für unfreundliche Bemerkungen geben, vor allem nicht den anspruchsvollen deutschen Hausfrauen.

Sie wurde von der Angst verfolgt, wenn sie in Fragen der Sauberkeit großzügiger würde, könnte man sie *die schmutzige Jüdin* nennen.

Die beiden größeren Kinder gingen zur Schule und die drei kleineren in den Kindergarten, so dass Yente den größten Teil des Tages außerhalb arbeiten konnte. Nach einem Plan, den sie jeden Tag

82

genau einhielt, ging sie von einer Stelle zur anderen. Wenn sie dann zu Hause war, Essen gekocht hatte und (mit Elizabeths Hilfe) die Kinder zu Bett brachte, war sie sehr müde.

Im Sommer und Herbst war es viel leichter, denn dann konnte sie auf dem Markt Obst verkaufen und brauchte weniger Putzarbeit für andere zu erledigen. Die Deutschen waren sehr anspruchsvoll, aber sie erfüllte ihre hohen Anforderungen. Sie fand sogar noch Zeit, den Kindern Kleidung zu nähen, auch Matrosenanzüge für die Jungen. Wenn die Sitenhof-Kinder sonntagmorgens frisch angezogen auftauchten, die Mädchen in gebügelten und gestärkten Kleidern und die Jungen in tadellosen Anzügen, staunten die Nachbarn.

Aber der Winter war für Yente sehr anstrengend. Sie musste für mehrere Familien in feuchten Kellern mit der Hand die große Wäsche besorgen und sie drei- bis viermal in eiskaltem Wasser spülen – das hinterließ mit der Zeit Spuren. Oft gefror ihr Rock und sah, wenn sie nach Hause kam, wie ein Reifrock aus. Dann taute sie ihn in der warmen Küche auf – zur Freude der Kinder, aber zum Schaden für ihre Gesundheit. Allmählich bekam sie Rheumatismus und konnte nicht mehr für andere waschen. Stattdessen übernahm sie es, Rechtsanwaltsbüros zu putzen; dazu musste sie um 4 Uhr morgens aufstehen und mindestens zwei Stunden lang kniend die Fußböden wachsen und bohnern.

Für Gott in der Fremde

Zur selben Zeit versuchte Benjamin in Argentinien Fuß zu fassen. Die Christen in Buenos Aires hießen ihn herzlich willkommen und freuten sich, dass ihre Gebete endlich erhört wurden und dass jemand kam, um der ständig wachsenden jüdischen Gemeinde den Glauben an Christus zu erklären. Benjamin setzte sich voll für seine Arbeit ein. Es gab in dieser Weltstadt so viele arme und unglückliche Menschen, sie war ein Ort der Unmoral und des Verfalls. Diese ziellos umhergetriebenen Menschen taten ihm sehr leid. Manche waren durch List und Betrug aus ihrer Heimat entführt worden.

83

Für viele enttäuschte und verzweifelte Menschen war Benjamin nicht nur eine Verbindung zu ihrer alten Heimat, sondern er gab ihnen neue Hoffnung. In seiner Freizeit setzte er seinen Bibelstudienkurs fort, der ihn für den hauptamtlichen missionarischen Dienst ausbilden sollte.

Freunde halfen ihm, und ab und zu konnte er seiner Familie sogar Geld schicken. Aber das erreichte Yente nur selten, denn damals wurden die Postsendungen oft gestohlen. Yente schrieb ihm jedoch ermutigende Briefe, in denen sie nur die schönen Ereignisse berichtete und nichts von den Belastungen und Opfern schrieb, die sie auf sich nehmen musste, um die Familie zu ernähren und die Wohnung zu bezahlen. Sie schrieb ihm, dass die Gemeinde ihr Mut machte, besonders Prediger Sommer, und dass sie sich auf ein baldiges Wiedersehen freuten. Sie sprachen sogar bei den Gebetstreffen über die Möglichkeit, Yente und die Kinder nach Buenos Aires zu schicken, damit die Familie zusammen sein könnte. Aber das Reisegeld für sechs Personen konnte man nicht aufbringen, und so musste Yente endlose Monate und Jahre weiter kämpfen.

Benjamin schrieb, das heiße, feuchte Klima sei eine schwere Belastung für seine schwache Gesundheit. 1913 musste er mehrere Monate im Krankenhaus behandelt werden, und es schien das Beste zu sein, wenn er wieder nach Deutschland käme. Aber er hatte kein Geld für die Reise, und so beschloss er zu arbeiten und das Fahrgeld zusammenzusparen.

Im Fürstenhaus

Im Frühjahr 1913 begegnete Yente einem Christen, der ihr auf erstaunliche Weise half. Das Rechtsanwaltsbüro, in dem sie arbeitete, hatte die Reinigungszeiten geändert. Yente konnte ihre Arbeit dort jetzt zwischen 15 und 17 Uhr tun, was sie sehr entlastete. Eines Tages kam Yente ein wenig zu früh zur Arbeit und bemerkte beim Eintreten einen großen, militärisch aussehenden Mann, der mit einem der Rechtsanwälte sprach.

Dieser Rechtsanwalt nahm Anteil an Yentes Situation und hatte sie schon öfter nach ihrem Befinden und ihren Lebensumständen gefragt. Er hatte ihr gesagt, sie sähe für so schwere Arbeit zu zart aus und er frage sich manchmal, ob sie ihr nicht zu viel würde. Sie hatte ihm von sich und Benjamin erzählt, und er hatte versprochen, eine weniger anstrengende Arbeit für sie zu suchen. Jetzt rief er sie herein und stellte sie seinem Klienten vor. Er war Major und ein Berater des fürstlichen Hauses von Hessen-Nassau. Der Rechtsanwalt erklärte, für die Winterresidenz der Fürstin werde ein Zimmermädchen gesucht und er habe sie für diese Arbeit empfohlen. Sie sei nicht schwer, werde aber gut bezahlt. Yente traute ihren Ohren kaum. War es möglich, dass sie als Ausländerin das Haus der Fürstin überhaupt betreten durfte? Yente war bescheiden, und auf ihre einfache Art äußerte sie ihre Bedenken. »Sprechen Sie wenig und arbeiten Sie gut«, riet ihr der Major, »dann haben Sie die Stelle.« Yente dankte ihrem zukünftigen Arbeitgeber mit Tränen in den Augen und lief nach Hause wie auf Wolken. Sie versammelte ihre fünf Kinder um sich und dankte ihrem himmlischen Vater, der sogar besser für sie sorgte, als sie wusste oder erwartete.

Ihre Arbeitszeit sollte von 9.30 bis 15 Uhr dauern. Nach einer Woche Einarbeitung durch die Haushälterin sollte sie für die Zimmer der jungen Prinzen zuständig sein, die in dieser Zeit eine strenge militärische Ausbildung unter der Aufsicht des Majors absolvierten.

Am nächsten Morgen sollte sie sich im Büro des Majors vorstellen, und dieses Gespräch vergaß sie nie. Er gab ihr die Hand, als sie hereinkam, und sagte: »Schwester Sitenhof, ich bin Christ und weiß, dass Sie es auch sind. Ich bin Ihr Freund.« Dies, dachte Yente, ist also ein Bote, den Gott mir schickt, wie ein getarnter Engel.

Anscheinend wusste er alles über sie, sogar wann sie Christ geworden war. Sie beteten zusammen, ehe er ihr erklärte, welche Arbeiten von ihr erwartet wurden. Wie angesehen und einflussreich dieser Mann war, erkannte sie gleich. Seine leise, ruhige und dabei doch befehlsgewohnte Sprechweise ließ zugleich Freundlichkeit und Verständnis erkennen. Er war ungefähr 60 Jahre alt, weißhaarig, breitschultrig und hatte ein militärisches Auftreten. Er war eine imposante Erscheinung.

»Mein Kind«, sagte er, »wenn Sie einmal in Schwierigkeiten sind, kommen Sie zu mir, und ich will versuchen Ihnen zu helfen. Lassen Sie sich nicht mit den Bediensteten in Gespräche ein, und nehmen Sie nur so weit Kontakte auf, wie es die Höflichkeit verlangt. Es wird Widerstand geben«, sagte er. »Manche könnten sich gegen Sie stellen, aber das soll Sie nicht beunruhigen. Ich stehe hinter Ihnen.« Mit diesen ermutigenden Worten entließ er sie, und Yente fing wie in einem Traumzustand mit der Arbeit an.

Die Haushälterin, eine große, kräftige Frau aus einer preußischen Familie, war offensichtlich unzufrieden, als sie Yente sah, erstens weil sie zu schwach und unerfahren aussah und zweitens weil sie sie in Verdacht hatte, »Ausländerin« zu sein. Aber sie sagte nichts, denn der Major hatte sie warm empfohlen, und der Major wurde als Hausherr respektiert. Yente lernte gut und war fleißig und pflichtbewusst, und ehe die Woche um war, wusste die Haushälterin schon, dass Yente eine zuverlässige Arbeitskraft war. Vor allem, dass sie ihre Arbeit unaufdringlich erledigte und keine Zeit mit Unterhaltungen mit den anderen vertat, widerlegte alle Vorbehalte gegen ihre Anstellung. Die Haushälterin fand nichts an ihr auszusetzen.

Für Yente war es eine große Erleichterung, eine so geregelte und angesehene Stellung zu haben; sie konnte jetzt mit einigen schweren Arbeiten aufhören, die sie seit über zwei Jahren hatte tun müssen. Sie verkaufte immer noch jeden Morgen früh ihre Landprodukte, denn so bekam sie Butter, Eier und Äpfel für ihre Kinder. Mit der neuen Arbeit im Fürstenhaus konnten sie sich ein klein wenig mehr leisten als das bloße Überleben.

An den Wochenenden machte sie regelmäßig mit den Kindern ein Picknick auf dem *Brasselsberg,* einem beliebten Ausflugsziel nahe der Stadt, wo man unter großen Bäumen sitzen konnte. Sie aßen an einem Cafétisch mitgebrachte Brote, und Yente bestellte ohne Verlegenheit fünf Gläser heiße Schokolade für die Kinder und Kaffee mit Schlagsahne für sich selbst. Sie und die Kinder freuten sich schon die ganze Woche auf das Picknick, und wenn sie oben auf dem Berg ankamen, wurde sie wie eines von ihnen, spielte mit ihnen, rollte sich im Gras, versteckte sich hinter Bäumen und fütterte die Eichhörnchen.

86

Zu solchen Zeiten sah sie so jung und sorglos aus, dass andere Ausflügler sie für das Kindermädchen hielten und überrascht waren, wenn sie die Kinder »Mama« zu ihr sagen hörten. Yentes Glaube an Gott wurde jeden Tag stärker. Wenn nach einem wunderbaren Picknicktag die Sonne unterging, versammelte sie besonders gern die Kinder um sich, und vor dem Heimweg dachten sie mit Ehrfurcht und Dankbarkeit an Gott und sangen Choräle, die sie gut kannten. Manchmal scharten sich Fremde um die kleine Gruppe und sangen mit. Als die Leute, die zum Picknick hierher kamen, herausfanden, dass Yentes Mann Missionar in Südamerika war, bekamen sie Interesse und wollten mehr wissen von dieser ungewöhnlichen Familie, in der man jedem Kind von der großen Schwester bis zum Nesthäkchen die Freude an Gott am Gesicht ansah.

Alte Soldaten sterben nie

Im zweiten Stock ihres Hauses wohnte in einem Dachzimmer ein Rentner, »der alte Herr Riehm«. Er war 81 Jahre alt und sah mit seinem langen, wallenden weißen Bart, den strahlenden, tief liegenden blauen Augen und dem sprühenden Humor aus wie der Nikolaus auf einer Postkarte. Er hatte 1870 den Deutsch-Französischen Krieg mitgemacht. Die Kinder liebten ihn, und er erwiderte die Liebe mit schelmischer Zuneigung. Sie neckten sich erbarmungslos, aber am Ende des Tages saßen die Kinder immer vor dem Kamin zu Füßen des alten Papa Riehm und hörten seinen aufregenden Kriegsgeschichten zu, die ihm nie ausgingen und teils aus seinem unfehlbaren Gedächtnis, teils aus seiner lebhaften Phantasie stammten.

Er rauchte eine fast einen Meter lange krumme Pfeife, und die Kinder beobachteten mit Vorliebe sein ehrwürdiges, faltiges Gesicht durch die Rauchschwaden. Oft konnte Yente abends noch ein wenig arbeiten und die Kinder zufrieden in Herrn Riehms Obhut lassen. Er hatte keine Angehörigen außer einer Schwester. Die fünf kleinen Soldaten, die ihn verehrten wie einen Helden, der den Deutsch-Französischen Krieg fast allein gewonnen hatte, betrachtete er wie eigene Kinder.

Jedes Kind bekam regelmäßig ein kleines Geburtstagsgeschenk von ihm. Er band das Geschenk an eine Schnur und ließ es aus seinem Fenster baumeln, bis das Geburtstagskind das Fenster unten öffnete und unter dem aufgeregten Lachen der anderen das Geschenk hereinholte.

Aber Herr Riehm glaubte nicht an Gott, und Yente bat ihn immer wieder, Jesus zu vertrauen. Zuerst spottete er gutmütig und achtete kaum darauf, was sie sagte. Aber als er sah, welche Kraft ihr Glaube hatte und wie wichtig er ihr war, interessierte ihn das. Eines Abends gegen Ende 1913 hielt Yente ihn auf dem Weg nach draußen auf, als er seinen Abendspaziergang machen wollte. Sie bat ihn, sich gleich dort für ein Leben mit Christus zu entscheiden und Gott zu bitten, ihm seine Sünden zu vergeben und ihn auf das ewige Leben vorzubereiten. »Bevor es zu spät ist«, sagte Yente, »nehmen Sie es an, dass Christus Sie retten will, dann werden Sie einen Frieden erleben, wie man ihn sich nicht vorstellen oder verstehen kann.« Sein Widerstand war gebrochen, und er tat es. »Wenn er Ihnen so wichtig ist«, sagte er, »dann will ich ihm eine Chance geben, mir auch so wichtig zu werden. An Ihrem Leben habe ich gesehen, was Gott für seine Kinder tun kann. Er soll mich auch retten.«

Damit ging der alte Mann aus dem Haus. An demselben Abend, als er wieder zu seinem Zimmer hinaufstieg, stolperte er und fiel die Treppe zwei Stockwerke tief hinunter. Papa Riehm war sofort tot. Yentes Familie war sehr traurig, aber sie selbst war innerlich dankbar, denn sie wusste, dass der alte Mann als Christ gestorben war und dass sein Befehlshaber den alten Krieger in der Heimat begrüßen würde.

11. Das Pulverfass

Im Frühjahr 1914 nahmen die Spannungen in Europa täglich zu. Alte nationale Feindseligkeiten, die seit mehr als 50 Jahren überall auf dem Kontinent schwelten, boten so viel Zündstoff, dass sie leicht eine Katastrophe auslösen konnten, wie die Welt sie bis dahin noch nie gesehen hatte.

Deutschland hatte 1870 Frankreich besiegt, ihm einen demütigenden Frieden aufgezwungen und fühlte sich jetzt stark. Seine Industrie wuchs, aber den Markt beherrschte hauptsächlich der mächtige »John Bull« (Großbritannien), der Herrscher der Meere. Frankreich hatte die demütigende Niederlage durch Preußen noch nicht verwunden und wartete darauf, alte Rechnungen mit dem Nachbarn im Osten zu begleichen. Im Osten fühlte sich das despotische Zarenreich berufen, alle slawischen Völker Europas unter »Mütterchen Russlands« Schutz zu vereinen.

Dann war da das Kaiserreich Österreich-Ungarn unter Franz Joseph I., ein großes Konglomerat von slawischen und balkanischen Völkern, zusammengehalten durch die Herrschaft der deutschen und ungarischen Volksgruppen. Es war ein Gemisch von Völkern, die nach Unabhängigkeit strebten und darum stritten, misstrauisch und eifersüchtig aufeinander, und einander alte Kränkungen nachtrugen – ein wahres Pulverfass.

Der Funke, der dieses Pulverfass in Brand setzte, war die Ermordung des Erzherzogs Ferdinand von Habsburg, des Kronprinzen von Österreich. Er wurde, als er die Stadt Sarajevo besuchte, von einem fanatischen Studenten aus dem kleinen Königreich Serbien erschossen, das sich allzu sicher fühlte, weil es mit Russland verbündet war.

Kriegstrommeln

In Deutschland war man überzeugter als anderswo, dass ein Krieg bevorstand. Man fragte nicht ob, sondern wann er ausbrechen würde.

89

Auf den öffentlichen Plätzen und in den Schaufenstern der vornehmen Geschäfte in Kassel war das farbige Bild Kaiser Wilhelms II. in seiner prächtigen Feldmarschallsuniform und mit der Pickelhaube zu sehen. Sein stählerner Blick, der gewachste und nach oben gedrehte Schnurrbart und die vielen Orden und Ehrenzeichen auf seiner Brust drückten trotziges Selbstvertrauen aus.

Neben dem Bild des Kaisers erschienen die der strengen und ehrfurchtgebietenden Feldmarschälle und Generäle von Moltke, Ludendorff, von Hindenburg und anderer.

Die Passanten betrachteten sie mit Bewunderung und Stolz. Auch wenn sie schwiegen, schien ihr Blick zu sagen: *Wenn diese Helden uns führen, können wir gar nicht verlieren.*

Aus Bierkneipen, von vaterländischen Versammlungen und von Militärkapellen, die marschierende Soldaten anführten, klang die Melodie *des Deutschlandliedes.* Überall in den Straßen der alten Garnisonstadt hörte man das rhythmische Dröhnen der Stiefel, wenn Soldaten mit der Präzision einer gut geölten Maschine marschierten.

Überall herrschte ein selbstbewusster und kriegerischer Patriotismus. Fremde und Ausländer waren von vornherein verdächtig. Was hatten sie im Vaterland zu suchen? Bestimmt waren es Spione.

Verdächtig und unerwünscht

Yente spürte, wie die Leute sie und ihre Familie ansahen. Sogar an ihrem Arbeitsplatz schauten manche Bediensteten misstrauisch auf sie und fragten untereinander: »Was macht diese russische Jüdin hier? Ist die auch eine Spionin? Warum nimmt sie nicht ihre Familie und geht nach Russland, wo sie hingehören?« Yente tat ihre tägliche Arbeit so gewissenhaft wie immer und konnte immer noch ein Lächeln hervorbringen. Sie wirkte nach außen ruhig, aber innerlich war sie erregt.

Was soll ich tun, fragte sie sich, *wenn wirklich Krieg ausbricht?* Sie war allein mit fünf Kindern in einem feindlichen Land. Wohin könnte sie gehen?

90

Benjamins letzter Brief aus Buenos Aires trug das Datum vom 25. Mai 1914 und sagte nichts Genaues über seine Rückkehr, nur dass er vielleicht irgendwann im Sommer ein Schiff nach Europa nehmen würde. Aber als sie am 20. Juli nach Hause kam, war ein Telegramm gekommen. Benjamin war krank in London angekommen und konnte nicht weiterreisen. Ein Brief würde folgen.

Ein heftiges Sommergewitter mit Donner und Blitz braute sich über ihr zusammen. Würde das Unwetter sie ungeschützt im Freien treffen? Würden sie und ihre Lieben hilflos weggefegt werden wie abgerissene Blätter? »Ach Gott«, betete sie mit fieberhafter Inbrunst, »zeig mir einen Ausweg, gib mir eine Fluchtmöglichkeit.«

Hinaus!

Auf dem Weg zur Arbeit traf sie ihren Wohltäter, den Major, und er begrüßte sie herzlich. Er sah Yentes Gesicht an, dass sie tief beunruhigt war. In ihren Augen, die sonst immer lächelten, waren offensichtlich Tränen.

Er war ihr Freund, da war sie sicher. Er würde alles tun, um ihr zu helfen. Der Major bat sie in sein Büro, um ihre Lage mit ihr zu besprechen. Er riet ihr dringend, das Land sofort zu verlassen, selbst wenn das hieße, dass sie sich eine Zeit lang von ihren Kindern trennen müsste.

In Yentes Kopf schwirrte es. Was für ein Unglück hatte sie da so plötzlich getroffen! Hatte sie dafür all die Jahre so hart gearbeitet und wie eine Glucke ihr Nest gehütet, um ihre Küken vor Schaden und Verletzungen zu bewahren? Jetzt sollte sie von ihren Kindern getrennt werden, ohne zu wissen, wann sie wieder zusammenkämen? Musste sie die Kleinen in einem feindlichen Land fremden Menschen ausliefern?

Ja, der Major sprach von christlichen Freunden. Aber wer würde für fünf Kinder sorgen? Sie würde jedes in einer anderen Familie unterbringen müssen. Die armen Kinder! Wie könnte sie so etwas tun? Aber sie musste die Entscheidung fällen!

An diesem Tag tat Yente ihre Arbeit mechanisch, sie wusste kaum, was ihre Hände taten. Aber ein Geist, der größer war als ihr eigener, führte ihr die Hand bei ihrer gewohnten Arbeit.

Am Abend, als sie den Kindern zu essen gegeben und sie zu Bett gebracht hatte, fiel sie auf die Knie, breitete all ihre Schwierigkeiten vor Gott aus und bat ihn, ihr die Belastung abzunehmen, der sie so plötzlich ausgesetzt war. Sie bat ihn, für sie und die Kinder zu handeln und ihr zu zeigen, was sie nach seinem Willen tun sollte – sie wollte sich auf jeden Fall danach richten. Als sie aufstand, fühlte sie sich stärker.

Dann klingelte es an der Tür. Sie öffnete, und da stand Schwester Paula, eine Krankenschwester, die sie von ihrer Gemeinde her kannte. Sie wollte Yente und den Kindern, die ihr ans Herz gewachsen waren, Lebewohl sagen. Heimlich flüsterte sie ihr zu, dass sie von der Armee zum Dienst eingezogen worden war und am nächsten Morgen abreisen musste. *So ist es also*, dachte Yente. *Der Krieg kann jeden Augenblick ausbrechen.* Schwester Paula bat sie, niemandem etwas von der Einberufung zu sagen, denn es war noch geheim. Aber sie wollte Yente warnen. Sie wollte so gern der ganzen Familie Lebewohl sagen, besonders ihrem Liebling Lydia. Sie ging ins Schlafzimmer, wo das Kind friedlich schlief, streichelte ihre dunklen Locken und schlich auf Zehenspitzen wieder nach unten.

Innerhalb von drei Monaten verlor Schwester Paula ihr Leben als Krankenschwester an der ostpreußischen Front.

Benjamin kommt nach London

Endlich kam der Brief von Benjamin. Er schrieb, er liege krank in einem Zimmer in London mit hohem Fieber und quälendem Husten. Der Arzt habe ihm strenge Bettruhe verordnet. Liebe Bekannte von einer Missionsgesellschaft in London sorgten für ihn, aber es komme nicht in Frage, in diesem Zustand zu reisen.

Ihm war klar, wie gefährdet Yente und die Kinder in Deutschland sein würden, wenn der Krieg ausbräche, und er bat sie nach England zu kommen, wenn nötig ohne die Kinder, damit sie

92

zusammen von außerhalb versuchen könnten, die Kinder aus Deutschland zu holen. »Lass alles liegen«, schrieb er in dem Brief, »und komm schnell.«

Als sie den Brief gelesen hatte, dachte Yente: *Wie merkwürdig, dass Benjamin und der Major unabhängig voneinander denselben Plan für mich haben. Das muss es sein, was Gott vorgesehen hat.* Es würde Schmerz und Ungewissheit bringen, aber sie musste den Plan ausführen. Wie konnte sie sich von ihren unmündigen Kindern trennen, besonders von Lydia, die noch nicht einmal sechs Jahre alt war?

Natürlich bot Herr Sommer an, sein Patenkind Marie in sein Haus aufzunehmen. Er hätte am liebsten alle Kinder genommen, aber Frau Sommer und er waren schon älter und könnten nicht allen gerecht werden. Er rief mehrere christliche Freunde an und bat sie, zu ihm ins Haus zu kommen und die Lage zu besprechen.

Auf den Rat des Majors hin brach Yente ihre Arbeit im Haus der Fürstin ab. Er sagte ihr, sie solle in den nächsten Tagen alles Nötige regeln und abreisen, sobald ihre Ausreisegenehmigung vorlag. So fing sie mit den Vorbereitungen an.

Die drei großen Weidenkörbe aus dem Keller wurden heraufgebracht, und all ihr Besitz, der sich in jahrelangem Herumreisen angesammelt hatte, hineingepackt. Die teuren Daunen- und Federbetten, die ihr seliger Schwiegervater Abraham Sitenhof ihr geschenkt hatte, ehe sie Warschau verließ, konnten auch kräftige Stöße auffangen. Das wenige Geschirr wurde dazwischen verstaut, ebenso die paar wertvolleren Dinge, die eine Familie im Auf und Ab des Lebens erwirbt – *die Hausgötter der Rachel* – Dinge, die sie nicht leicht endgültig weggeben konnte. Arme, unglückliche Yente, wieder packen und wieder wegziehen! Aber wohin?

Beim letzten Mal hatte sie gepackt, um von Warschau nach Kassel zu ziehen, als sie Benjamin von Jesus zum Glauben seiner Väter zurückbringen wollte; da hatte sie wenigstens genau gewusst, wohin sie kommen würde. Diesmal hatte sie noch nicht einmal dieses Wissen. Wo würde sie ihren bescheidenen Besitz wieder auspacken können? Wo würde sie zu Hause sein?

Am Abend ging sie wieder zu Herrn Sommer. Die Freunde

93

waren versammelt, und mehrere erklärten sich bereit, die Kinder bei sich aufzunehmen. Die feine alte Frau Lembke, die Mutter des Zahnarztes, würde gern Elizabeth bei sich haben. Sie war schon 13 Jahre alt und würde sich nach der Schule sicher nützlich machen. Ihr Sohn, der Zahnarzt, würde Ernest nehmen. Er wohnte in einem Vorort und hatte einen Sohn im gleichen Alter, und die beiden könnten sich Gesellschaft leisten.

Frau Berg, die Frau von Hermann Berg, dem sie geholfen hatte, Christ zu werden, bot sich an, Jacob aufzunehmen, wenn niemand sonst ihn nähme. Sie hatte selbst fünf Kinder und eine kleine Wohnung, aber wenn man nichts Besseres finden könne, sei er willkommen. »Ob man sieben oder acht Personen ernähren muss, macht nicht viel Unterschied, weine also nicht, Yente«, redete sie ihr mit liebevollem Tadel zu.

Aber die kleine Lydia? Wenn sie nur Lydia mitnehmen könnte! Aber nein, das durfte sie nicht. Der Major hatte ihr dringend geraten, alle Kinder zurückzulassen. Sonst könnte der Plan misslingen.

Krieg

Die Ermordung des Kronprinzen Ferdinand von Österreich löste eine Kettenreaktion von Explosionen in ganz Europa aus. Genau einen Monat nach dem verhängnisvollen Ereignis erklärte Österreich Serbien den Krieg; Russland, der Verbündete Serbiens, erklärte Österreich den Krieg; am 1. August erklärte Deutschland, das mit Österreich verbündet war, Russland den Krieg, und England und Frankreich, die mit Russland verbündet waren, unterstützten die Zaren. Ernest, ein ernster Junge mit traurigen Augen, war 11 Jahre alt. Weil er seiner Mutter helfen wollte, beschloss er, Zeitungen zu verkaufen. An seinem ersten Arbeitstag kam er mit einem Rest Zeitungen zurück, die den reißerischen Titel trugen: »Deutschland im Krieg!«

Yente nahm die Nachricht mit Fassung auf. Innerlich wusste sie, dass ihr Glaube jetzt bis zum Äußersten beansprucht werden würde.

94

Die kleine Lydia

Yente war jetzt auf die gefürchtete Trennung und die Reise vorbereitet. Das einzige, was noch fehlte, war eine Unterbringung für Lydia. Yente hatte sich bemüht, ihr eine Bleibe bei christlichen Freunden zu besorgen, aber keinen Erfolg gehabt. Sie fürchteten, ein so kleines Kind würde zu sehr an seiner Mutter hängen und Heimweh bekommen.

Lydia spürte, dass ihre Mutter unruhig war. Sie schaute immer wieder in ihre schönen Augen, als wäre sie ein Engel oder ein überirdisches Wesen. Sie war so gern bei ihr und spürte ihre Nähe. Sie brauchte kaum etwas zu sagen; ihre gefühlvollen, träumerischen Augen sagten alles.

Lydia liebte es, ihrer Mutter abends die Schuhe auszuziehen und alte Hausschuhe zu bringen. Das war die Arbeit, die sie ihrer Mutter zuliebe tat. Wenn sie ihrer Mutter nur etwas geben könnte, das ihr zeigte, wie groß ihre Liebe war! Obwohl sie noch klein war, fühlte sie das fast schmerzhafte Bedürfnis, das aus der Liebe kommt, alles zu geben, das Leben selbst, den kostbarsten Besitz. Aber was konnte sie, ein Kind, geben? Sie beschloss, dass sie eines Tages, wenn sie groß wäre, Mama die schönsten Hausschuhe kaufen wollte, die es überhaupt gab, rot und so schmeichelnd weich wie ihre Liebe.

Endlich kam eine lang erwartete Nachricht von Pfarrer Friedrich Wolfgang Lembke, dem Pastor einer lutherischen Kirche etwa 140 km von Kassel entfernt. Er war der Bruder des Zahnarztes, der Ernest aufnehmen wollte. In dem Brief schrieb der Pastor, er und seine Frau hätten keine Kinder und wollten darum gern für Lydia sorgen. Er würde am nächsten Tag kommen, um sie mit nach Hause zu nehmen.

Jetzt war alles geregelt. Alle Kinder waren versorgt, und Yente konnte am nächsten Tag auf die Reise gehen.

An diesem Abend kamen all ihre Freunde in Kassel zu ihr; sie wollten etwas für Yente und die Kinder tun. Frau Berg brachte eine warme Mahlzeit für die Familie, damit Yente nicht mitten im Packen noch zu kochen brauchte. Prediger Sommer und seine Frau kamen, um sich zu verabschieden und mit den Freunden zu sprechen, die versprochen hatten, die Kinder zu versorgen.

Nach einem gemeinsamen Gebet verabschiedeten sich alle Freunde von Yente und wünschten ihr Gottes Segen. Manche umarmten sie liebevoll und wünschten ihr ein baldiges Wiedersehen mit all ihren Lieben. Dann gingen sie. Yente war allein mit den Kindern und mit Gott.

Sie brachte die Kinder besonders liebevoll und zärtlich zu Bett. Keines von ihnen wusste schon, dass sie wegfahren würde. Warum sollte sie ihren Lieblingen schon vor der Abreise den Nachtschlaf rauben? Der nächste Morgen würde schon traurig genug werden. Nur Elizabeth hatte sie ins Vertrauen gezogen. Sehnsüchtig und unendlich traurig schaute Yente jedes Kind an, wie es in glücklicher Unschuld schlief.

Sie blieb die Nacht über auf, dachte nach und betete. »Der Herr ist mein Hirte ...« (Ps 23, 1) – und der Hirte dieser Kinder. Ganz sicher würde er sie »auf einer grünen Aue weiden und zum frischen Wasser führen«.

Der letzte Rest war eingepackt. Morgen würde Yente ihre Papiere im Haus des Majors abholen und von dort direkt zum Bahnhof gehen. Morgen war der 12. August, Lydias sechster Geburtstag. Sie hätte am liebsten geweint – aber nein, sie durfte nicht schwach werden. Später, vielleicht im Zug, könnte sie ihren Gefühlen endlich freien Lauf lassen, aber jetzt musste sie stark sein.

96

12. Rahel weint um ihre Kinder

Am nächsten Morgen war es sehr still am Frühstückstisch. Yente fühlte sich an den Tag vor drei Jahren erinnert, als Benjamin nach Südamerika abgereist war. Jetzt empfand sie den gleichen unerträglichen Schmerz, die gleiche sehnsüchtige Trauer um liebe Menschen, die noch da waren und die sie doch schon vermisste.

Alle Kinder hatten ihre besten Sonntagskleider an, und nun fragten sie Yente aus, wohin sie kämen. Sie wussten, dass sie ausziehen würden, aber wie konnte sie ihnen die Wahrheit sagen? Wenn sie ihnen sagte, was sie für sie geplant hatte, dass sie auseinander getrieben würden wie Blätter, die der Sturm vom Baum reißt, würde sie zusammenbrechen. Dann würde ihr Zustand gar keine Reise erlauben, und sie müsste alle ihre sorgfältig ausgearbeiteten Pläne fallen lassen. Das wäre zu viel für sie. Die Kinder könnten es nicht ertragen. Sie wies jedes von ihnen ab, scheinbar hart und kalt, und sagte: »Das wirst du früh genug sehen.«

Nach dem Frühstück kam Frau Sommers Schwester, die die Familie als Tante Bess kannte, um sie alle zum Bahnhof zu begleiten. Lydia stand wie gewohnt mit dem Daumen im Mund in der Ecke, und mit ihren großen, traurigen Augen beobachtete sie verwundert die Hektik der letzten Minuten.

Was war da im Gang? Angst packte sie, schmerzhafte Angst. Sie klammerte sich an ihre Mutter, die Augen voll unausgesprochener und unbeantworteter Fragen.

Endlich konnten sie zum Bahnhof aufbrechen. Jedes Kind trug ein kleines Bündel mit Habseligkeiten, und Lydia schleppte ihre geliebte Puppe mit, die Mama ihr aus kleinen Stoffresten gemacht hatte. Alle sahen piekfein aus: Die Schuhe waren blank poliert, die Kleider der Mädchen schön gestärkt und ihr Haar gebürstet und gekämmt. Ihre kurzen Zöpfe sahen aus, als wären sie auch gestärkt. Alle Gesichter drückten ein Gemisch von Gefühlen aus: jugendlich gespannte Erwartung des Unbekannten und zugleich Angst und besorgte Vorahnungen.

97

Der Abschied war so kurz, dass die Kinder kaum wahrnahmen, was vorging.

Yente hatte Elizabeth und Tante Bess beauftragt, Lydia so schnell wie möglich wegzubringen. Sie gingen über den großen Platz zum Bahnhof, und Tante Bess sagte den Kindern, Mutter wolle die Fahrkarten besorgen. Im Nu war Yente verschwunden, ohne Abschied, ohne Kuss.

Lydia schaute sich mit verwirrtem Gesichtsausdruck um. Wie aus dem Nichts stießen Pastor Lembke und seine Frau zu ihnen. Er lenkte ihre Aufmerksamkeit gleich auf die kleine Puppe, die sie trug, und bemerkte, es sei eine sehr schöne Puppe. Lydia hielt sie ganz fest, wie um sich zu trösten. »Komm mit mir, Kind«, redete er ihr zu. »Ich habe zu Hause viele Puppen, mit denen darfst du spielen.«

Eins nach dem anderen verließen die Kinder den Platz. Elizabeth brachte ihren Bruder Jacob in das kleine Dorf bei Kassel, wo er bei einem Verwandten von Herrn Sommer wohnen sollte. Ernest sollte mit Herrn Schneider gehen. Schnell stiegen sie in ein wartendes Taxi ein und fuhren weg. Tante Bess umarmte Marie und ging schnell fort.

Eine Welt bricht zusammen

Lydia spürte, dass in ihrer kleinen Welt Unheimliches geschah. Irgendwie schien sich alles vor ihren Augen aufzulösen, und in ihrem Kopf schwirrte es. Wieder gingen sie über den Bahnhofsplatz zurück zur Stadt, aber sie schaute unverwandt auf die Stelle, von der ihre Mutter verschwunden war. Sie spürte, dass jemand ihre Hand hielt, aber sie wagte nicht sich umzudrehen, um ja nicht diese Stelle aus den Augen zu verlieren. Dann plötzlich brach die Wirklichkeit über sie herein wie aufgepeitschte Wogen im Sturm.

Ein Mann und eine Frau hielten sie an beiden Händen und brachten sie schnell fort, fort von ihrer geliebten Mutter, fort vom eigentlichen Leben und seinem Sinn. Heiße Tränen liefen ihr über die Wangen und machten sie blind. Wer waren diese Fremden? Sie hatte sie noch nie gesehen.

Marsch in den Krieg

Zur gleichen Zeit stieg Yente in den Zug, und nun überwältigte sie die Flut von Schmerz und Trauer. Sie verlor völlig die Fassung und schluchzte, bis der Zug ausfuhr. Sie konnte nichts tun, als ihre Kinder in Gottes Händen zu lassen und um ein baldiges Wiedersehen zu beten.

Mit der intuitiven Klarsicht von Menschen, die innig lieben, einer Klarsicht, die manchmal fast übernatürlich scheint, erkannte sie genau, was für schreckliche Erlebnisse auf ihre *Waisenkinder* warteten, die Fremden in einem fremden Land ausgeliefert waren – im Krieg.

Der Zug war voll Soldaten, die an die Front fuhren. Die Wagen waren mit Flaggen und großsprecherischen Aufschriften dekoriert: »Nach Paris!« oder »Wir werden Frankreich ruhmreich besiegen!« Auf jedem Bahnhof waren Frauen und Kinder, Bräute und Freunde versammelt, um die jungen Männer zu verabschieden. Sie schwenkten Fahnen und brachen in patriotische Lieder aus: »Die Wacht am Rhein« und die Militärmärsche, die in den letzten Wochen so bekannt geworden waren, wurden schwungvoll zur Begleitung der örtlichen Blaskapellen gesungen.

Bei allem, was um sie vorging, fühlte Yente sich völlig allein. Sie saß in einer Ecke des Abteils und betrachtete den Jubel, mit dem der Zug auf jedem Bahnhof begrüßt wurde, an dem neue Soldaten ihren Verwandten und Freunden Lebewohl sagten und einstiegen. Es gab viel Gelächter, aber auch das unterdrückte Weinen von Müttern, Frauen und Freundinnen. Der Zustrom dieser Soldaten mit ihren Rucksäcken und Familien schien nie aufzuhören. Je weiter der Zug fuhr, umso mehr Wagen wurden angehängt, um mehr Soldaten und Ausrüstung mitzunehmen.

Auf der Fahrt nach Westen begegneten ihnen Züge, die in umgekehrter Richtung nach Osten fuhren. Diese Züge trugen andere Aufschriften, z. B. »Moskau-Express!« oder »Russland ist erledigt!.« Auch sie waren voll Soldaten, manche junge Rekruten mit dem ersten zögernden Bartwuchs, manche bärtige Reservisten, und alle in der grauen Uniform der Kaiserlich-Königlichen Deutschen Infanterie.

Yente fragte sich, wie lange die Reise wohl dauern würde. Gewöhnlich dauerte sie zwei Tage, aber im Krieg konnte man nichts voraussagen. Sie könnte sogar eine Woche oder noch länger brauchen, um das neutrale Holland zu erreichen.

Der Major hatte ihr am Morgen einen Briefumschlag gegeben, aber sie hatte ihn noch nicht geöffnet. Jetzt nahm sie ihn aus der Tasche und öffnete das Siegel. Darin fand sie ihre Fahrkarte nach England über das neutrale Holland und zusätzliches Geld in holländischer und englischer Währung. Wie umsichtig von ihm! Er hatte sich wirklich als guter Freund erwiesen.

Als es Nacht wurde, war Yente so erschöpft, dass sie sich in die Ecke lehnte und versuchte zu schlafen. Aber beim Lärm der Blaskapellen, die jetzt offenbar im Zug mitfuhren, war an Schlaf nicht zu denken. Die seelische und körperliche Anstrengung hatte sie in einen so schweren Erschöpfungszustand gebracht, dass sie sich nicht entspannen konnte.

An der deutsch-niederländischen Grenze hielt der Zug und wurde kontrolliert. Im Krieg wachsen Angst und Misstrauen. Jeder Ausländer könnte ein Feind oder sogar ein Spion sein. Folglich dauerte die Zoll- und Passkontrolle stundenlang. Yente fragte sich, ob sie überhaupt jemals in London ankommen würde. Der Zollbeamte sah sie misstrauisch an. Als sie ihre Papiere vorzeigte, stellte er viele Fragen und schüttelte dann verwirrt den Kopf. Was tat diese schöne junge Frau mit tränenfeuchtem Gesicht in einem Militärzug?

Endlich, nach über zwei Wochen Fahrt über Ausweichlinien, um die Züge mit verwundeten Soldaten nicht aufzuhalten, kam der Zug in Hoek van Holland am Ärmelkanal an. Dort stieg sie auf ein kleines Fährschiff nach Harwich um.

Nachts saß sie auf dem Deck, nass vom feinen salzigen Gischt und von den eigenen Tränen und zitternd vor Kälte. Die ganze Nacht nahm sie jede Neigung des Schiffes wahr, ihr Schmerz hielt sie wach. Die Worte Jeremias fielen ihr ein, die sie erst vor ein paar Tagen gelesen hatte:

»So spricht der Herr: Man hört Klagegeschrei und bittres Weinen in Rama: Rahel weint über ihre Kinder und will sich nicht

100

trösten lassen über ihre Kinder; denn es ist aus mit ihnen. Aber so spricht der Herr: Laß dein Schreien und Weinen und die Tränen deiner Augen; denn deine Mühe wird noch belohnt werden, spricht der Herr. Sie sollen wiederkommen aus dem Lande des Feindes, und deine Nachkommen haben viel Gutes zu erwarten, spricht der Herr, denn deine Söhne sollen wieder in ihre Heimat kommen« (Jer 31, 15-17).

»Ach Mutter Rahel«, rief Yente, »ich verstehe deinen Schmerz, denn ich bin auch Mutter, und mit meinen Kindern ist es aus. Wenn doch der Gott, der dich getröstet hat, auch mich in meinem Schmerz tröstete!«

Plötzlich schien der graue Nebel der Jahrhunderte zwischen ihr und ihrer Urahnin, Mutter Rahel, verschwunden zu sein. Sie weinte um ihre Kinder; ihre Mutter Rachel, Jakobs Frau, hatte ihr Leben für ihre Kleinen gegeben, als sie von Kosakenpferden zu Tode getrampelt wurde; sie beide und diese andere Rahel, eine Urmutter des hebräischen Volkes – alle waren auf einmal eins. Es war eine Blutsverwandtschaft, sehr real und deutlich zu spüren. Aber es war noch mehr. Es war die Verwandtschaft der leidenden Frauen, Verwandtschaft aller Mütter zu allen Zeiten, die seit den Tagen der Mutter Eva um ihren geliebten Abel getrauert und über die Verbrechen ihres gottlosen, aber ebenso geliebten Kain geweint haben.

In der Morgendämmerung war die Küste von Harwich schon ziemlich nah zu sehen; das erinnerte sie an ihre erste Ankunft in England vor etwa 15 Jahren. Als sie in Harwich ausstieg, wurde sie von den Zoll- und Einwanderungsbeamten ebenso misstrauisch überprüft wie an der deutsch-niederländischen Grenze. Ihr russischer Pass sprach für sie, denn Russland war mit England verbündet. Aber trotzdem war es unerklärlich, dass diese Frau aus Deutschland kam, das schon mit England im Krieg lag.

Schließlich, nach mehrfacher Überprüfung ihrer Papiere, wurde sie hereingelassen und bestieg einen langen Zug, der sie zum Bahnhof Liverpool Street in London bringen sollte. Weil sie hungrig und müde war, bestellte sie unterwegs ein Frühstück, ein verlorenes

101

Ei auf Toast, Orangenmarmelade und eine große Kanne starken Tee. Danach fühlte sie sich wohler und sah zuversichtlich der Begegnung mit ihrem Mann entgegen.

Wieder in London

Als Yente am Bahnhof Liverpool Street ankam, war Benjamin nicht da. Stattdessen wurde sie herzlich von zwei Damen begrüßt, die sich als Miss Taylor und Miss Fried vorstellten. Sie umarmten sie liebevoll und erklärten, Benjamin sei zu Hause und habe leichtes Fieber. Er hatte zum Bahnhof kommen wollen, aber der Missionsarzt hatte es ihm strengstens verboten. Wieder war Yente bedrückt. Ein Pferdetaxi brachte sie zum Londoner East End, wo Benjamin sie in einer kleinen Wohnung im Obergeschoss erwartete.

Als sie das blasse Gesicht ihres geliebten Mannes sah, schwankte sie zwischen Freude und Sorge. Drei Jahre sind wie eine Ewigkeit, wenn man von einem geliebten Menschen getrennt ist – und er sah so dünn und bleich aus. Sie würde ihn bemuttern und ihn mit allen Mitteln schnell gesund pflegen.

Sie redeten stundenlang; beide waren voll mit Fragen und voll mit Erlebnissen, die sie in den Jahren der Abwesenheit gehabt hatten und nun erzählen wollten. Aber die Wiedersehensfreude wurde von dem ständigen Bewusstsein überschattet, dass ihre Kinder in Deutschland allein unter Fremden waren. Sie mussten einen Weg finden, sie so schnell wie möglich nach England zu bringen. Sie würden nichts unversucht lassen. Um das zu erreichen, würden sie Himmel und Erde in Bewegung setzen.

13. Das Märchendorf

Die Bahnfahrt von Kassel nach *Rödelheim*, wo Pastor Lembke den Pfarrdienst versah, erschien der sechsjährigen Lydia wie ein Alptraum. Sie saß stumm da, von Kopf bis Fuß wie gelähmt und betäubt. Sie erwartete jeden Augenblick aufzuwachen und die tröstende Stimme ihrer lieben Mutter zu hören. Aber Mutter war weit weg.

Als sie schließlich am Bestimmungsbahnhof ankamen und ihre Begleiter sie schnell aus dem Zug brachten, erkannte Lydia, dass man sie an einen fremden Ort gelockt hatte. Da fing sie an, um ihre Freiheit zu kämpfen. Im Zug hatten sie sehr wenig zu ihr gesprochen; aber jetzt, auf der staubigen Landstraße, versuchten sie zu erklären, dass sie sie zu sich nach Hause brachten und dass sie eine Zeit lang bei ihnen wohnen sollte.

Für das übermüdete Kind war das zu schwer zu verstehen. Lydia kämpfte wie ein wütendes gefangenes Tier, weinte, trat und biss sogar in die Hände, die sie führten.

Lembkes hatten keine eigenen Kinder und verstanden Lydias Gefühle anscheinend nicht. Umsonst versuchten sie, sie zu beruhigen. Ihnen war nicht klar, dass es dem Kind vorkam, als hätten sie es lange, lange Zeit an Bergen und Bauernhöfen vorbei, über Brücken und durch Wälder geführt und zum Teil sogar mit sich gezogen bis nach Rödelheim. In Wirklichkeit war der Weg vom Bahnhof nur etwa fünf Kilometer lang, aber in der Vorstellung dieses müden und verwirrten Kindes erschien er wie eine lange Reise in die Gefangenschaft.

Das Dorf sah aus wie aus einem Märchen. Unwillkürlich hörte Lydia auf zu weinen und betrachtete den idyllischen kleinen Ort. Als sie über eine schmale Brücke gingen, hörte sie Schafe blöken. Ein Schäferhund und ein Hirtenjunge gingen dicht hinter ihnen. In der Ferne ragte ein hoher Kirchturm über den Horizont. Eben jetzt fingen die Glocken ihr musikalisches Geläut an. Was war das? Es klang so vertraut. Ja, es war ein Abendchoral, den ihre Mutter oft sang: »Herr, weil mich festhält deine starke Hand ...«

103

In ihren Augen standen heiße Tränen. Frau Lembke spürte das Pathos des Augenblicks, nahm die Hand des Kindes und zog es an sich. Sie war eine gutherzige Frau, aber sie war eingeschüchtert durch ihren herrischen Mann. Dies war das erste Zeichen von Mitgefühl und Verständnis, das Lydia seit dem frühen Morgen bekommen hatte.

Als sie in Rödelheim ankamen, ging die Sonne im Westen schon unter. Erschöpft von der Anspannung der Gefühle, gab das kleine Mädchen der Frau nach und ging den Rest des Weges ruhig neben ihr, immer auf die Dorfkirche zu. Trotz ihres Kummers wurde sie das Gefühl nicht los, in einem Märchenland zu sein. Mit einem Blick erfasste sie die vielen kleinen Schönheiten des Anblicks. Diese ersten Eindrücke von dem idyllischen Dörfchen Rödelheim behielt sie als bleibende Erinnerung an Schönheit und Traurigkeit.

Die Hauptstraße des Dorfes war eine schmale Straße mit Kopfsteinpflaster. Auf beiden Seiten standen kleine weiße Häuser wie aus dem Märchenbuch mit Stufen vor der Tür. Dann kam die schmale Brücke mit Geländern auf beiden Seiten; gerade ging ein Hirte mit seinem Stab darüber. Unter der Brücke floss ein klarer, kühler Bach, und von dort hörte man Frösche quaken.

Sie kamen an einer großen Muttersau mit vier Ferkeln vorbei, und Lydia, die noch nie ein lebendes Schwein gesehen hatte, klammerte sich an Frau Lembke. Die kleinen Ferkel waren ganz weiß; sie sahen so schön sauber aus, wie gebürstet, und ihre Schwänzchen ringelten sich nach oben.

Dann kam die Kirche in Sicht: ein sehr schönes Gebäude, ganz ähnlich wie auf dem Bild in ihrem Märchenbuch. Gegenüber auf der anderen Straßenseite stand das Pfarrhaus. Sie hielten an, und der Mann sagte: »So, da sind wir daheim.«

Das Pfarrhaus

Sie traten in ein graues, finster aussehendes zweigeschossiges Steinhaus, viel zu prächtig, um es als Heim zu betrachten. Bei seinem Anblick erfasste das Kind ein kalter Schauer. Eine große englische

104

Bulldogge sprang die Treppe herunter direkt auf ihren Herrn zu; sie stellte sich auf die Hinterbeine und reichte dem Mann bis zu den Schultern. »Das ist Brutus«, sagte Frau Lembke. »Du brauchst keine Angst vor ihm zu haben, er hat Kinder sehr gern, und ihr werdet bestimmt Freunde.« Lydia hatte noch nie in einem Haus mit einem Hund gewohnt. Dieses prachtvolle Tier mit dem glänzend braunen Fell und der großen blauen Zunge eines Rassehundes faszinierte sie. Das Hausmädchen Lieschen, ein apfelbäckiges Bauernmädchen, das Lydia bald ins Herz schloss, begrüßte alle herzlich und nahm sie gleich in ihre Obhut.

Lydia wurde in ein Schlafzimmer im ersten Stock gebracht, das für sie ganz allein sein sollte. Ein beeindruckend großes Bett fiel ihr gleich beim Eintreten auf. Der Gedanke, ganz allein in einem so großen Bett zu schlafen, war ihr unheimlich. Sie war gewöhnt, sich an ihre große Schwester Elizabeth zu kuscheln, und zeitweise hatten sogar die drei Mädchen zusammen ein Doppelbett gehabt. Irgendwie erschreckte sie dieses Zimmer.

»Du kannst die Tür offen lassen, Liebchen«, sagte Lieschen, »wenn du nicht gewöhnt bist, allein zu schlafen. Mein Zimmer ist direkt über deinem, und wenn du rufst, höre ich es.«

Lieschen hatte etwas Beruhigendes; sie nahm das Kind in die Arme und drückte es an ihren üppigen Busen. Das Gefühl der Sicherheit, das so plötzlich und heftig erschüttert worden war, kehrte für einen Augenblick zurück.

Lydia sah sich in der großen Diele um, die Zugang zu allen Schlafzimmern bot. Da war ein Ständer aus schwarzem Ebenholz mit vielen Tabakspfeifen. Ganz vorn auf dem Ständer waren mehrere lederne Hundepeitschen, manche geflochten und ziemlich dick. Sie wunderte sich, warum man für einen Hund so viele Peitschen brauchte, aber sie vergaß es bald wieder. In der Diele standen auch zwei große schwarze Kommoden aus Zedernholz, und sie fragte sich, was wohl darin war.

»Dieses Zimmer«, sagte Lieschen und zeigte auf eine ungeheure schwarze geschnitzte Tür, »ist das Arbeitszimmer des Pastors. Da darfst du nie hineingehen, außer wenn du aufgefordert wirst, liebes Kind.« Später löste schon der Anblick dieser Tür Schauder bei ihr aus.

Das Abendessen im Esszimmer war kurz und bescheiden. Lydia war so befangen in ihren traurigen Gedanken, dass sie kaum hörte, dass Pastor Lembke zu ihr sagte, sie wollten gut zu ihr sein und ihre Freunde sein. Er erklärte, dass ihre Mutter nach England zu ihrem Vater gefahren war, aber wegen des Krieges zwischen Deutschland und England würde sie ihre Mutter in nächster Zeit wahrscheinlich nicht sehen.

Nach dem Abendessen schienen sie nach einer Beschäftigung für das Kind zu suchen; sie nahmen sie mit nach oben, zogen sie aus (nicht ohne Widerstand) und badeten sie. Es wäre schon peinlich genug gewesen, wenn Frau Lembke das mit ihr getan hätte, aber als der Pastor selbst anfing sie zu waschen (dabei erklärte er, wie gern er Kinder hätte), war Lydia empört. *Wer sind diese schrecklichen Menschen,* dachte sie bei sich, *und warum hören sie nicht auf, mich zu quälen, und lassen mich allein?* Nach dem Bad bekam sie Hausschuhe und ein Nachthemd, und dann kam die besondere Überraschung, die der Pastor ihr schon den ganzen Abend versprochen hatte.

Eine Puppe, die »Mama« sagen kann

Sie nahmen sie mit auf den Dachboden und zeigten ihr große Kisten voll Spielzeug. Es gab Puppen aller Art: Babypuppen, Puppen, die »Mama« sagen konnten, große, kleine und mittelgroße Puppen. Es gab auch Spielzeug für Jungen, aber das interessierte Lydia nicht. Nur die Puppe, die »Mama« sagte, faszinierte sie. »Diese Spielsachen«, erklärte der Pastor, »sind für unsere Weihnachtsfeier in der Kirche. Jedes Kind bekommt dann ein Geschenk, und wenn du schön artig bist«, fügte er hinzu, »bekommst du auch eins.«

Da hörte sie auf zu weinen und fühlte sich ein wenig getröstet. Sie dachte, wenn sie nur eine Puppe hätte, die »Mama« sagte, würde sie sich nicht ganz so verlassen fühlen. Irgendwie war schon das Wort *Mama* tröstlich. Schließlich brachten sie sie zu Bett, nachdem Pastor Lembke mit ihr gebetet hatte. Dieses Gebet hat sie nie vergessen – jedenfalls nicht die Stimme des Pastors, der es sprach.

106

Herrscher über das Pfarrhaus

Pastor Lembke war ein typischer Preuße und nur von Beruf Pastor. Die Freundlichkeit seines liebevollen Erlösers, des Kinderfreundes, hatte sein Innerstes nie erreicht. Er war wirklich ein harter Mann. In seinem Bereich beherrschte er alles, und er sorgte dafür, dass jeder das wusste. Im Lembkeschen Haushalt war sein Wort Befehl. Wenn seine Frau einmal anderer Meinung war als er, wagte sie nicht, etwas darüber zu sagen, sondern musste sich die langen Reden anhören, die er gern hielt, wenn er etwas wichtig fand.

Lydia, die an die zärtliche Liebe ihrer Mutter und die Gesellschaft mit ihren Geschwistern gewöhnt war, lernte bald, ihm aus dem Weg zu gehen. An manchen Tagen sah sie ihn nur zu den Mahlzeiten. Gegessen wurde in dem düsteren, dicht möblierten Esszimmer, wo immer eine gedrückte Atmosphäre zu herrschen schien. Bei jeder Mahlzeit sprach der Pastor ausführlich von seiner guten Absicht, dem Kind eine Unterkunft zu bieten. Frau Lembke sagte Lydia bei jeder Gelegenheit etwas Freundliches, als ob sie die Härte ihres Mannes ausgleichen wollte. Sie erzählte ihr, wie gern sie ein eigenes Kind gehabt hätte, aber ein solches Geschenk hatte Gott ihr nie gegeben.

Die ersten Tage des Eingewöhnens waren sehr schwer für Lydia. Sie lernte schnell, wie hart es ist, unter Fremden zu leben. Abends beim Einschlafen und morgens beim Aufwachen dachte sie immer an ihre Mutter und ihre Geschwister. Sie dachte nach, wie lange sie wohl von ihnen getrennt sein würde; aber dann flossen wieder die Tränen, die zu unterdrücken sie sich so bemühte. Lieschen war ihr ein großer Trost. Sie war so natürlich, so zuverlässig, so verständnisvoll und mitfühlend. Kein Wunder, dass sie öfter in der Küche bei Lieschen war als irgendwo sonst.

Lieschen nahm sie manchmal mit in den Kuhstall, und sie schaute gern beim Melken zu. Dörfliches Leben und Tiere waren Lydia fremd. Lieschen nahm sie auch einmal in der Woche mit auf den Markt zum Einkaufen – diesen Ausflug genoss sie immer.

Die Nachricht von dem fremden Kind im Pfarrhaus sprach sich blitzschnell herum, und alle Kinder waren gespannt darauf, sie zu sehen.

107

Der Pastor probt

Jeden Morgen beim Frühstück gab der Pastor Lydia eine neue Regel. Er erwartete, dass diese Regeln unbedingt befolgt wurden, aber der überforderte Geist des verschüchterten, erst sechsjährigen Kindes konnte einfach nicht alles aufnehmen, was er sagte. Am Tag vor dem Sonntag, wenn er seine beiden Predigten vorbereitete, musste im Haus absolute Ruhe herrschen. Wenn es nicht gerade brannte, konnte ihn samstags nichts aus seinem Arbeitszimmer bringen.

Jede Woche erinnerte Herr Lembke sie an mehreren Tagen an diese Regel. Dann, am Samstagvormittag gegen 10 Uhr, gab eine volltönende, hochtrabende Stimme dröhnend und in angelerntem Tonfall Banalitäten von sich, die Lydia bald auswendig kannte. Dann wurde sie mutlos. Das würde stundenlang so weitergehen. Selbst Brutus, der immer ausgestreckt oben in der Diele lag, langweilte diese gekünstelte Pastorenstimme; er stand auf, schüttelte sich und schlich nach unten.

Geschenke für den Pastor

Besonders gern saß Lydia in der Küche und schaute zu, wie die Bauern an die Hintertür kamen. Sie trugen schwere Körbe auf dem Rücken mit verschiedenen Lebensmitteln aus eigener Produktion. Es gab alle Arten von Würsten, selbstgebackene Brote, Käse, Hühner und andere Landprodukte, alles Geschenke für den Pastor. Die Würste wurden in die Speisekammer gehängt »zum Reifen«, wie man Lydia erklärte. Sie waren nach Größe und Art geordnet – eine Reihe neben der anderen. Es gab Rindswürste und Schweinewürste, lange, dünne, kurze, dicke, trockene, die vom Alter weiß waren, und frische rosafarbene. Ihr Geruch hing schwer in der Luft um die Speisekammer. Lydia konnte sich nicht denken, wann der Pastor und seine Frau all diese Würste aufessen konnten. Es mussten Hunderte sein! Und immer wieder kamen Bauern und brachten neuen Vorrat.

Lieschen erklärte dem Kind, das solch einen Lebensmittelvorrat sehr seltsam fand, wenn ein Tier geschlachtet würde, sei es üblich, dass der Pastor einen Anteil an den Würsten geschenkt bekäme, und daher sei immer ein großer Vorrat in der Speisekammer. Lieschen erzählte ihr auch von einer anderen Sitte, die ihre Kinderaugen aufleuchten ließ. Herr Staub, ein Bauer, der regelmäßig Schweine schlachtete, hatte versprochen, bei der nächsten Schlachtung ein paar Würste nach Maß für Lydia zu machen. »Was bedeutet das?«, fragte sie gespannt. Lieschen antwortete: »Da messen sie dein Gesicht von einem Ohr zum anderen, und so lang machen sie die Würste.« Wie interessant, dachte sie und fing gleich an mit ihren kleinen Fingern auszumessen, wie lang das wohl sein könnte. »Und gehören die dann richtig mir?«, fragte sie eifrig. »Darf ich meiner Schwester Betty eine schicken?« »Natürlich«, war die prompte Antwort. So wartete Lydia gespannt auf den Tag, an dem sie für die Würste »gemessen« würde.

Das Landleben bot so viel Neues, dass die ersten Tage schnell vergingen. Es gab vieles zu sehen, was sie in ihrem Stadtleben noch nie gesehen oder erlebt und was ihr auch niemand erzählt hatte.

Frösche im Sonntagsgottesdienst

Der erste Sonntag in Rödelheim war ein denkwürdiger Tag. Alle standen morgens früh auf und schlichen durchs Haus, als ob jemand krank wäre. Man konnte hören, wie der Pastor beim Anziehen in seinem Zimmer umherging und laut eine Predigt hielt. Als er schließlich auftauchte, trug er einen noch schwärzeren Anzug als an Wochentagen. Dieser und der hohe steife Kragen machten dem Kind Angst.

Am Frühstückstisch wurde vor Beginn der Mahlzeit ein langer Psalm gesungen, was auf leeren Magen ziemlich unangenehm war. Dann aßen sie in völliger Stille. Gegen Ende der Mahlzeit sagte der Pastor: »Lydia, mein Kind, ich möchte, dass du im Gottesdienst sehr still sitzt und für die anderen kleinen Kinder ein

Vorbild bist. Sie zappeln immer auf ihren Plätzen herum, als ob ihnen Frösche die Beine hinaufkröchen.«

Frösche die Beine hinaufkriechen?, dachte Lydia. *Wie entsetzlich!* Der Satz ging ihr von da an nicht mehr aus dem Kopf. Frau Lembke nahm sie an der Hand, und zusammen gingen sie über die Straße zur Kirche. Die Glocken ließen ihr schönes Geläut klingen. Lydia liebte diese Glocken. Gleich beim ersten Hören hatten sie sie fasziniert.

Am Tag vorher hatte man sie dem Glöckner vorgestellt, einem etwa 17-jährigen Jungen namens Johannes. Es war aufregend gewesen, den Menschen kennen zu lernen, der die Glocken so schön läuten lassen konnte. »Wäre es möglich«, hatte sie Johannes zugeflüstert, »dass ich einmal mit in den Turm komme und zusehe, wie Sie läuten? Ich würde ganz still stehen«, fügte sie hinzu. Sofort machte der junge Mann ein besorgtes Gesicht. »Frag mich das nicht noch einmal«, sagte er. »Du bist noch zu klein, um in den Turm hinaufzusteigen. Das ist gefährlich.« An dieses Gespräch dachte sie, als sie merkte, dass sie ihre Bank in der Kirche erreicht hatten, und dann ging der Pastor in voller Amtstracht nach vorn und die Chorknaben in Weiß hinter ihm her. Lydia kannte nur die Schlichtheit der Brüdergemeine; diese Zeremonie hatte sie noch nie gesehen. Das hatte es in Kassel nicht gegeben, da war alles einfach und vertraut gewesen.

Dann fing der Pastor an, in seinem Singsang alles das vorzutragen, was er am Tag vorher so gewissenhaft eingeübt hatte. Lydias Gedanken wanderten in eine Traumwelt, wo sie frei und herrlich unabhängig war. Plötzlich hörte sie eine andere Stimme. Es war die Stimme des Pastors, aber sie flüsterte leise, wie aus der Ferne, in ihr Ohr: »... als ob ihnen Frösche die Beine hinaufkröchen.« Sie richtete sich schnell auf und befühlte ihre Waden und Knie, um sicher zu sein, dass keine Frösche hereingekommen waren, um sie zu quälen. Sie befahl sich selbst stillzusitzen; das hatte ihr der Pastor eingeschärft. Aber sie musste immer wieder an die Frösche denken, und so rutschte sie immer wieder hin und her. Nach einer Weile glaubte sie tatsächlich zu spüren, wie kalte feuchte Frösche an ihren Beinen heraufkrochen, und mit Tränen in den Augen bemühte sie

110

sich stillzuhalten. *Warum musste der Pastor von Fröschen reden?*, fragte sie sich. Sie hätte stillsitzen können, wenn er nicht von Fröschen gesprochen hätte. Frösche gehörten in den Bach, nicht in die Kirche – und warum zog sich der Gottesdienst so lange hin?

Alles war so anders in dieser Kirche – so kalt. Das große Gebäude hallte wider von der Stimme des Pastors. Die Decke war so hoch und die steinernen Wände so kalt. Plötzlich sah Lydia zur Decke hinauf. Da konnte sie über den Dachsparren die Form der Glocken erkennen. Wie spannend! Von da an bis zum Ende des Gottesdienstes hielt sie die Augen auf das Deckengewölbe gerichtet.

Nach dem Gottesdienst musste sie viele Leute mit Knicksen begrüßen. Frau Lembke hatte den Knicks am Tag vorher mit ihr geübt und gesagt, dass sie ihn sehr gut machte. Das hatte ihr gefallen. Als die letzten Kirchgänger fort waren, wurde die Kirche zugeschlossen, und der Pastor und seine Familie kehrten ins Pfarrhaus zurück.

Komm in mein Arbeitszimmer

Am Mittagstisch sagte der Pastor streng: »Lydia, komm nach dem Essen in mein Arbeitszimmer.« Das war das erste von vielen Gesprächen im Arbeitszimmer, die sie nie vergessen würde. Der Pastor ging ins Arbeitszimmer, und fünf Minuten später schickte Frau Lembke Lydia hinauf; Lydia verstand nicht, warum sie so traurig aussah. Die Atmosphäre war gespannt, als sie das Zimmer zum ersten Mal betrat.

Es war ein Raum voller Bücher mit vornehmen schwarzen Eichenmöbeln und einem riesigen Schreibtisch. Der Pastor fing gleich an, mit leiser, ernster Stimme zu sprechen. Er erinnerte Lydia an das, was er ihr vor der Kirche gesagt hatte. Sie sollte stillsitzen, aber zu seinem Schrecken (seine Stimme wurde immer lauter) hatte sie sich genau wie die anderen Kinder benommen. Sie hatte auf ihrem Platz gezappelt, und anstatt ihn unverwandt anzusehen, hatte sie an die Decke geschaut und geträumt.

Ein solches Benehmen würde er nicht dulden, das sollte sie wissen. Seine Stimme wurde immer heftiger, und schließlich, bei einer

111

weiteren Steigerung, schlug er krachend mit der Faust auf den Schreibtisch. Er fasste das Kind an den Schultern und schüttelte es heftig. Lydia war so erschrocken, dass sie keinen Laut von sich geben konnte. Ihre großen braunen Augen füllten sich mit Tränen. Sie riss sich aus seinem Griff los und rannte aus dem Zimmer. »Wenn du dich wieder schlecht benimmst, mein Kind, bekommst du Prügel«, rief Herr Lembke ihr nach. In panischer Angst rannte sie nach oben ins Dachgeschoss und direkt in Lieschens Arme; die nahm sie in ihr Zimmer und versuchte sie zu trösten.

Das Kind zitterte vor Angst. Soweit sie sich erinnern konnte, war ihre liebe Mutter nie böse auf sie gewesen. Sie hatte Angst, schreckliche Angst vor diesem schwarz gekleideten Mann mit der lauten Stimme.

Sie schaute sich ängstlich um wie ein gefangenes Tier. Als Lieschen ihr zuredete, sich auf das Bett zu legen und sich nach Möglichkeit auszuruhen, nahm sie es dankbar an. Es tröstete sie sehr, dass Lieschen sie in ihren kräftigen warmen Armen hielt.

14. Ein Beschützer ohne Verständnis

An diesem Abend weinte sich Lydia in den Schlaf, so unglücklich war sie mit ihrer Angst und der Sehnsucht nach der tröstlichen Nähe ihrer Mutter. Als sie am nächsten Morgen aufwachte, merkte sie mit Schrecken, dass ihr »ein Missgeschick passiert« war. Sie war zu verängstigt, um aus ihrem Zimmer zu kommen, und als Herr Lembke selbst kam, um sie zu holen, entdeckte er es.

Da brach der Sturm los. Er überschüttete sie mit zornigen Fragen wie ein Feldwebel: eins, zwei, drei. »Wird so etwas jemals wieder passieren? Wenn ja, muss ich die Peitsche benutzen. Ich dulde kein unerzogenes Kind.« Seine Stimme wurde laut und heftig, und er verlor jede Beherrschung. »Wenn das wieder vorkommt, mein Kind (er vergaß nie, »mein Kind« zu sagen), muss ich eine von Brutus' Peitschen für dich benutzen.« Damit ließ er das vor Schreck wie gelähmte Kind allein.

Für den Rest des Tages musste sie allein bleiben mit ihren verwirrten Gedanken und aufgewühlten Gefühlen. Um 17 Uhr durfte das Hausmädchen ihr endlich Abendessen bringen, aber nichts zu trinken.

Am nächsten Tag teilte der Pastor ihr mit, ihre Mutter würde wahrscheinlich nie wiederkommen, um sie abzuholen. Darum wäre es das Beste, was sie für sie tun könnten, sie offiziell zu adoptieren, damit sie für immer bei ihnen bleiben könnte. Aber natürlich, fügte er hinzu, würde er sie lehren müssen, »eine Dame zu sein«, der keine Missgeschicke passieren. Herr Lembke ahnte nicht, welche nervöse Reaktion sein hartes Verhalten bei dem Kind auslöste und dass dieses neue Problem nur aus Angst entstanden war. Das Mädchen hatte sogar Angst einzuschlafen. Es versuchte die Augen mit den Fingern offen zu halten. Aber am Ende übermannte einfach die Müdigkeit ihren erschöpften kleinen Körper, und sie schlief ein.

Frau Lembke tat das Kind leid, aber offenbar hatte sie hierin – und auch sonst – nichts zu sagen. Sie litt mit ihr, aber sie ertrug es schweigend.

Als Lydia das nächste Mal ins Arbeitszimmer kommen musste, diesen furchterregenden schwarzen Raum, versuchte der Pastor ihr mit einer der Hundepeitschen einzuprägen, welch furchtbares Verbrechen sie begangen hatte. Alles Bitten, sie könne es nicht ändern, so sehr sie es auch versuchte, war vergeblich. Das großherzige Lieschen litt mit dem Kind. Sie war aufs Äußerste empört über die strenge und ungerechte Behandlung, die man dem kleinen Mädchen zumutete. Sie hatte sie ins Herz geschlossen und versuchte sie zu schützen, wann immer sie konnte.

Erbsensuppe mit Speck

Der Vorfall mit der fetten Suppe hat sich unauslöschlich in Lydias Gedächtnis eingeprägt. Sie hatte noch nie fettes Fleisch ertragen können, gleich welcher Art. Sie hatte eine starke Abneigung dagegen, und Yente hatte sie nie gezwungen es zu essen. Also würgte sie, als man ihr einen Teller Erbsensuppe mit Speckstücken vorsetzte (damals ein sehr beliebtes Gericht in Deutschland), und konnte die Suppe nicht essen. Zur Strafe wurde Lydia ohne Abendessen in ihr Zimmer geschickt. Aber am Morgen wurde dieselbe Suppe aufgewärmt und ihr zum Frühstück vorgesetzt. Sie versuchte es wieder, konnte sie aber nicht essen. Zum Mittag- und Abendessen erschien dieselbe Suppe wieder auf dem Tisch. So sehr sie es versuchte, sie konnte sie einfach nicht schlucken – sie würgte. Inzwischen war sie furchtbar hungrig, aber sie konnte den fettigen Brei trotzdem nicht essen, und mit jedem Aufwärmen wurde er ekelhafter. Auf acht Mahlzeiten nacheinander musste sie verzichten. Aber am Ende konnte sie den quälenden Hunger nicht mehr aushalten. Als ihr zwei Tage später dieselbe Suppe vorgesetzt wurde, schluckte sie sie hinunter, ohne überhaupt wahrzunehmen, was es war. Hunger ist etwas Grausames und kann einen Menschen zu unerwarteten Handlungen treiben.

Mit jeder Bestrafung wurde das Kind nervöser. Es gewöhnte sich nicht an die Schläge mit der Hundepeitsche. Im Gegenteil, sie schienen mit jedem Mal schmerzhafter zu werden.

Der Bauer, der versprochen hatte, Lydia eine Wurst nach Maß zu machen, schlachtete irgendwann ein Schwein und schenkte ihr eine schöne Räucherwurst, die ihr von einem Ohr zum anderen reichte. Als sie triumphierend mit ihrem Geschenk nach Hause kam, sagte ihr der Pastor, der Krieg würde höchstwahrscheinlich lange dauern, und darum müssten sie alle Würste aufbewahren. So konnte Lydia nie mehr die besondere, nach altem Brauch hergestellte Wurst probieren. All dies verwirrte und enttäuschte das Mädchen. Sie wurde ängstlich und schüchtern. Sie wollte nur noch in ihrem Zimmer bleiben und allein sein.

Brutus protestiert

Brutus, das treue Tier mit dem unheimlichen Instinkt, den manche Hunde haben, spürte Lydias Einsamkeit und Kummer und begleitete sie, wohin sie ging, oder blieb mit ihr in ihrem Zimmer. Es war, als wollte er sagen: »Ich habe dich lieb und will dir Gesellschaft leisten.« Sie erwiderte seine Liebe, und oft umarmte sie die große, unansehnliche Bulldogge. Nicht selten fand Lieschen beide schlafend auf dem Bettvorleger.

Wenn das Kind nach einer Strafe bitterlich weinte und nach seiner Mutter rief, sagte der Pastor: »Je mehr du nach deiner Mutter rufst, umso mehr werde ich dich schlagen. Deine Mutter kommt nicht zu dir. Sie will dich nicht haben, und wir behalten dich hier.« Das machte Lydia solche Angst, dass sie stundenlang ununterbrochen weinte. Dann lag Brutus auf ihrer Türschwelle und heulte aus Protest gegen die Grausamkeit der Menschen.

Alle Gotteskinder brauchen Schuh'

Lydia hatte ein einziges Paar Schuhe, und die verbrauchten sich schnell. Der Pastor hatte ihr neue Schuhe zu Weihnachten versprochen; dazu musste man beim Dorfschuster Maß nehmen. Lydia freute sich fast so sehr auf ein Paar neue Schuhe wie auf einen Besuch bei ihrer Schwester Elizabeth, die bei einer Familie in Kassel wohnte. Auch das war ihr als Weihnachtsgeschenk versprochen worden.

Lydia stand stundenlang vor dem kleinen Schuhmacherladen, drückte ihre Nase an die Scheibe und schaute zu, wie der Schuster mit geschickten Händen Schuhe formte: große, mittelgroße und – das war am schönsten – kleine Schuhe für Kinder. Alle großen und mittleren Schuhe waren schwarz wie ihre eigenen. Aber die kleinen Schuhe faszinierten sie am meisten. Sie waren genau so, dass sie ihr passen würden, und sie hatten verschiedene Farben. Es gab braune für den Winter und sogar weiße für den Sommer. Sie wünschte sich so sehr ein Paar neue Schuhe – auch wenn sie einfach schwarz wären.

Dann sah sie eines Tages, wie der Schuster aus einem Stück rotem Leder die schönsten Schuhe machte, die sie je gesehen hatte. Dicke Tränen liefen über ihr Gesicht, und sie lief schnell nach Hause, um Lieschen zu erzählen, was sie gesehen hatte. Lieschen versicherte ihr, zu Weihnachten würde Lydia ganz sicher ein Paar Schuhe bekommen, vielleicht nicht rot, denn die waren so teuer, aber mindestens braun. Wie stolz würde sie sein, wenn sie in Kassel ihre Schwester Elizabeth und ihre Brüder besuchte und schöne neue braune Schuhe anhätte!

Freude und Enttäuschung

Ein paar Tage vor Weihnachten fiel dicker, feuchter Schnee. Der Pastor mietete einen Schlitten mit zwei Pferden, die um ihren starken glänzenden Hals Glöckchen trugen. Lydia war freudig überrascht, dass sie eingeladen wurde mitzufahren. Das was ein unerwarteter Genuss! Sie kostete ihn voll aus. Aber es war ein Haken dabei. Die eine angenehme Stunde war der Preis für eine große Enttäuschung. Auf dem Heimweg sagte ihr der Pastor, dass er Weihnachten mit seiner Frau in Kassel verbringen würde, aber sie konnten sie nicht wie versprochen zu einem Besuch bei Elizabeth mitnehmen. Die Schlittenfahrt war ein Versuch, sie für den entgangenen Besuch zu entschädigen.

Als Lieschen sah, wie traurig und enttäuscht Lydia war, bot sie an, sie über die Feiertage mit zu ihrer Familie zu nehmen. Sie

116

wohnte in einem Dorf in der Nähe und hatte viele Geschwister, und sie würden ein wunderschönes Weihnachtsfest miteinander haben. Das war eine sehr praktische Lösung (denn wenn das Haus ein paar Tage leer stand, würde man Lebensmittel sparen), und der Pastor stimmte gleich zu.

Aber was war mit den Schuhen? »Ach, dafür ist jetzt keine Zeit«, sagte Herr Lembke. »Damit müssen wir bis nach Weihnachten warten.« So wurde der Kindertraum von den neuen Schuhen nie wahr. Bis zum Frühjahr waren ihre Schuhsohlen fast ganz abgelaufen.

Weihnachten in Lieschens bescheidenem Heim aber war herrlich. Alle hießen sie willkommen, und sie gaben ihr so schöne Geschenke: zwei Taschentücher, ein Haarband und sogar einen kleinen Geldbeutel mit fünf Pfennigen darin. Diesen Geldbeutel schätzte sie noch viele Jahre später. Zum ersten Mal, seit sie von ihrer Mutter getrennt war, fühlte sie sich wirklich glücklich, und als sie an diesem Abend mit Lieschen in das große Bett schlüpfte, kuschelte sie sich an sie und schlief ohne Angst und Anspannung friedlich ein.

Herr Lembke wird Lehrer

Die nächsten drei Monate vergingen für Lydia quälend langsam. Der Pastor meldete sie in der Dorfschule an, wo zwei junge Männer die Kinder unterrichteten. Aber sobald die Schule nach Weihnachten anfing, wurden beide zum Militärdienst eingezogen, und es war kein Lehrer mehr im Dorf. Pastor Lembke sprang ein und unterrichtete an ihrer Stelle. Das war für Lydia noch mehr Anspannung. Nun konnte sie seiner dominierenden und erschreckenden Art nicht mehr ausweichen. Zu Hause und in der Schule überschattete die Härte und Strenge des Pastors ihr Leben.

Sie konnte nicht verstehen, warum Herr Lembke so anders war als der gute Pastor Sommer. Vielleicht, dachte sie, gehören die zwei Pfarrer zu verschiedenen Religionen und glauben an zwei verschiedene Götter. Pastor Lembkes Gott war anscheinend streng und anspruchsvoll und sehr kleinlich, wenn es um Ordnung und Förmlichkeit ging. Sogar die Gebete, die man an ihn richtete, musste man rhythmisch, volltönend und mit großen, hochtrabenden Worten sprechen.

Pastor Sommers Gott war anders: ein freundlicher, gutherziger Gott, mit dem man sprechen konnte, wie man mit seinem eigenen Vater sprechen würde. Das war der Gott, mit dem ihre Mutter vertraut war. Das war auch der Gott, zu dem Lydia betete, wenn sie allein im Dunkeln war und Angst hatte. Aber warum gaben sie ihrem Gott den gleichen Namen Jesus?

Ein langer trübseliger Tag folgte dem anderen und eine öde Woche der anderen. Keine Nachricht kam von Mutter. Die *feurige Mauer* des Krieges trennte sie. Ihre Geschwister waren in Kassel und den umliegenden Städten unter Fremden verstreut, und Lydia hatte keine Möglichkeit sie zu sehen.

15. Kinder ohne Heim

Elizabeth war in Kassel bei Pastor Lembkes Bruder, dem Zahnarzt Johann Albert Lembke, untergebracht, der mit seiner Mutter und seiner Familie in einer großen Wohnung im ersten Stockwerk eines Hauses lebte, zu der auch die Zahnarztpraxis gehörte.

Mit 14 Jahren war Elizabeth zu ernst für ihr Alter. Sie hatte immer der Mutter geholfen und nie Zeit gehabt, zu spielen oder eine normale Kindheit zu erleben. Jetzt wies man ihr in der Zahnarztwohnung ein kleines Schlafzimmer bei der Küche zu und informierte sie über ihre Pflichten. Jeden Morgen, ehe sie zur Schule ging, musste sie die Zahnarztpraxis putzen und das Frühstücksgeschirr abwaschen. Nach der Schule musste sie bei den anderen Hausarbeiten mithelfen. Ihr Frühstück bestand normalerweise aus zwei Scheiben grobem Roggenbrot mit sehr wenig Margarine und einer Tasse Kaffee-Ersatz.

In einer Hinsicht schätzte sie sich glücklich: Ihr Bruder Ernest besuchte dieselbe Schule wie sie, so dass sie sich täglich sehen konnten. Das freute Elizabeth, aber es machte ihr auch Kummer, denn Ernest ging es noch schlechter als ihr. Schneiders, bei denen Ernest wohnte, waren arme Arbeiter. Sie waren zwar gut zu Ernest, aber sie hatten selbst nur wenig. Aus seinen großen Augen sprach der Hunger, und sein schlaksiger, abgemagerter Körper ließ seinen Zustand eindeutig erkennen. Er musste oft hungern und frieren und konnte sich daher kaum auf seine Schularbeit konzentrieren. Elizabeth beschloss, ein Stück von ihrem Brot mit ihrem Bruder zu teilen; sie versteckte es oben in ihrem Strumpf bis zur Pause. Dann gab sie es ihm heimlich auf dem Schulhof.

Elizabeth vermisste ihre kleineren Geschwister, besonders Lydia, die schon immer an ihr gehangen hatte. Ihr jüngerer Bruder Jacob wohnte bei einer Familie außerhalb Kassels, und sie erfuhr nur wenig über sein Befinden.

Wenn es Abend wurde, servierte Elizabeth der Familie im Esszimmer das Abendessen. Dann bekam sie selbst ein spärliches Abendessen in der Küche, meistens etwas Suppe oder Eintopf und

119

eine Scheibe Brot. Danach wurde sie wieder an die Arbeit geschickt: den Fußboden scheuern, die Fenster putzen und das Haushaltssilber polieren. Auch im kalten Winter sollte sie die Fenster mit eiskaltem Wasser putzen; davon sprangen ihre Hände auf und bluteten.

Aber was ihr das Leben wirklich schwer machte, war Herrn Lembkes vierzehnjähriger Sohn Otto. Er war ein verwöhntes Einzelkind und machte sich ein Vergnügen daraus, Elizabeth zu quälen. Er nannte sie »die unerwünschte Jüdin«. In seinem fehlgeleiteten patriotischen Gefühl hielt er das bedauernswerte vierzehnjährige Mädchen für eine feindliche Spionin. Diese Schimpfnamen bekam sie auch von den anderen Kindern zu hören, so dass das Leben in der Schule unerträglich wurde.

Seit ihre Mutter vor etwa fünf Monaten weggefahren war, hatte niemand mehr etwas von ihr gehört. Ging es ihr gut? Hatte sie Vater in England getroffen? Das waren quälende Fragen, und Elizabeth hatte oft rote und verschwollene Augen.

Immer wenn sie und Ernest auf dem Schulhof zusammenkommen konnten, sprachen sie miteinander über ihr Schicksal und das ihres Bruders und ihrer Schwestern. Sie hörten nur selten von Jacob, und wenn er schrieb, waren seine Briefe voll Heimweh nach seiner Mutter und seinen Geschwistern. Wie sehr sie unter all dem litten! Wochen und Monate vergingen. Es war schon fast Weihnachten, und es war sehr unwahrscheinlich, dass sie dann wieder bei ihrer Mutter sein könnten.

Die hübsche und lebhafte kleine Marie, immer der Glückspilz in der Familie, wurde als einzige gut versorgt. In Prediger Sommers Haus wurde sie wie ein eigenes Kind behandelt und war der Liebling der Familie. Sie verwöhnten sie sogar gründlich. Sie war als einzige gut ernährt, gut gekleidet und zufrieden.

Ein mitgehörtes Gespräch

Eines Tages kurz vor Weihnachten hörte Elizabeth, die wie gewöhnlich in der Küche aß, ein Gespräch mit, das die »alte Dame«

120

(so nannten alle Frau Lembke, die Mutter des Zahnarztes) mit einem Gast führte. Es ging um die Sitenhof-Kinder, und Elizabeth hörte gespannt zu. Der Mann fragte: »Wie lange kann man die Behörden noch hinhalten? Die Ernährungslage für das deutsche Volk wird immer schlechter. Wie kann man von den Deutschen verlangen, Lebensmittel an diese Ausländerkinder zu verschwenden, fünf gierige fremde Mäuler? Diesmal will ich noch versuchen, die Genehmigung zu verlängern, aber es wird schwierig. Wenn der Major nicht wäre, würden die Kinder mit Sicherheit keinen Tag länger hier geduldet.«

Der Gast sprach weiter: »Warum hat sich die Mutter nicht über neutrale Kanäle mit ihnen in Verbindung gesetzt? Sie hat doch versprochen, Himmel und Erde in Bewegung zu setzen, um die Kinder aus Deutschland zu holen, sobald sie in England wäre.« So ging das Gespräch immer weiter. Dass jemand ihre geliebten Geschwister als »gierige Mäuler« bezeichnete, verletzte Elizabeth so sehr, dass sie heiße Tränen vergoss.

Ein freudloses Weihnachtsfest

Weihnachten kam näher. Elizabeth hatte sich für die Feiertage große Hoffnungen gemacht. Als ihre Mutter Anfang August abgereist war, war sie sicher gewesen, dass bis Weihnachten wieder alle Kinder als Familie mit den Eltern zusammen wären. Jetzt schwand die Hoffnung, und der Kummer wuchs. Es schien, als würden alle, Kinder wie auch Erwachsene, immer unfreundlicher gegen die Kinder, und manchmal waren sie regelrecht feindselig. Krieg, Nahrungsmangel, der Verlust von Angehörigen und die angespannten Nerven machten die Menschen reizbar. Was suchten diese Ausländerkinder überhaupt in Deutschland? Warum gingen sie nicht nach Russland, wo sie hingehörten?

Elizabeth wurde noch mehr schwere Arbeit aufgebürdet. Sie hatte keine Zeit mehr, ihre Schulaufgaben zu machen, und bekam darum Schwierigkeiten in der Schule. Ottos Reden und sein Benehmen wurden immer beleidigender, und seine Eltern kümmerten sich nicht darum. Das war zu viel Leiden, sie konnte es nicht mehr ertragen. Da dachte Elizabeth daran wegzulaufen.

Verzweifelt ging sie zu Prediger Sommer, um sich bei ihm und Frau Sommer auszusprechen. Elizabeth weinte bitterlich, als sie von der monatelangen grausamen Behandlung und dem unzureichenden Essen erzählte. Sommers weinten mit ihr. Sie erzählte auch von den Gesprächsfetzen über die Sitenhof-Kinder, die sie mitgehört hatte, und wie das gespannte Warten auf Nachrichten von der Mutter unerträglich wurde. »Können Sie etwas tun, Herr Sommer?«, bat sie. »Vielleicht könnten Sie mit dem Major darüber sprechen?«

»Liebe Elizabeth«, sagte Prediger Sommer, »es vergeht kein Tag, an dem ich nicht versuche, deine Mutter zu erreichen, aber es ist unmöglich. Es ist Krieg mit England, und es gibt keine Kontakte. Ich kann jederzeit als Spion angeklagt werden«, schloss er. Er hatte persönlich vor den deutschen Behörden für alle fünf Kinder gebürgt. »Halte durch, mein liebes Kind«, redete er ihr zu. »Verliere nicht den Mut. Gott wird eine Möglichkeit schaffen, dass ihr wieder zu euren Eltern kommt.« Er tröstete sie, betete mit ihr und gab ihr Geld, damit sie sich etwas zu essen kaufen konnte, wenn sie hungrig war.

»Halte durch«, bat er sie mehrfach, »und ich will in der Zwischenzeit alle Möglichkeiten ausschöpfen, um Kontakt aufzunehmen.«

Weihnachten bedeutete für Elizabeth zusätzliche Arbeit, und sie musste die Familie bedienen. Otto war jetzt ein Alptraum für sie. Vor dem Schlafengehen saß sie an ihrem Fenster, betrachtete die Straßenlaternen und träumte von der Zeit, wenn die Familie wieder zusammen wäre. Wo war ihre Mutter wohl jetzt? Sie betete jeden Morgen und jeden Abend für sie, auch tagsüber, wenn sie kniend die Fußböden scheuerte. Sie dachte daran, was in den letzten drei Jahren geschehen war und wie ihre tapfere Mutter darum gekämpft hatte, die Kinder mit Nahrung und Kleidung zu versorgen.

Aber nicht all ihre Erinnerungen waren unglücklich. Es hatte auch schöne Zeiten gegeben, und das tröstete und beruhigte sie. Sie

122

dachte an die Picknicks auf dem Brasselsberg, als das Lachen und Toben der Kinder ihre Mutter so froh gemacht hatte. Was für herrliche, große Brote hatten sie gegessen, ganze Stapel! Es war Butter oder Bratenfett darauf und manchmal sogar ein paar Scheiben gute Wurst. Das hatte gut geschmeckt! Plötzlich merkte sie, wie hungrig sie war. Gerade heute war ihre Ration wieder gekürzt worden. Zum Mittagessen hatte sie statt eines großen Tellers nur einen Dessertteller bekommen und nicht so viele Kartoffeln wie vorher.

Zu Weihnachten kamen Pastor Lembke und seine Frau aus Rödelheim zur Familie ihres Bruders, während Lydia beim Hausmädchen war. Elizabeth hatte sehnsüchtig auf das Wiedersehen mit ihrer kleinen Schwester gewartet. Sie schluckte die Tränen der Enttäuschung hinunter und fragte tapfer, wie es Lydia gehe. Sofort spürte sie eine abweisende Haltung, und das belastete sie noch mehr. Der Pastor beklagte sich bitter, wie »schlecht erzogen« das Kind sei; er hoffe aber, dem mit der Zeit »abzuhelfen«. Er sprach sehr hart, ganz ähnlich wie sein Bruder, der Zahnarzt, und sein Neffe Otto.

Am nächsten Tag sagte Herr Lembke zu Elizabeth: »Ich bereite Lydia schonend darauf vor, dass sie sich darauf einstellen muss, ihre Mutter nie wiederzusehen, und dass wir sie so bald wie möglich offiziell adoptieren werden.« *Wie kann er nur so etwas Böses sagen?*, dachte sie.

Probleme an der Westfront

Der Januar und Februar wurden den Kindern lang. Von der Westfront hörte man nichts Gutes für Deutschland. Der Vorteil, den die Deutschen anfangs durch die Verletzung der belgischen Neutralität gewonnen hatten und der sie glauben machte, sie könnten Frankreich schnell besiegen, wurde allmählich wirkungslos. Ein Zermürbungskrieg begann.

Die Schlachten an der Marne und bei Ypres legten die deutsche Kriegsmaschinerie lahm. Die deutsche Armee mit ihren schweren Stiefeln konnte nicht weiter marschieren. Sie mussten sich in der

123

klammen Winterkälte in schlammigen Gräben in den Feldern von Frankreich und Flandern eingraben. Die Soldaten unterkühlten sich, und ihre Moral sank. Wie lange konnte das dauern? Wie würde es enden? Das einzige Hoffnungszeichen für die Deutschen kam von der Ostfront. Da verlor die schlecht bewaffnete und katastrophal geführte russische Armee gegen den Angriff der besser ausgebildeten und organisierten Truppen Seiner Kaiserlichen und Königlichen Majestät Wilhelms II.

Aber im Westen braute sich das Unheil über Deutschland zusammen. England, das nur langsam in Gang kam, machte jetzt mobil und griff ernstlich ein. Frankreich wurde durch den Schlachtruf: »Sie dürfen nicht durchkommen!« in patriotische Leidenschaft versetzt. Sogar der belgische König Albert ermutigte sein Volk aus dem Exil, dem brutalen Angreifer Widerstand zu leisten.

Armut, Hunger und allgemeine Kriegsmüdigkeit aber gingen nicht spurlos am deutschen Volk vorbei.

Blitzableiter

Durch eine seltsame menschliche Neigung wurden die fünf Sitenhof-Kinder zum Blitzableiter für einen Teil des aufgestauten Hasses, der Frustration und Enttäuschung einzelner Deutscher gemacht. Sie waren zu Geiseln des Schicksals geworden. Elizabeth litt am meisten darunter. Die Sorge um ihre jüngeren Geschwister und die Ungewissheit über das Schicksal ihrer Mutter belasteten sie sehr. Elizabeths traurige Augen zeigten jedem, der sie sah, wie schwer ein vierzehnjähriges Kind zu leiden hat, das die Rolle einer Mutter übernehmen muss.

Eines Tages kam Prediger Sommer zu Dr. Lembke und teilte ihm mit, die deutsche Regierung wolle alle fünf Kinder nach Russland deportieren, »wo sie hingehörten«, wie man es ausdrückte. Herr Sommer drängte den Zahnarzt und seine Frau, sich als Christen an seine Seite zu stellen und heftig gegen diesen empörenden Plan zu protestieren. Prediger Sommer erinnerte sie, dass sie versprochen hatten, die Kinder zu behalten, bis ihre Mutter sie holen könne; nicht nur ihr, sondern auch Gott waren sie es schuldig, ihr Wort zu halten. Aber sein Appell wurde kühl aufgenommen. Da wurde ihm klar, dass er sich nur auf seine eigenen Bemühungen verlassen konnte und dass Lembkes nicht mit ihm zusammenarbeiten würden. Im Gegenteil, sie wären froh, die Verantwortung für Elizabeth los zu sein. »Natürlich«, sagte Dr. Lembke, »wenn sie auf Dauer als Hausmädchen bei uns bleiben könnte, wäre das etwas anderes.«

Geheime Pläne

Anfang April kam die lange erwartete Nachricht vom Major, in der Herr Sommer gebeten wurde, ihn um 18 Uhr desselben Tages aufzusuchen. Als er zum Büro des Majors kam, das schwer bewacht wurde, bat man ihn in ein Hinterzimmer. Der Raum wirkte verschwiegen, und in dem herrschenden Dämmerlicht spürte Herr Sommer die Spannung, die diesen hochherzigen Christen umgab, der so viel Verantwortung im Dienst für sein Land trug.

»Bruder Sommer«, begann er, »ich habe alles Menschenmögliche versucht, um diese Kinder mit ihren russischen Personalpapieren legal aus dem Land zu bringen, aber ich muss leider sagen, dass nichts Erfolg gehabt hat. Es geht nicht. Wir sind im Krieg, und Zivilisten können das Land nicht verlassen, gleich wer sie sind.«

»Aber«, fuhr er fort, und seine Gesichtsmuskeln zuckten entschlossen, »diese Kinder müssen um jeden Preis wieder zu ihrer Mutter kommen. Ich habe einen Plan ausgedacht, und wenn er sich verwirklichen lässt – und das wird er mit Gottes Hilfe –, ist das die einzige Möglichkeit, die ich sehe, sie aus Deutschland hinaus zu bringen. Er ist gefährlich, sehr gefährlich, aber als Christen dürfen wir Gefahren bei der Arbeit für Gott nicht scheuen. Soldaten im Kampf sind mutig. Dies ist ein eminent wichtiger Kampf für die tapferste Frau, der ich je begegnet bin. Ich habe jetzt vier Wochen lang für diese Sache gebetet. Ich kann zwar noch nicht erkennen, wie der Erfolg aussehen wird, aber ich bin fest überzeugt, dass der Glaube dieser Frau belohnt werden wird. Irgendwie wird Gott alles leiten, und die Familie wird bald wieder zusammenkommen – sehr bald.«

Prediger Sommer saß vollkommen still da, tief bewegt von dem emotionalen Drama, das sich vor seinen Augen abspielte. Ehe er antworten konnte, klingelte das Telefon. Der Major meldete sich, und Herr Sommer betrachtete weiter unverwandt dieses männliche Gesicht, dem Christus, der große Gestalter, dem er gehörte, Charakterstärke und Güte aufgeprägt hatte. Gespannt beobachtete Herr Sommer das Spiel der Gesichtsmuskeln und das Aufblitzen seiner Augen. Was wurde gesprochen? Man konnte nichts hören, aber Herr Sommer wusste instinktiv, dass die Person am anderen Ende aus demselben Grund angerufen hatte, der ihn hierher gebracht hatte.

»Nein«, antwortete der Major schnell, fast als ob er Soldaten an der Front Befehle gäbe, klipp und klar, »für die fünf Kinder bin ich verantwortlich. Sie werden nicht deportiert. Wenn sie ausgewiesen werden, werden sie begleitet, und ich sorge selbst für die Begleitung. Sie kommen in ein neutrales europäisches Land – nicht über Norwegen und Schweden nach Sibirien. Ich übernehme die Verantwortung der höchsten Stelle gegenüber. Dieses Telegramm hätte man nie abschicken dürfen. Schicken Sie ein zweites, um es höflich zu korrigieren.«

Was kann das bedeuten?, dachte Herr Sommer, beunruhigt über den plötzlichen Verlauf der Ereignisse. Da wandte sich der Major ihm zu. »Prediger Sommer, es ist alles in Ordnung. Gott hat unsere Gebete erhört. Bringen Sie die Kinder zusammen. Sie fahren am 7. April morgens aus Kassel ab. Diesen Termin hat die deutsche Regierung gesetzt. Wissen Sie eine zuverlässige Frau, die die Kinder begleiten könnte?« Sofort fiel ihm Tante Bess ein, und Prediger Sommer erzählte dem Major, wie sehr sie am Wohlergehen der Kinder interessiert war. »In Ordnung«, sagte der Major, und es klang endgültig. »Die Kinder fahren am 7. April mit Tante Bess ab. Sie haben drei Tage, um alles vorzubereiten. Bis dahin werde ich alle Einzelheiten regeln.« Sie gaben sich die Hand und trennten sich.

Prediger Sommer ging wie auf Wolken. Innerlich sang er Gott ein Loblied für die Wunder, die er tut. »Warst du es nicht, der das Meer austrocknete, die Wasser der großen Tiefe, der den Grund des

126

Meeres zum Wege machte, daß die Erlösten hindurchgingen?«
(Jes 51, 10) Irgendwo aus seinem Unterbewusstsein stieg dieser
Vers in sein Gedächtnis auf.

Jetzt ging alles schnell. Elizabeth weinte hemmungslos, als sie die
gute Nachricht hörte, als ob der Damm, der ihren Schmerz und
ihre Angst aufgestaut hatte, plötzlich einer Flut von Erleichterung
und Freude nachgäbe. Der Gedanke, Lydia und Jacob zu sehen, die
sie beide seit sieben Monaten nicht gesehen hatte, und die Aussicht, wieder bei ihren Eltern zu sein, war fast zu viel für sie. Allerdings erfuhr sie keine Einzelheiten. Niemand sagte ihr, wohin sie
fahren würden, aber zuversichtlich, wie Kinder sind, und weil sie
wusste, wie viel Vertrauen ihre Mutter zu Prediger Sommer hatte,
war sie sicher, dass alles gut werden würde. Sie lächelte zum ersten
Mal, seit ihre Mutter weggefahren war, und sang beim Putzen der
Fußböden. Sie brauchte nicht viel für die Reise vorzubereiten, denn
sie hatte nur zwei Kleider, Unterwäsche für einen Wechsel, eine alte
Jacke und die Schuhe, die sie seit sieben Monaten jeden Tag getragen hatte. Die »alte Dame«, Herr Lembkes Mutter, hatte die
Schuhe einmal zu ihrem Geburtstag reparieren lassen, aber jetzt
waren sie überall sehr dünn. Aber was machte das? Für sie stand ein
Regenbogen am Himmel, und am Ende des Regenbogens sah sie
das schöne Gesicht ihrer Mutter.

16. Das sind die Helden der Vorzeit

In London, mitten im jüdischen Viertel von Whitechapel, steht ein dreigeschossiges Haus mit der hebräischen und englischen Inschrift: »Jüdisch-christliches Zeugnis für Israel.« Viele Bibelverse, die in englischer und jiddischer Sprache an den Wänden stehen, zeigen den Vorübergehenden, dass dies ein Haus der Judenmission ist.

Das Haus selbst sieht alt und verwittert aus. Von der Straße aus führt eine Steintreppe in eine ziemlich große Eingangshalle; hierher kommen seit 1893 immer wieder Juden aus verschiedenen Teilen Europas. Für diese Menschen ist das Haus eine geistliche Zuflucht geworden, eine Heimat im fremden Land sogar noch mehr, als es ihre eigenen freudlosen und überfüllten Häuser je sein könnten.

Das »Jüdisch-christliche Zeugnis für Israel« ist von David Baron gegründet worden. 1855 im russischen Teil Polens geboren, wurde der unbekannte Judenjunge aus einer unbedeutenden Stadt am Ostrand Polens mit der Zeit zu einer der bekanntesten Personen der Christenheit. Jemand nannte ihn »David Baron, Prinz aus dem Haus Davids.« Das war er auch: klein und schmal, aber ein Glaubensheld. Er hatte göttliche Weisheit, Charme und eine umfassende Bibelkenntnis; er war ein »Apostel der Juden« in unserer Zeit. Vor allem war David Baron ein Mensch, der beten konnte.

Er wurde in einer orthodoxen jüdischen Familie in Polen geboren. Weil er intelligent war, sollte er ein großer Rabbi werden.

Der junge David war die Unterdrückung und den Antisemitismus unter den Zaren leid und fasste darum zusammen mit seinem Schwager den Plan, nach Amerika auszuwandern. Aber als sie in Berlin ankamen, stahl ihm ein Taschendieb das Geld für die Weiterreise. Er kam nur bis nach England. Dort, in der Stadt Hull, las er ein Neues Testament, das ein jüdischer Missionar ihm gegeben hatte, und begegnete so zum ersten Mal in seinem Leben dem Messias Jesus. David hatte das Gefühl, diesem unwiderstehlichen Jesus folgen zu müssen.

Als sein Vater von dieser Entscheidung seines Sohnes hörte,

128

brach für ihn eine Welt zusammen, und er schrieb einen leidenschaftlichen Brief an »meinen verlorenen Sohn David.«

Weine nicht, Vater

Elf Jahre später trafen sie sich wieder: der Mann, der inzwischen leidenschaftlich für den Messias eintrat, und sein alter Vater, der nun nicht mehr lange leben würde. Sie begegneten sich an der Grenze zwischen Russland und Deutschland. Sie fielen sich in die Arme und weinten. Davids Schwester, die seinen Vater begleitete, sah die Liebe und Achtung ihres Bruders und sagte: »Weine nicht, Vater. Bestimmt gibt es da etwas, was wir nicht verstehen. Er sieht nicht aus wie jemand, der Gott nicht fürchtet, und er liebt dich noch, darum ist er so weit gereist, um dich zu sehen. Das täte er nicht, wenn er ein *M'schumed* (ein Abtrünniger) wäre.«

Vater und Sohn sprachen miteinander über die Sache Gottes, bis der Sabbat kam. Widerwillig musste Vater Baron über die Grenze nach Russland zurückkehren, um die Heiligkeit des Sabbats nicht zu verletzen. Unter Tränen sagte er: »Mein Sohn, ich sehe, dass du dem einzigen Gott treu bist, dem Gott deiner Väter. Jetzt kann ich noch eine Weile leben, weil ich dich gesehen habe und das weiß.«

David Baron hatte von seinem Herrn den Befehl bekommen: »Geh hin und verkündige es meinen Brüdern« (nach Mt 28, 10), und er gehorchte. Von allen großen Söhnen Israels, die sich jemals für ihren Messias eingesetzt haben, war David einer der größten. Nach dem Vorbild des Paulus reiste er durch ganz Großbritannien und Europa und sogar in das verlassene und verarmte Palästina, um mit seinen jüdischen Brüdern zu sprechen und ihnen von Christus her ein neues Verständnis von Gottes Plan zu eröffnen.

Bei dieser großen Aufgabe stand Frau Baron, eine fromme englische Christin, voll an der Seite ihres Mannes. 1892 kamen Barons aus Palästina nach England zurück, denn bei den unhygienischen Zuständen, die damals in dem Land herrschten, hatte sich Frau Baron eine Krankheit zugezogen. Bis dahin war David bei einer englischen Missionsgesellschaft angestellt gewesen, aber er fand es notwendig, dass Juden, die an Christus glaubten, es den Juden weitersagten, die nicht an ihn glaubten. So entstand aus Gebet und dem brennenden Wunsch zu helfen die Bewegung »Jüdisch-christliches Zeugnis für Israel.«

Einmal bat David Gott um 2 000 Pfund; das war damals sehr viel Geld. Mit diesem Geld sollte ein Haus gekauft werden, in dem man die Arbeit in Whitechapel beginnen könnte. 1 000 Pfund waren da; für den Rest würde Gott sorgen müssen. Am nächsten Samstag würde man das Geld brauchen, und es war schon Montag.

Am Donnerstagmorgen kam ein Brief von Lord Blantyre, einem treuen Freund Israels, mit einem Scheck über 2 000 Pfund. Er schrieb, Gott habe ihn eindeutig angewiesen, dieses Geld David Baron zu schicken.

Das Gericht Gottes

Ein anderes Ereignis im Leben David Barons war kennzeichnend für ihn. Eine Dame aus Holland hinterließ in ihrem Testament 10 000 Gulden für Herrn Barons Arbeit. Aber als das Testament nach ihrem Tod eröffnet wurde, fochten die Angehörigen es an, wie das ja häufig geschieht. Ein holländischer Rechtsanwalt, der Testamentsvollstrecker war, schrieb an Herrn Baron, er würde gern die Verteidigung seines Erbanspruchs übernehmen. Herr Baron antwortete: »Wir lassen uns nie von irdischen Gerichten vertreten. Wir wenden uns nur an das Gericht Gottes.«

Das erstaunliche Ergebnis war, dass die Erben nach zwei Jahren Streit untereinander beschlossen, den größten Teil der Erbschaft Herrn Baron zu geben; das war mehr als doppelt so viel wie die ursprünglich vorgesehene Summe.

Charles Andrew Schoenberger
und Immanuel Joseph Landsman

Ein enger Mitarbeiter von David Baron war Charles Andrew Schoenberger, ein Mann von ungewöhnlichem, geistlichem und intellektuellem Format. Er wurde 1844 in Ungarn geboren. Auch Charles bekam schon früh Zugang zum Neuen Testament im Haus eines christlichen Freundes, der damals krank war. So kam er zu Christus.

Mit der Zeit wurde er ein enger Freund Israel Saphirs, dem Vater des berühmten jüdisch-christlichen Theologen Dr. Adolph Saphir. Charles Schoenberger wurde dann Dr. Saphirs Schwager.

Um seine christliche Ausbildung fortzusetzen, wanderte er von Ungarn nach England aus; dort fanden seine ungewöhnliche Begabung und vor allem seine Fähigkeiten als Prediger große Beachtung. Viele Kirchen boten ihm wichtige Pfarrstellen an. Aber seine Liebe galt seinem Volk, den zerstreuten und doppelt unglücklichen, physisch und geistlich heimatlosen Juden.

David Baron und Charles Schoenberger gründeten das »Jüdisch-christliche Zeugnis für Israel«.

Noch ein Mann von ungewöhnlichem Format in diesem geistlichen Unternehmen war Immanuel Joseph Landsman, ein Judenchrist aus Russland. Auch er war ein hervorragender Mann, ein ausgezeichneter Linguist, sprach fließend Russisch, Deutsch, Schwedisch, Englisch und Jiddisch und war außerdem ein bedeutender Gelehrter des Hebräischen.

Diese drei Menschen waren geistliche Pioniere und widmeten sich der Aufgabe, Israel Christus und Christus Israel nahezubringen. »Das sind die Helden der Vorzeit, die hochberühmten« (1. Mose 6, 4).

Ein Heim für die Müden

An einem nebligen Novembertag kamen Benjamin und Yente mit einem ausgeprägten Bedürfnis nach Gemeinschaft und geistlicher Nahrung zum »Jüdisch-christlichen Zeugnis für Israel«. Als sie in das Missionshaus eintraten, spürte Yente in Hals und Nase, wie der Nebel von draußen sogar bis in die geheizte Vorhalle eindrang.

Sie schaute sich um und sah eine Gruppe von Juden, die offensichtlich aus Osteuropa kamen. An kleinen Unterschieden in Kleidung und Benehmen konnte sie Juden aus Russland oder Polen und andere aus Ungarn, Deutschland oder Österreich unterscheiden. Alle saßen um einen langen Tisch, und die meisten hörten aufmerksam einem Mann von ungewöhnlichem Aussehen zu.

Er war ziemlich kräftig gebaut, hatte welliges graues Haar, eine hochgewölbte Stirn, einen Schnurrbart mit herabhängenden Enden, eine große Nase und große, traurige jüdische Augen – diese Augen drückten grenzenloses Leid und trauriges Verständnis aus. Aber es war eine Würde um ihn, die irgendwie spüren ließ, dass er zu einer anderen Welt gehörte. Ein Geist, der in dieser Welt fremd ist, strahlte von ihm aus. Yente erfuhr bald, dass dies Charles Schoenberger war.

Der Prophet Hesekiel und Dr. Hesekiel

Herr Schoenberger las und erklärte ein Stück aus dem Buch Hesekiel und verglich den Propheten mit jemandem, der anscheinend ein moderner Rabbi war und den er, um den Unterschied zu betonen, *Dr. Hesekiel* nannte – ein vernichtender Vergleich.

»Hesekiel«, sagte Herr Schoenberger, »brachte eine Botschaft von Gott: Er trug die ganze Last der Trauer um sein Volk, seine Augen waren halb blind von Tränen, weil sein Volk so eigensinnig war. Er konnte dieser Aufgabe, die Gott ihm gegeben hatte, nicht ausweichen. Sie war brennende Notwendigkeit für ihn. Aber Dr. Hesekiel trug die vornehme Kleidung eines modernen Rabbi, er war ein angenehmer Zeitgenosse. Er konnte über jedes Thema sprechen, das man sich denken kann – Politik, Buchkritiken, die Notwendigkeit, dass die Heiden sich bessern, und die Pflicht, die weniger begüterten jüdischen Brüder zu entlasten.

Die begüterteren Brüder, die in ihren Wagen mit Chauffeur vor der Synagoge vorfuhren, hörten inzwischen höflich zu. Sie lobten die schöne Rede des Rabbi und sagten, wenn das Geschäft es zuließe, würden sie gern wieder einmal kommen.

Hesekiel fühlte sich persönlich verantwortlich für das geistliche Leben seines Volkes. Er würde mit seinem Leben haften – sogar mit seinem ewigen Leben –, wenn er ihnen nicht sagte, was Gott ihm auftrug. Dr. Hesekiel überschüttete seine Zuhörer mit Banalitäten.«

132

»Was fehlt Israel?« fragte er ernst. »Israel ist weit von Gott weg, weil es sich gegen Jesus, seinen Messias, gewendet hat. Israel und Christus gehören zusammen. Christus und Israel sind untrennbar. Es gibt keine Heilung, keine Rettung, keine Hoffnung, bis Israel und Christus schließlich zusammenfinden.«

Das war es, was Herr Schoenberger zu sagen hatte. Sein Ernst, seine offensichtliche Aufrichtigkeit, die tiefe innere Leidenschaft, mit der er sprach, fesselten die Zuhörer. Der Vortrag dauerte etwa eine Stunde, dann forderte Herr Schoenberger seine Zuhörer auf, Fragen zu stellen. Sie saßen da wie entrückt. Der Virtuose hatte Saiten in seinen Hörern berührt – unbekannte und unerwartete Saiten. Anscheinend wollten sie die Atmosphäre nicht zerstören.

Warum haben Enten keine Schuhe?

Trotzdem gab es hier und da auch Uninteressierte und Spötter. Man konnte sie an dem überheblichen Lächeln erkennen, das über ihr Gesicht huschte. Sie wussten alles. Sie hatten alles gehört, nichts ging sie wirklich an. Yente sah die Spötter an und war traurig. Ihr fielen die Worte aus dem Matthäusevangelium ein: »Eure Perlen sollt ihr nicht vor die Säue werfen« (Mt 7, 6). Sie war gekränkt und betrübt.

»Hat jemand eine Frage?«, wiederholte Herr Schoenberger.

Ein zerlumpt aussehender Mann meldete sich mit hoher, piepsender Stimme: »Herr Prediger, ich möchte eine Frage stellen.«

»Ja, bitte«, sagte Herr Schoenberger.

»Warum haben Enten keine Schuhe?«

Ein halbes Dutzend Leute kicherten. Aber die meisten Anwesenden waren doch schockiert über diese Respektlosigkeit und warfen dem Delinquenten vernichtende Blicke zu.

»Schämen Sie sich«, rief einer. »Da spricht ein Mann Gottes seine innersten Gefühle aus, er spricht im Auftrag Gottes, und Sie müssen sich mit Ihrem Vorwitz aufspielen. Ist es da ein Wunder, wenn unser Volk blind bleibt und im Exil umkommt?« »Richtig, da hat er recht«, murmelten einige.

Tief verletzt und traurig brach Herr Schoenberger in einen leidenschaftlichen Wortschwall aus. *Er ist nicht nur Prediger*, dachte Yente, *er ist ein Prophet von Gott.* Jedes Wort war wie ein genau gezielter Dolchstoß von einem meisterhaften Fechter. Erst ermahnte und tadelte er streng wie Johannes der Täufer; dann bat er um Einsicht, wie ein Vater seine eigensinnigen Kinder bittet. Beim Zuhören dachte Yente: *Ja, es gibt auch heute noch einen Propheten in Israel.*

Im Missionshaus fanden Benjamin und Yente ein Heim, wie sie es sich gewünscht hatten. Als Benjamin gleich nach seiner Krankheit in Südamerika arbeitsunfähig nach London zurückgekommen war, hatte man ihm hier geholfen. Im Missionshaus fanden sie Freunde, die sich persönlich für sie und ihre Probleme interessierten.

Allmählich wurde Benjamin kräftiger und fing wieder an zu arbeiten. Aber Tag und Nacht blieb die brennende Frage: Wann werden wir unsere Kinder wieder sehen?

Ebenfalls im Missionshaus lernten Benjamin und Yente Gladys Taylor kennen, die ihnen besonders teilnahmsvoll begegnete. Sie tat alles, was sie konnte, um ihnen im Umgang mit den Behörden zu helfen, damit sie Einreisegenehmigungen aus Deutschland für die Kinder bekämen. Aber alle Bemühungen schienen vergeblich.

Ihr Englisch, besonders Yentes, war noch lange nicht befriedigend. Die Einwanderungsbehörden sahen in ihnen russische Flüchtlinge, die ihre Kinder, die noch auf feindlichem Boden waren, nach England bringen wollten. Wie konnten sie so etwas denken?

Ein Beamter sagte: »Warum haben Sie Ihre Kinder nicht mitgebracht? Keine Mutter lässt in solchen Zeiten fünf Kinder allein auf feindlichem Gebiet. Wir können Ihnen nicht helfen. Gehen Sie nach Hause und warten Sie, bis der Krieg vorbei ist.« Wie konnte Yente in ihrem gebrochenen Englisch die Schwierigkeiten und die unvorstellbare Situation eines jüdischen Flüchtlings klar machen, den jede Schwierigkeit, jede neue Wendung zurückwerfen kann?

Einen Monat lang lief sie ergebnislos hierhin und dorthin. Mit jedem vergeblichen Versuch stieg die Anspannung. In solchen Zeiten erwies sich Miss Taylor als echte Freundin. Sie hielt durch dick

134

und dünn zu Yente. Sie ermutigte und tröstete sie und stellte die notwendigen Kontakte her. Wenn Yente zusammenzubrechen drohte, sorgte sie für ihr leibliches Wohl, bis sie wieder auf die Füße kam.

Yente betete unermüdlich: »Herr, gib den richtigen Leuten Verständnis und öffne die richtigen Wege, damit ich die Kinder wieder bei mir haben kann.« Nichts schien sie entmutigen oder zum Aufgeben zwingen zu können. Die drei Missionare im Missionshaus wie auch die Mitarbeiter ermutigten sie und stärkten ihre Hoffnung, dass bei Gott alles möglich ist.

Ein trostloses Weihnachtsfest kam und verging wieder, ebenso der ganze Januar, den sie mit ständigen vergeblichen Bemühungen verbrachte.

Inspektor Strong

Als Ausländerin musste Yente sich regelmäßig bei der örtlichen Polizeistation melden. Eines Tages traf sie dort den Leiter der Ausländerabteilung, Polizeiinspektor John Strong. Inspektor Strong hatte sich von der Pike auf hochgearbeitet. Jahrelang hatte er im East End patrouilliert: in Whitechapel Road, Commercial Road, Mile End, Petticoat Lane und in Dutzenden von Straßen und Gassen des jüdischen Viertels von London, das allein schon eine große Stadt und von prallem, hektischem, fast überschäumendem Leben erfüllt ist.

Inspektor Strong war bei den Juden besonders beliebt. Er selbst war Schotte, aber er konnte Jiddisch sprechen wie ein Jude. Seine Vertrautheit mit dem Alten Testament, der ständige persönliche Umgang mit dem jüdischen Volk und eine herzliche Liebe zu Gott bewirkten in ihm eine echte Zuneigung zu den Juden. Er kannte ihre Schwächen und Eigenheiten sehr gut. Manchmal neckte er sie sogar gutmütig, aber dahinter standen Liebe und Bewunderung. Er kannte auch die jüdischen Tugenden, die tiefe Frömmigkeit und das untadelige Familienleben. Oft bewegte ihn die ergreifende Loyalität und tiefe Dankbarkeit, die sie England erwiesen, dem

135

Land ihrer Wahl, das ihnen Einlass gewährt hatte, als sie vor Terror und Verfolgung flohen. Menschen, die sich anständig verhielten und sie nicht übervorteilten, konnten sie bis zur Peinlichkeit dankbar sein. Für die Juden von Whitechapel war Inspektor Strong ein Wunder. Er war ein hoher Regierungsbeamter; wenn er wollte, konnte er sie schikanieren, unter Druck setzen und mit hinterhältigen Methoden Bestechungsgelder von ihnen fordern, was in Osteuropa sehr häufig getan wurde. Das alles aber tat er nicht. Im Gegenteil, er versuchte zu helfen, wann immer er konnte. Für viele Juden war Inspektor Strong der erste Christ, den sie erlebten, der nicht nur dem Namen nach Christ war. Sie spürten, dass dieser Mann nicht einfach nur ein Heide war. Manche frommen Juden, die in den Begriffen des Talmud dachten, würden sagen: »Inspektor Strong ist einer der Gerechten aus den Völkern der Welt.« Aber das höchste Lob, das die einfachen Leute für ihn hatten, war: »Inspektor Strong hat eine jüdische Seele.«

Mr. Strong war groß und hatte eine barsche Stimme, hinter der er oft zartere Gefühle verbarg. Aber er war keineswegs weich oder sentimental. Wenn er sah, dass Unrecht getan wurde, konnte er sehr hart und streng sein, bis es wieder gutgemacht war.

Nach vielen Jahren Polizeidienst war er zum Inspektor befördert worden und hatte die Leitung der Ausländerabteilung übernommen. Alle Ausländer, die ins East End von London kamen, mussten in seinem Amt vorsprechen. Niemand kannte ihre Probleme, Ängste und Hoffnungen so gut wie Inspektor Strong. Wenn es sich ergab – und es ergab sich oft –, schämte er sich nicht, mit seinen jüdischen Freunden von Jesus zu sprechen, den er liebte und für den er sich einsetzte. Er erwähnte dann immer, dass Jesus der Messias der Juden ist.

Yente wurde natürlich zu diesem Mann geschickt, und sie erklärte ihm ihre Notlage. Sie sprach halb Englisch und halb Jiddisch mit ihm. Inspektor Strong sagte ihr immer wieder, dass sie ruhig Jiddisch sprechen konnte. Das tat sie, aber wenn sie sein äußerst unjüdisches Gesicht ansah, konnte sie irgendwie nicht glauben, dass er wirklich Jiddisch verstand. Also erzählte sie ihre bewegende Geschichte weiter mit ihrem wenigen und schlechten Englisch. Aber ihre Tränen

136

und der seelische Schmerz, der sich in jeder ihrer Bewegungen ausdrückte, sprachen eindringlicher als alle Worte.

Der Inspektor versprach nichts; er sagte nur, bei Gott sei alles möglich. Er schlug vor, mit ihr zusammen die Sache Gott im Gebet vorzulegen, und in seinem Amtszimmer, wo sie ungestört waren, knieten sie und baten Gott, einen Weg zu öffnen. Dann schickte er sie nach Hause und sagte: »Wenn ich irgendetwas Positives erfahre, gebe ich Ihnen Bescheid.«

Die Leute lachten über Sitenhofs, wenn sie sagten, sie wollten ihre fünf Kinder aus Deutschland herkommen lassen und hofften, selbst hinfahren und sie abholen zu können. Ihr verächtliches Lachen schien in ihren Ohren nachzuhallen. Für die Leute waren sie Ausländer, die mit seltsamem Akzent sprachen, unter unvorstellbar verworrenen Bedingungen lebten und Unmögliches erwarteten. Aber diese armen, verachteten Ausländer sahen über alle Unmöglichkeiten und unumstößlichen Tatsachen hinaus. Sie sahen Gott und glaubten ihm.

Der Teufelskreis wird durchbrochen

Die Familie steckte in einem Teufelskreis. Der russische Konsul wollte Benjamins und Yentes Reisepässe nicht erneuern, bevor die Briten ihnen keine Ausreisegenehmigung gaben. Die britischen Behörden ihrerseits dachten nicht daran, ihnen eine Ausreisegenehmigung zu erteilen, wenn der russische Konsul nicht ihre Reisepässe verlängerte. An die Einreisegenehmigung, mit der die fünf Kinder nach England kommen könnten, wagte Yente vorläufig nicht einmal zu denken. Es war genug, dass jeder Tag seine eigene Plage hatte. Wenn es Zeit wäre, würde Gott etwas tun.

Endlich, etwa Mitte Februar, kam die Bitte von »ihrem« Inspektor, wie sie ihn jetzt nannten, Yente möge sich im Innenministerium melden. Sie ging mit Miss Taylor, denn sie nahm an, sie würde englische Formulare ausfüllen müssen. Und sie hatte recht: Sie bekam ein langes Antragsformular, das Miss Taylor ihr auszufüllen half. Yente sang innerlich ein Loblied und ging wie auf Wolken.

Am nächsten Tag kam noch ein Schreiben von Inspektor Strong. Diesmal sollte Yente im niederländischen Konsulat erscheinen und eine Einreisegenehmigung nach Holland beantragen; Holland war neutral, und an seiner Grenze hoffte sie die Kinder abholen zu können.

Im niederländischen Konsulat war ihr genau diese Genehmigung wieder und wieder verweigert worden, aber dieses Mal war sie zuversichtlich. Gott handelte und wer konnte ihm etwas abschlagen?

Als sie im Konsulat ankam, war die Genehmigung fertig ausgefüllt und wurde ihr unverzüglich ausgehändigt. Dieser Ausweis vom Konsul der Niederlande ersetzte den russischen Pass, der inzwischen ungültig war. Mit dieser Genehmigung ging sie wieder zum russischen Konsulat, und auch hier wurde sie unterschrieben.

Wenige Tage später kam die Nachricht vom Innenministerium, dass Yente eine Ausreisegenehmigung erhalten hatte und ihre Kinder nach England einreisen dürften. Alle Hindernisse schienen ausgeräumt zu sein. Endlich sollten die Kinder wieder zu ihren Eltern kommen. Nur ein Problem musste noch gelöst werden: die Beförderung über den Kanal. In dieser Zeit fuhren nur wenige Fährschiffe. In dem engen Ärmelkanal lauerten deutsche U-Boote, und der Zivilverkehr lag fast ganz brach. Aber Anfang März 1915 war auch ein Fährplatz gebucht. Yente bereitete sich für die Reise auf den Kontinent vor. Sie sollte die Kinder an der deutsch-niederländischen Grenze abholen. Benjamin würde in dieser Zeit in England bleiben und weiter arbeiten, damit die Kinder, wenn sie nach London kämen, eine Wohnung und etwas zu essen hätten.

Am Abend vor Yentes Abreise schrieb Benjamin in deutscher Sprache mehrere Briefe an christliche Freunde mit der Anrede: »Liebe Brüder im Herrn.« Diese Briefe sollte Yente ihren Freunden übergeben, wenn sie in Deutschland ankäme. Sie ahnten nicht, wie belastend diese Briefe in dieser Zeit des Krieges, der wild wuchernden Verdächtigungen und monströsen Ängste werden könnten.

138

Bis wir uns wiedersehn

Wenige Stunden vor der Abfahrt trafen sich die Freunde im Missionshaus zum Gebet. Baron, Schoenberger und Landsman vertrauten Benjamin und Yente Gott an. Weil das Unternehmen wegen des Krieges und des allgegenwärtigen Feindes sehr gefährlich war, baten sie ihn, seine Kinder durch seine große Macht zu beschützen.

Am 17. März 1915 verabschiedete sich Yente von den vielen Freunden, die sich am Bahnhof Liverpool Street versammelt hatten. Als der Zug unter dem Lärm der Stimmen und anderen Geräusche von Soldaten und Zivilisten, die sich voneinander verabschiedeten, langsam ausfuhr, sangen sie: »Gott sei mit dir, bis wir uns wiedersehn.« Als London in der Ferne verschwamm und im Rauch und im Nebel des vorzeitigen Frühlings rasch unsichtbar wurde, klang es noch in Yentes Ohren: »Gott sei mit dir, bis wir uns wiedersehn.«

Sie setzte sich in einen Waggon voll Soldaten. Lebhaft erinnerte sie sich an ihre Abfahrt von Kassel vor nur sechs Monaten. Damals waren deutsche Soldaten um sie gewesen, Feinde von denen, die jetzt mit ihr fuhren. Wie anders! Was für ein ungewöhnliches Erlebnis! Wenn sie ihre Geschichte erzählen sollte, wären diese Menschen überzeugt, sie sei eine feindliche Spionin. In Wirklichkeit war sie eine einsame, traurige Mutter, und Gott selbst wollte eine Begegnung mit ihren geliebten Kindern herbeiführen. Könnte irgendjemand außer Gott so etwas tun? Würde ihr überhaupt jemand glauben?

Die Ausweise bitte

Kurz nach der Abfahrt vom Bahnhof kamen zwei Zollbeamte in den Wagen. Sie waren überrascht, unter so vielen Soldaten eine Frau in Zivil zu sehen. Sie forderten sie gleich auf, in ein eigenes Abteil zu kommen, und dort stellten sie ihr viele Fragen: »Was tun Sie in diesem Zug? Wie sind Sie hierher gekommen? Wo wollen Sie hin?« Sie antwortete ruhig und sicher, aber ihr schlechtes Englisch erregte Verdacht. Wie hätte sie die Sprache in nur sechs Monaten lernen können, wenn sie ständig an ihre Kinder denken musste?

Sie konnten nicht verstehen, was sie erzählte. Es war zu kompliziert und unübersichtlich. In Harwich gab es einen offiziellen Dolmetscher, da würde man sie gründlich verhören. Bis dahin ließen sie sie allein. Auf der ganzen Fahrt betete sie, dass der Dolmetscher Christ wäre und nicht nur ihre Worte übersetzen, sondern auch ihre Gedanken erklären und zur Richtigstellung beitragen könnte.

17. Eine stürmische Überfahrt

Bei ihrer Ankunft in Harwich wurde Yente von einem Einwanderungsbeamten in ein separates Büro gebracht, und man sagte ihr, sie müsse erst eindeutig die Echtheit ihrer Papiere beweisen, ehe man ihr erlauben würde, an Bord der Fähre nach Holland zu gehen.

Ein Dolmetscher befragte sie gründlich, sah sich ihre Reisegenehmigung an und prüfte ihr Foto und die ihrer fünf Kinder. Er begutachtete Yentes Einreisegenehmigung nach Holland und befand sie anscheinend für echt. Die Überprüfung erschien Yente endlos. Sie wurde unruhig und fürchtete, sie könnte das Schiff verpassen, aber der Beamte versicherte ihr, es führe erst um Mitternacht und sie habe reichlich Zeit.

Vorurteile

Als der Dolmetscher Yente ihre Papiere zurück gab, fragte er: »Bei wem, sagen Sie, haben Sie Ihre Kinder in Deutschland gelassen?«

»Bei guten christlichen Freunden«, antwortete sie ohne Zögern.

Der Gesichtsausdruck des Mannes änderte sich plötzlich. »Christliche Freunde?«, fragte er. »Was meinen Sie als Jüdin mit 'christlichen Freunden'?«

Der unerwartete Wandel in der Einstellung dieses Mannes überraschte Yente, und plötzlich erkannte sie, dass der offizielle Dolmetscher Jude war. Jetzt war er offensichtlich ärgerlich. »Wie kann eine Frau wie Sie 'christliche Freunde' haben?«, fuhr er fort. »Wollen Sie behaupten, diese 'christlichen Freunde' wären bereit, Ihre Kinder bei sich zu behalten, wenn Krieg ist – sie ohne Gegenleistung für Sie zu ernähren, zu kleiden und unterzubringen? Sie erwarten doch wohl nicht, dass ich das glaube, oder?«

Sein Ton war streng und sarkastisch. Er wandte sich an den Einwanderungsbeamten und sagte schnell etwas auf Englisch. Es folgte ein lebhaftes Gespräch, das Yente nicht verstand, aber die Aus-

141

drücke »unmögliche Geschichte« und »verdächtige Person« schienen ihren Wortwechsel zu bestimmen. Angst erfasste sie.

»Herr«, betete sie stumm, »gib mir die richtigen Worte, um diese Leute zu überzeugen, dass ich unschuldig bin.«

Dann sprach sie. Wie von fern hörte sie ihre eigene Stimme. »Ich bin Judenchristin, und ich glaube, dass Jesus mein Herr und Messias ist. Wenn ein Heide den Herrn Jesus für sich als Retter anerkennt, dann sind wir durch den Glauben verbunden, und uns schließt eine Freundschaft zusammen, die nur jemand verstehen kann, der selbst an Christus glaubt.

Glauben Sie mir, mein Herr«, fuhr sie fort, »ich habe keine Feinde in Deutschland – nur Freunde.« Yente sagte das harmlos und ohne Zögern. Aber als sie es ausgesprochen hatte, hörte sie es in Gedanken noch einmal: *Keine Feinde in Deutschland ... nur Freunde. Keine Feinde ... Freunde ... Freunde. Yente, es ist Krieg. Was hast du da gesagt?*

Das hätte sie nicht sagen dürfen, das wusste sie. Sie fühlte, wie ihre Knie weich wurden und das Blut aus ihrem Gesicht wich, und dann wurde sie ohnmächtig.

Als sie zu sich kam, sah sie, dass die Uhr an der Wand 23.50 Uhr zeigte und eine Frau in Uniform sich mit einer Flasche Riechsalz über sie beugte. In zehn Minuten würde das Schiff ablegen. Sie war zutiefst erschrocken und stand unsicher auf. Da kam der Dolmetscher aus dem Nebenzimmer, und sie verlor allen Mut.

»Frau Sitenhof«, sagte er, »Sie dürfen an Bord gehen, aber das Verhör wird an Bord weitergehen, und ich werde als Dolmetscher mitkommen. Wenn das Verhör ergibt, dass Sie eine verdächtige Person und eine Gefahr für England sind – und ich denke, das wird es – werden Sie morgen zurück nach England gebracht und verhaftet.«

Er sagte das so bestimmt, dass Yente nichts antworten konnte. Sie folgte ihm schnell und betete leise: »Lieber Gott, übernimm du jetzt das Ganze. Lass mich wieder zu meinen Kindern kommen. Gib, dass es diesem Juden weiterhilft, was ich von dir gesagt habe. Gib mir Mut für das Verhör und lass geschehen, was du willst.«

Yente fühlte sich erleichtert. Die wilden Wogen der Angst und

142

Unruhe legten sich plötzlich, und sie war ruhig. *Wenn Gott für mich ist,* dachte sie, *wer kann dann gegen mich sein?*

Yente wurde an eine Stewardess auf der Fähre übergeben, die sie in eine kleine Kabine bat. Dort wurde sie völlig ausgezogen. Jedes Kleidungsstück wurde gegen das Licht gehalten und auf versteckte Botschaften untersucht. Yente begriff, dass man sie in Verdacht hatte, eine Spionin zu sein. *Zweifellos spielen die Vorurteile dieses jüdischen Dolmetschers hierbei eine große Rolle,* dachte sie, aber sie war auffallend ruhig. Gott war bei ihr und gab ihr Kraft. Sogar ihr langes Haar wurde aufgelöst, entflochten und untersucht. Dann sollte sie sich wieder anziehen.

Schließlich wurde sie in eine größere Kabine gebracht; dort warteten vier Engländer und derselbe Dolmetscher auf sie. Auf dem Tisch vor ihnen sah Yente ihre wenigen Habseligkeiten, außerdem all ihre Papiere. Sie erkannte auch die Briefe, die Benjamin ihr gegeben hatte und in denen er den »lieben Brüdern« dankte, dass sie die Kinder liebevoll versorgt hatten. Diese Briefe sollte sie der Person mitgeben, die die Kinder nach Holland begleitete. Blitzartig erkannte sie, welche Bedeutung der Dolmetscher in die Briefe hineinlesen würde. Die Lage wurde jeden Augenblick düsterer. Der Dolmetscher sah sie mit unverhohlener Verachtung an.

»Frau«, sagte er, »ich glaube Ihre Geschichte nicht. Da müssen Sie schon mehr vorweisen, um mich von Ihrer guten Absicht zu überzeugen.«

Da erzählte Yente ihre ganze Geschichte von der Zeit ihrer Hochzeit an. Sie erzählte, wie ihr Mann von seinem reichen Vater enterbt worden war, weil er Jesus als den Messias anerkannte, und wie sie das nach langem Kampf auch als richtig erkannt hatte, auch dass sie seitdem kein leichtes Leben gehabt hatten. »Aber«, schloss sie, »das ist es wert gewesen – die Verfolgung und die Kämpfe. Ich würde das alles noch einmal mitmachen, wenn Gott es wollte.«

Alle vier Männer sahen ein seltsames Leuchten in ihren blauen, tränenverschleierten Augen. Der Dolmetscher trommelte nervös mit den Fingern auf den Tisch, während Yente sprach, und als sie aufhörte, griff er sie an: »Sie haben Ihren Glauben verraten. Sie sind auch fähig, das Land zu verraten, das Sie aufgenommen hat.«

143

Damit wandte er sich an die anderen Männer, und sie sprachen untereinander. Schließlich sagte der Dolmetscher zu Yente: »Diese Herren werden Sie alle einzeln verhören, und dann werden sie einen Beschluss fassen.«

Die Nacht zog sich endlos hin. Alle Beamten verhörten sie einzeln mit Hilfe des Dolmetschers. Als der letzte Beamte an die Reihe kam, war es 5 Uhr. Durch das Bullauge war ein schwaches graublaues Dämmerlicht zu sehen – ein Vorbote der Morgendämmerung.

Yente war erschöpft und bat um etwas zu trinken. Man brachte ihr Wasser und dann Tee und Toast; das belebte sie ein wenig. Der letzte Beamte musste sie noch verhören. Anscheinend war er der oberste Einwanderungsbeamte, denn er hatte ein Abzeichen an der Uniform, das die anderen nicht hatten.

Ein Christ kommt zu Hilfe

Er kam direkt zu ihrem Platz, und Yente bemerkte (oder war es Einbildung?) einen freundlichen Ausdruck in seinen Augen.

»Frau Sitenhof«, sagte er und nahm ihre Hand, »geben Sie mir die Ehre, einer mutigen Frau die Hand zu reichen, die denselben Herrn liebt, den ich auch liebe. Ich bin Christ wie Sie, und natürlich bin ich der einzige, der Ihre Lage versteht und Ihnen glaubt. Ich glaube Ihnen und werde Sie nach Holland einreisen lassen, aber ich werde auch für Sie beten, wenn Sie versuchen, Ihre Kinder zurückzubekommen. Ich will alles tun, was ich kann, um Ihnen die Wiedereinreise nach England zu erleichtern.«

Zu Yentes großer Überraschung sagte er all das in gebrochenem Deutsch, wobei er den Dolmetscher völlig ignorierte. Sie freute sich so, dass sie in Tränen ausbrach und sagte: »Herr, ich danke dir.«

Es war ein dramatischer Augenblick, aber nur einer von vielen, die noch kommen sollten. Von der schweren Belastung, nachweisen zu müssen, dass sie keine Spionin war, war sie jetzt völlig frei. Gott sei Lob und Dank!

Nach dem fünfstündigen aufreibenden Verhör war sie ausgelaugt, aber als der Beamte ihr am Ende einen Brief gab, um ihr die Wiedereinreise nach England zu erleichtern, hätte sie vor Freude singen können.

Um 6 Uhr morgens legte das Schiff in Hoek van Holland an. Von den Schiffsmasten und Piers kreischten Möwen. Yente hatte nicht geschlafen, und ihre Augen fühlten sich an, als wäre Sand darin, aber jetzt war keine Zeit zum Schlafen. Sie nahm ihre wenigen Habseligkeiten und stieg in den Zug nach Rotterdam.

Dort würde sie den russischen Konsul um Hilfe bitten müssen, der Seine Kaiserliche Majestät Zar Nikolaus II. vertrat, um die Kinder aus Deutschland holen zu können.

18. Das Wunder von Rotterdam

Im Frühjahr 1915 war Holland eine Oase relativen Friedens mitten im Toben des Krieges und entfernten Dröhnen von Geschützen. Eingekreist zwischen Belgien, Deutschland und der stürmischen Nordsee, war es in seiner schwierigen Lage nicht zu beneiden. Trotzdem respektierten seine Nachbarn aus irgendeinem Grund seine Neutralität.

Als Belgien von der Armee des Kaisers überrannt wurde und auf beiden Seiten Tausende fielen, stellte Holland seine Krankenhausplätze auch Schwerverwundeten aus Frankreich und Belgien zur Verfügung. Alle Züge und jedes sonst verfügbare Fahrzeug vom Verkaufskarren bis hin zu den Limousinen der königlichen Familie wurden beschlagnahmt, um die Verwundeten und Sterbenden der Alliierten zu transportieren.

Der deutsche Angriff war schnell, umfassend und unerwartet. Jetzt hörte man auf den Straßen des friedliebenden Holland von weitem Kriegslärm und sah die Verwundeten, die ihr Land gegen die Tyrannei des größenwahnsinnigen Kaisers hatten verteidigen müssen.

In Holland war Frühling. Auf den Straßen von Rotterdam trottete eine Frau allein von einem Konsulat zum anderen – hungrig, körperlich und seelisch erschöpft. Aber Yente fand keine Ruhe, solange sie sich um ihre Kinder in Deutschland sorgte und die verwundeten und Not leidenden Menschen um sich her sah.

Das Rote Kreuz arbeitete Tag und Nacht fieberhaft. Das Hauptquartier der Heilsarmee, wo Yente Unterkunft gesucht hatte, wurde beschlagnahmt. Wie schon in den Hotels und in vielen Privathäusern wurde auch hier jedes Bett für die Verwundeten gebraucht.

Yente ging von einer Pension zur anderen, schlief einmal hier und einmal dort. Tagsüber bat sie die Passstellen und Konsulate um Hilfe für die Ausreise ihrer Kinder aus Deutschland. Anscheinend hielten sie sie für geistesgestört, dass sie so etwas Unmögliches verlangte, wenn alles in Verwirrung und Chaos war.

Zwei Wochen vergingen, und all ihre fieberhaften Bemühungen waren vergeblich. Sie hatte schon in Amsterdam beim russischen Konsul nachgefragt und das Personal gebeten, sich einzuschalten. Manchmal fühlte sie sich, als würde sie an den Rand eines Abgrunds gedrängt und drohte hineinzustürzen. Am Anfang der dritten Woche war Yente wieder in Rotterdam, ohne Geld, ohne Dach über dem Kopf und ohne ein Bett zum Schlafen. Ihre Augen waren verschwollen vom Weinen.

Sie setzte sich in den Park und betete: »Vater, willst du, so nimm diesen bitteren Kelch von mir.« Es gab niemanden, an den sie sich wenden konnte. *Wird dieses ganze Elend jemals aufhören?* fragte sich Yente.

Durch den Hunger fingen ihre Kräfte an nachzulassen. Jeden Morgen trank sie eine Tasse Kaffee in der Kantine der Heilsarmee, und dann ging sie, getrieben von einer unsichtbaren, nie nachlassenden, übermenschlichen Kraft. Zweimal schlief sie nachts auf einer Parkbank. Inzwischen spürte sie den Hunger und die Kälte nicht mehr. Würde ihr jemand helfen? »Gott«, rief sie, »hilf mir oder lass mich sterben.«

Ein Schutzengel

Als sie eines Morgens durch die Parklaan-Straße in Rotterdam stolperte (dort befanden sich die niederländischen Ämter und die meisten ausländischen Konsulate), blind von Tränen und schwach vor Hunger und Erschöpfung, hörte sie plötzlich Schritte hinter sich. Sie lief weiter, wurde immer schneller und wagte nicht sich umzusehen, wusste aber immer, dass jemand versuchte, sie einzuholen.

»Frau, halt, halt!«, rief eine Männerstimme hinter ihr. Nein, sie durfte nicht halten, sie musste weglaufen.

»Warum laufen Sie weg, Frau, warum weinen Sie?«, rief die Stimme. »Hören Sie, ich will Ihnen helfen.« Sie bezwang die Angst, die ihr Herz heftig schlagen ließ, hielt an und drehte sich um, um den Sprecher zu sehen. Es war ein Mann, der einflussreich aussah. Seine ganze Erscheinung strahlte Autorität aus. Sie fürchtete, er sei ein Polizeibeamter und wolle sie festnehmen. »Ich will Ihnen hel-

147

fen«, sagte er wieder. »Mir kann niemand helfen außer Gott«, antwortete Yente.

Schon wollte sie wieder weglaufen. Aber der Mann antwortete: »Gott kommt nicht persönlich auf die Erde. Dafür schickt er seine Engel.«

Yente wurde klar, dass der Mann, der ihr nachgelaufen war, Christ sein musste – dass er an Jesus glaubte wie sie. Und ihre Angst war plötzlich weg.

Nichts, was sie in Holland versucht hatte, hatte Erfolg gehabt. Sie war dem Wiedersehen mit ihren Kindern nicht näher gekommen, seit sie zum ersten Mal holländischen Boden betreten hatte. Dies musste jemand sein, den Gott ihr zu Hilfe geschickt hatte.

Sie war atemlos und zitterte vom Laufen, aber jetzt leuchtete in all ihren Sorgen eine plötzliche Hoffnung auf. »Dafür schickt er seine Engel ...« Tränen der Dankbarkeit liefen ihr über das Gesicht, und sie hörte der sanften Stimme des Fremden bereitwillig zu.

»Wir sollten irgendwohin gehen, wo wir ungestört reden können, meine Dame«, sagte er. »Auf den Straßen ist so viel Betrieb, und Sie sehen müde aus.« Er trug weder Hut noch Mantel, so als wäre er auf einen plötzlichen Impuls hin von irgendwoher aufgebrochen. Sein dunkler Anzug erinnerte Yente an die vielen Beamten, mit denen sie in den letzten drei Wochen erfolglos verhandelt hatte. Anscheinend wusste er alles über sie: dass sie keine Unterkunft und kein Geld hatte und hungrig war. Er führte sie zu einem der besten Hotels in der Stadt, und sie folgte ihm wie im Traum. Als er in die Halle eintrat, verbeugte sich das Hotelpersonal respektvoll vor ihm. *Sie kennen ihn also*, dachte Yente. *Wer kann das sein?*

Er sprach mit einer der Hotelangestellten, wandte sich dann an Yente und sagte: »Diese Frau wird Ihnen zeigen, wo Sie sich frisch machen können. In der Zeit werde ich im Restaurant etwas zu essen bestellen; da können wir dann alles besprechen.«

Sie war zu müde zum Nachdenken. Man führte sie in ein luxuriöses Badezimmer, wie sie es noch nie in ihrem Leben gesehen hatte. Beim Eintreten sah sie sich selbst in der Spiegelwand, und ihr eigenes Bild erschreckte sie. *Das soll ich sein*, dachte sie, *diese blasse, müde Gestalt da mit verschwollenen Augen?* Sie sah ausgezehrt aus.

148

Ihre vorstehenden Backenknochen und eingesunkenen blauen Augen mit tiefen Schatten auf den Lidern verrieten Unruhe und Schlaflosigkeit.

Von dem grausigen Schatten ihrer selbst, der sich da spiegelte, wandte sie sich der Annehmlichkeit zu, die vor ihr lag. Was für ein Luxus, ganz allein zu sein und warmes Wasser über den müden Körper fließen zu lassen, soviel sie wollte! Begeistert genoss sie den Seifenschaum und die Freude, wieder sauber zu sein. Sauberkeit hatte sie immer geliebt. Diese wohltuende halbe Stunde würde sie nie vergessen. Innerlich sang sie ein Loblied: »Gott, du hast wirklich einen Engel geschickt. Ich weiß es. Danke, dass du mir einen Freund geschickt hast.«

Neu gestärkt ging sie hinunter zum Restaurant. Ihr »barmherziger Samariter« saß schon an einem Tisch in einer ruhigen Ecke. »Bitte essen Sie erst,« sagte er, »danach können Sie mir berichten. Tagelang habe ich an meinem Schreibtisch vor dem Fenster gesessen und gesehen, wie Sie verstört auf den Straßen hierhin und dorthin liefen. Ich konnte nicht arbeiten. Jeden Tag wurde ich unruhiger, und als Sie heute wieder an meinem Fenster vorbeikamen, musste ich Ihnen einfach nachgehen und erfahren, was Sie so beunruhigt.«

All das sagte er auf Deutsch. Yente sah, dass er ein gebildeter und vornehmer Herr war, einfühlsam und mit leiser Stimme. Sie hörte ihm weiter zu. »Lassen Sie mich reden, während Sie essen«, sagte er. Die knusprigen Brötchen, frische, weich gekochte Eier, duftende Butter und verschiedene Käsesorten zusammen mit dem Duft des Kaffees wirkten fast ein wenig berauschend auf sie. Erst jetzt merkte sie, wie hungrig sie war, und ihr fiel ein, dass sie seit vielen Tagen keine richtige Mahlzeit mehr bekommen hatte.

»Ich möchte, dass Sie mir vertrauen«, sagte er. »Sagen Sie mir, wen oder was Sie so verzweifelt suchen, und mit Gottes Hilfe werde ich tun, was ich kann, um Ihnen zu helfen.«

Yente hatte erwartet, dass er ihr sagen würde, wer er war, aber das tat er nicht. Sie erzählte ihm ihre ganze Geschichte. Er hörte zu, ohne sie ein einziges Mal zu unterbrechen, den Blick fest auf sie gerichtet. Zum Schluss sagte sie: »Und dann, als alles nichts geholfen hatte und Gott mich so schwer geprüft hatte, dass ich es kaum noch aushalten konnte, hat er Sie zu mir geschickt. So ist meine Lage.«

Er nahm einen Bleistift und ein Blatt Papier aus der Tasche und sagte: »Frau Sitenhof, bitte geben Sie mir all Ihre persönlichen Daten und Ihre Papiere. Jetzt verstehe ich, warum ich an meinem Schreibtisch keine Ruhe hatte. Gott hatte Arbeit für mich. Bleiben Sie ein paar Tage hier im Hotel, machen Sie es sich bequem, schlafen Sie, essen Sie und ruhen Sie sich aus. Ich bezahle alles, Sie brauchen sich also keine Gedanken um die Kosten zu machen. Ich werde so bald wie möglich mit Ihnen Kontakt aufnehmen. Bitte vertrauen Sie mir. Ich weiß, Ihre Reisepapiere und persönlichen Dokumente sind für Sie sehr wichtig, aber ohne sie kann ich nichts erreichen. Bleiben Sie hier und beten Sie, damit das scheinbar Unmögliche möglich wird, denn Gott kann das machen.«

Yente war ganz benommen von dem, was sie da hörte. Ihre Antwort klang wie aus weiter Ferne. »Darf ich fragen, wer Sie sind und für wen Sie arbeiten?«

»Das kann ich Ihnen nicht sagen, Frau Sitenhof«, antwortete er. »Das wäre leichtsinnig, aber ich will Ihnen sagen, wenn irgendein Mensch Ihnen helfen kann, dann bin ich es. Ihre Lage ist einmalig, aber auch gefährlich. Man muss da vorsichtig handeln. Versuchen Sie bitte nicht zu erfahren, wer ich bin, aber beten Sie für mich, damit Gott mir das richtige Vorgehen zeigt.«

Damit steckte er ihre kostbaren Papiere mitsamt der Reisegenehmigung und dem Familienfoto in die Tasche. Er sagte Yente Lebewohl und versicherte ihr, er werde sich bald mit ihr in Verbindung setzen, vielleicht in vier oder fünf Tagen. Dann war er verschwunden. Sie schaute ihm nach bis zur Tür; dann blieb sie allein mit ihren Gedanken und ihren aufgewühlten Gefühlen.

Eine Kellnerin unterbrach ihre Gedanken. Sie brachte neuen heißen Kaffee, frische Brötchen und Käse und redete ihr zu, reichlich zu essen und sich dann auszuruhen. Wider Willen fing sie an zu weinen, und ihre Tränen mischten sich mit dem starken, aromatischen Kaffee in ihrer Tasse. Dann führte man sie in ein Zimmer mit einem sauberen, weichen Bett und einem eigenen Bad. Da fühlte sie sich schwach vor Rührung. Erschöpft, aber hoffnungsvoll schlief sie ein.

Sie schlief 18 Stunden lang. Als sie endlich aufwachte, wusste sie zuerst nicht, wo sie war und was sie zuletzt erlebt hatte. Was war das für ein Zimmer? Was war geschehen? Allmählich kam die Erinnerung wieder. Nein, es war kein Traum. Sie kniff sich selbst, um sich zu überzeugen, dass sie wach war. Dann schaute sie sich gründlich um. Wie friedlich dieses Zimmer war, alles auf Bequemlichkeit und Wohlbefinden ausgerichtet! Davon hatte sie in letzter Zeit nur sehr wenig gehabt. »Gott ist gut zu mir«, sagte sie sich immer wieder. »Wirklich, 'seine Güte währet ewiglich'.«

Undiplomatischer Briefwechsel

Zwei Tage vergingen. Am dritten Tag kam ihr Freund, der Schutzengel, ins Hotel. Seine Stimme zitterte vor Erregung, und er sagte Yente, sie solle alles vorbereiten, denn in zwei Tagen könne sie ihre Kinder in Empfang nehmen.

Hatte sie richtig gehört? Plötzlich schien das Zimmer um sie her zu schwanken und sich zu drehen. Ihr »barmherziger Samariter« sah ihren Zustand und ließ sie sich setzen, während er erzählte, was sich seit ihrem letzten Gespräch ereignet hatte. Seine Augen blitzten, und seine Stimme klang leicht amüsiert, als er berichtete.

»Zuerst habe ich in Ihrem Namen an die deutsche Regierung telegrafiert, sie sollte den Kindern die Erlaubnis erteilen, an die holländische Grenze zu fahren. Sie telegrafierten sofort zurück: 'Wir verschiffen die fünf Schmarotzer in den nächsten Tagen über Norwegen und Schweden nach Sibirien, wenn sie uns nicht sofort abgenommen werden.'

Dann habe ich in meiner offiziellen Funktion als Vertreter der Regierung zurücktelegrafiert: 'Wenn Sie die fünf Sitenhof-Kinder nicht bis Freitag dieser Woche sicher an die holländische Grenze begleiten lassen, wird die holländische Regierung die deutsche Regierung für das Wohl dieser Kinder haftbar machen. Frau Sitenhof befindet sich unter dem Schutz des niederländischen Volkes, und wenn die Kinder in Ihrer Obhut Schaden nehmen, werden wir nach dem Krieg erhebliche Wiedergutmachungszahlungen einfordern.'

Als sie dieses Telegramm bekamen, antworteten sie, die Kinder würden nach *Zevenaar* nahe der Grenze zwischen Holland und Deutschland gebracht und kämen am Freitag dort an.«

Um Yente schwankte alles. Das war zu viel Gutes. War es überhaupt möglich? Der *Engel*, der ihr gegenüber am Tisch saß, war auch sichtlich bewegt – er hatte Tränen in den Augen. Beide lobten den, der aus Nöten und Schwierigkeiten hilft.

Dann fing ihr hochherziger Freund an, den Plan im Einzelnen zu erklären. Zuerst sollte sie mit dem Zug nach Zevenaar fahren. Da würde der Bahnhofsvorsteher ihren Namen ausrufen, und sie sollte aussteigen. Dann würde der Bahnhofsvorsteher sie mit nach Hause nehmen, und sie würde bei ihm übernachten. Am nächsten Morgen sollte sie mit einem Zug, den der Bahnhofsvorsteher ihr zeigen würde, an die deutsch-holländische Grenze fahren und dort einen Mann treffen, der sie mit Namen anreden würde. Ihm sollte sie folgen, und dann würden die Kinder fahrplanmäßig ankommen.

Er versicherte ihr, alles sei in allen Einzelheiten abgesprochen. Sie brauchte keine Angst zu haben. Sie würde alles bekommen, was sie brauchte.

Yente wollte sprechen, aber sie fand keine Worte. Sie sagte nur schlicht: »Bitte geben Sie mir Ihren Namen und Ihre Adresse, dann kann mein Mann wenigstens schreiben und Ihnen für alles danken.«

Aber das wollte er nicht. Er nahm ihre Hand mit festem Griff, schüttelte sie und sagte: »Schwester Sitenhof, Sie brauchen mir nicht zu danken. Mehr Dank, als ich bekommen habe, brauche ich nicht. Ich kann jetzt in Frieden wieder an meinen Schreibtisch gehen und weiß, dass Gott mich gebraucht hat. Am liebsten würde ich Sie selbst begleiten und diese fünf liebenswürdigen Kinder kennen lernen, um die Sie so viel geweint und sich gesorgt haben. Aber ich kann nicht. Gott sei mit Ihnen.«

Damit verließ er das Zimmer und verschwand so plötzlich und dramatisch aus Yentes Leben, wie er hineingekommen war.

Auf dem Tisch lagen drei Briefumschläge. Einer enthielt Yentes vollzählige Papiere, der zweite einen Brief an den Bahnhofsvorste-

152

her in Zevenaar, der Christ war, und der dritte sechs Fahrkarten von Zevenaar nach Hoek van Holland und sechs Billetts erster Klasse für die Fähre nach England. Außerdem war englisches Geld darin, zehn Pfund in bar (das war ein kleines Vermögen), damit die Familie auf der Reise versorgt war.

Das war das Wunder, das Yente in der Stadt Rotterdam erlebte; bis zu ihrem Tod erzählte sie es immer wieder. Es zeigte ihr und anderen, dass Gott nie versagt.

Ihr Glaube war belohnt worden.

19. Alle meine Kinder

Am frühen Sonntagmorgen sollten die fünf Kinder mit Tante Bess, ihrer Begleiterin, vom Bahnhof Kassel abfahren. Die jeweiligen »Pflegeeltern« brachten sie zum Bahnhof. Eine Atmosphäre von Heimlichkeit umgab das alles, so als würden Spione über die Grenze geschmuggelt.

Als Pastor Friedrich Wolfgang Lembke hörte, dass Lydia tatsächlich wegfahren und wieder zu ihrer Mutter kommen sollte, wurde er ziemlich ärgerlich. Er hegte immer noch die Hoffnung, er könne Lydia überreden, einer Adoption zuzustimmen und bei ihm zu bleiben.

»So«, sagte er am Morgen vor der Abreise, »dann fährst du also jetzt zu deiner Mutter nach England. Das tut mir leid für dich. Sie spricht ja jetzt eine so komische Sprache.«

Dann nahm er ein altes englisches Buch vom Regal und las die englischen Worte vor, als wären es deutsche. Das ergab ein lächerliches Kauderwelsch. »Das ist die Sprache, die deine Mutter jetzt spricht, und dir wird sie beibringen, auch so zu sprechen. Willst du immer noch da hin? Wenn du vernünftig wärst, würdest du mich bitten, und ich würde dir erlauben mit uns hier zu bleiben.«

Aber für Lydia war das Angebot nicht verlockend, und die Drohung machte ihr auch keine Angst mehr. Sie hatte vor gar nichts Angst, wenn nur ihre Mutter da war. Widerwillig brachten sie das Mädchen am Tag vor seiner Abreise aus Deutschland zum Kasseler Bahnhof.

Lydias Aufregung und Freude waren grenzenlos, als sie sich in den liebevollen Armen ihrer großen Schwester Elizabeth wiederfand. Durch die sieben Monate Trennung war die Liebe der Schwestern zueinander eher stärker als schwächer geworden. Sie war so froh, bei Betty zu sein, dass sie sich an sie klammerte und ihr überallhin nachlief, um ja nicht wieder von ihr getrennt zu werden. Sie sprachen nicht viel – sie waren zu sehr mit ihren Gefühlen beschäftigt. Es war herrlich, einfach wieder beieinander zu sein, die Nähe eines Menschen zu spüren, der sie liebte und ihre Sehnsucht befriedigte.

154

Am Abend, als sie beide im Bett waren, flüsterte Betty ihr zu, morgen würden sie auf die Reise zu Mama gehen. Lydia kam es vor, als sei es eine Ewigkeit her, dass sie dieses wunderbare Wort gebraucht hatte, und jetzt wiederholte sie es ehrfürchtig, leise, damit niemand es hören und ihr die Freude verderben konnte, es auszusprechen. Mit dem Wort *Mama* auf den Lippen schlief sie ein.

Am nächsten Morgen war keine Zeit zum Frühstücken. Elizabeth und Lydia gingen eilig zum Bahnhof, jede mit ihrem kleinen Bündel und begleitet von Herrn Lembke, dem Zahnarzt, dem Bruder des Pastors. Auf dem ganzen Weg beschwerte er sich, dass er wegen ein paar Ausländerkindern am Sonntagmorgen so früh aufstehen musste.

Die »alte Dame«, seine Mutter, für die Betty in den letzten sieben Monaten vor und nach der Schule so schwer hatte arbeiten müssen, hatte sich am Abend vorher verabschiedet. Sehr liebenswürdig schüttelte sie ihr die Hand und sprach immer wieder davon, wie schade es sei, eine so angenehme Haushaltshilfe zu verlieren, und wie schwer und teuer es sein würde, Ersatz zu finden.

»Vergiss nicht«, sagte sie, »wenn du in das feindliche England kommst, wie gut wir zu dir waren und dass wir unser letztes Stückchen Brot mit dir geteilt haben, Elizabeth. Ich hoffe, du wirst deinen deutschen Freunden immer dankbar sein.« Betty knickste und ging stumm aus dem Zimmer, und Lydia machte es ihr nach und folgte ihr dicht auf den Fersen.

Die Kinder sind wieder zusammen

Ernest war schon am Bahnhof, als Betty und Lydia ankamen. Er sah so dünn und vom Nahrungsmangel ausgezehrt aus, dass Lydia ihn kaum erkannte. Sie lief hin und umarmte ihn, und es gab Freudentränen. Ein Stückchen weiter weg stand Jacob, still und unbewegt – ein Mitleid erregender zehnjähriger Junge mit einem kleinen, in roten Stoff geschnürten Bündel. Als Lydia zu ihm hinüberlief, ließ er sein Bündel fallen und schreckte fast ein wenig vor ihr zurück.

155

Was fehlt ihm?, dachte Betty, ging hinüber und legte schützend die Arme um ihn. »Ich habe Hunger«, sagte er und schaute sie mit seinen großen Augen an, »und ich möchte Mutter sehen.« Die zwei Worte *Hunger* und *Mutter* bedeuteten für diese Kinder mehr als alles andere.

In diesem Augenblick kam auch das fünfte Kind, Marie; sie sah zufrieden, wohlgenährt und verwöhnt aus. Prediger Sommer und seine Frau hatten sie gut versorgt; neben ihren hungrigen und unglücklichen Geschwistern sah sie wie ein reiches kleines Mädchen aus. Sie war hübsch angezogen, hatte wunderschöne braune Schuhe an und einen neuen Schulranzen auf dem Rücken. Die vier anderen schauten sie neidisch an. Braune Schuhe, und sogar fast neu! Die anderen vier sahen neben ihr so schäbig aus. Das Oberleder ihrer Schuhe war geflickt, die Sohlen abgelaufen, und die Zehen stießen durch. In ihrer abgetragenen Kleidung sahen sie verlassen und Mitleid erregend aus. Elizabeth freute sich für Marie. Wenigstens eins von ihnen hatte ein Heim und wirkliche Freunde gehabt. Sie ging gleich auf Herrn Sommer zu, streckte die Hände aus und dankte ihm, so gut sie konnte, für die liebevolle Fürsorge, die Marie bei ihm bekommen hatte. Tränen der Dankbarkeit stiegen in ihr auf. Aber es war keine Zeit mehr. Flüsternd verabschiedete man sich, und die Kinder wurden eilig in den Zug gebracht.

Lydia schien es, als habe eben eine Reise in ein Märchenland begonnen. Im Abteil sammelte Tante Bess die Kinder um sich und erklärte ihnen, wie wichtig es sei, dass sie sich nicht mit Mitreisenden unterhielten und sich so unauffällig wie möglich benahmen. Dies war eine ganz besondere Reise, und sie durften kein Aufsehen erregen. Sie sollten auch niemandem sagen, dass sie zu ihrer Mutter fuhren oder wohin die Reise ging.

Die Heimlichkeit gefiel Ernest und Jacob besonders. Sie hatten einander so viel zu erzählen! Bald zogen sie sich in eine Ecke zurück und unterhielten sich lange Zeit im Flüsterton. Tante Bess hatte einen Korb bei sich, daraus nahm sie *zwei Tüten mit großen dunklen Roggenbrotschnitten, manche mit etwas Marmelade bestrichen und manche sogar mit ein wenig richtiger Butter.* Sie hatte auch dünnen Kaffee für die Kinder (starken Kaffee würden sie nicht vertragen)

156

und verdünnte Milch (so war sie viel ergiebiger). So ging die unvergessliche Reise voran.

An der holländischen Grenze

Am Abend hatten sie die Stadt Zevenaar an der holländischen Grenze erreicht. Als der Zug in den Bahnhof einfuhr, rief der Schaffner ihren Nachnamen und gab ihnen ein Zeichen, ihm zu folgen. Auf dem Bahnsteig standen mehrere Holländer, um sie in Empfang zu nehmen. Für Tante Bess war die Reise damit beendet. Es stand schon ein Zug da, mit dem sie zurückfahren konnte. Marie hängte sich an sie, weinte und bat sie, nicht wegzufahren. Aber als sie ihr sagte, morgen würde sie ihre Mutter treffen, drückte Marie ihre Puppe fester an sich und ging widerspruchslos mit den anderen. Jacob sah jetzt nicht mehr so einsam aus und lächelte sogar, als er ihr die Hand gab. Ernest schien die Wichtigkeit des Augenblicks zu genießen und sagte immer wieder zu Lydia: »Ruhig, Mama kommt bald.« Das machte Lydia nur noch aufgeregter.

Die Leute, die sie empfingen, waren sehr liebenswürdig. Sie sagten den Kindern, sie sollten für diese Nacht ihre Gäste sein. Morgen früh würde ihre Mutter kommen. Leider mussten sie sich für die Nacht trennen, denn niemand konnte alle fünf Kinder zusammen unterbringen. Die Jungen kamen in eine Familie, Marie in eine andere und Elizabeth und Lydia in eine dritte. Sie versuchten nicht, Lydia wieder von ihrer großen Schwester zu trennen.

Draußen wartete ein Pferdewagen. Bald wurden die Jungen unterwegs abgesetzt, Marie blieb bei einer der Damen, und Elizabeth und Lydia wurden von einer anderen, sehr freundlichen Dame mit nach Hause genommen.

Was für ein schönes sauberes Haus, dachte Elizabeth. Die Küche blitzte in allen Ecken. Heiße Suppe, belegte Brote und große Gläser mit sahniger Milch wurden auf den Tisch gestellt, und die Mädchen aßen mit Genuss. Bald führte man sie ins Dachgeschoss, und Elizabeth zog Lydia aus und brachte sie zu Bett. Das Dachgeschoss war nicht ausgebaut, es war sehr groß und luftig. Die dunklen Ecken unter den Dachbalken machten Lydia ein wenig Angst, aber endlich schlief sie doch ein und träumte vom nächsten Tag und vom Wiedersehen mit ihrer Mutter, die sie so plötzlich verlassen hatte. Sieben Monate war das her – oder sieben Jahre – oder war es sogar in einem früheren Leben?

Ein Freudentag

Das Frühstück am nächsten Morgen in der hellen holländischen Küche war ein Vergnügen. So viele Käsesorten hatten die Mädchen noch nie gesehen – vom Probieren ganz zu schweigen. Das frische, selbst gebackene Brot, die Süßrahmbutter und die gute sahnige Milch schmeckten ihnen besser als jedes Essen, das sie in den vergangenen sieben Monaten in Deutschland bekommen hatten. Lydia hoffte, die Mahlzeit würde nie aufhören und die Dame würde ihnen immer wieder von allem etwas anbieten. Sie konnte an nichts anderes denken und wünschte sich, ihre liebe Mutter könnte auch etwas von diesem herrlichen Essen genießen. Elizabeth trieb sie zur Eile und sagte, Mutter könnte womöglich ankommen, bevor sie da wären, und das ginge doch nicht.

Die freundliche Holländerin umarmte und küsste beide Mädchen, wischte schnell ein paar Tränen ab und begleitete sie zu einem wartenden Wagen. Ernest und Jacob waren schon im Wagen. Auch sie erzählten eifrig, was für ein wunderbares Frühstück sie bekommen hatten, und schmatzten noch beim Gedanken daran. Heute waren sie aufgeregt und froh. Von diesem Tag hatten sie sieben Monate lang geträumt.

Am Bahnhof wartete Marie mit ihrer Gastgeberin auf die anderen, und strahlend vor Stolz zeigte sie ihnen einen Plüschhund, den ihr die Gastgeberin zum Spielen geschenkt hatte. Marie bekam immer Geschenke. Sie war überall der goldblonde Liebling.

Lydia schaute das Spieltier neidisch an, aber bald vergaß sie es, denn sie wurden in einen Raum gebracht, wo sie auf die Ankunft ihrer Mutter warten sollten. Diese letzten 20 Minuten schienen endlos. Die Jungen zählten spielerisch die Sekunden auf der großen

158

Bahnhofsuhr, und Marie und Lydia dachten sich aus, was sie beim ersten Sehen zu Mutter sagen wollten.

Lydia wusste das genau. Sie würde Mutter fragen, warum sie so lange fort gewesen war, und dann würde sie ihr sagen, wie sehr sie sich einen Schulranzen wünschte, wie Marie ihn hatte. Sie würde ihr auch sagen, dass sie dringend Schuhe brauchte. Aber dann dachte sie, die Schuhe seien noch nicht so wichtig – vielleicht könnte der Weihnachtsmann ihr zu Weihnachten welche bringen. Wenn sie nur einen Schulranzen bekäme.

Endlich stand Elizabeth auf. Sie verbarg ihre Aufregung, so gut eine Vierzehnjährige das kann, nahm Lydia an der Hand und ging schnell hinaus. Mit ihren überwachen Sinnen hatte sie einen Zug ankommen hören. Von ihrem Platz aus sahen sie eine schwere Grenzkette, die über den Bahnsteig gespannt war. In dem Augenblick kam ein Zug in Sicht. Er wurde langsamer, dann blieb er mit einem Ruck stehen.

Mutter!

Im nächsten Augenblick hörte Elizabeth, wie der Bahnhofsvorsteher »Sitenhof« rief, und ehe die anderen es wahrnahmen, sah sie eine Gestalt aussteigen – eine große, schlanke, würdevolle Gestalt, die sie überall erkennen würde: ihre liebe Mutter. Sie ließ Lydias Hand los, sprang auf die Gestalt zu, unter der Kette durch mit Lydia auf den Fersen – in Mutters Arme. Die anderen kamen schnell nach.

Eins nach dem anderen küsste Yente ihre geliebten Kinder, und Freudentränen liefen ihr über das Gesicht. Auch Fremde weinten, als sie die Begrüßung sahen. Wie konnte man sich da beherrschen? Diese hager aussehende Mutter und ihre aufgeregten, vor Freude halb verrückten Kinder standen symbolhaft für eine Welt im Chaos des Krieges, für unbeschreibliches seelisches Leid, für Trennung und wieder Zusammenfinden.

Für Yente war es fast zu viel. Ihr blasses Gesicht mit den dunklen Rändern unter den Augen fiel auf in der Menge von Gesichtern um sie her.

Auf dem Bahnsteig gegenüber stand schon ein Zug, der sie wieder durch Holland und zum Schiff bringen sollte. Der mitfühlende Stationsvorsteher brachte sie schnell dorthin.

Yente und ihre fünf Kinder bekamen ein kleines Abteil für sich allein, und sobald der Zug abfuhr, brach ein Wortschwall los. Alle aufgestauten Gefühle der letzten sieben Monate – alle Angst, Unruhe, Enttäuschung und Frustration – schienen jetzt ihren Ausdruck zu suchen. Die Kinder stritten sich darum, wer mit der Mutter sprechen dürfte. Jedes wollte ihr als erstes alles erzählen, was es erlebt hatte, und die anderen sollten still sein. Aber das war unmöglich. Wie konnten sie still sein, wenn sie doch vor Freude und Eifer fast platzten?

Yente hätte fünf Paar Ohren, Augen und Hände gebraucht, um sie alle zugleich zufriedenzustellen. Alle klammerten sich an sie; alle überschütteten sie mit Fragen und warteten nicht einmal die Antwort ab. Sie bettelten einander darum an, auch etwas zu Mutter sagen zu dürfen. »Lass mich nur ein Wort sagen«, drängten sie sich gegenseitig.

Endlich konnte Yente sie ein wenig zur Ruhe bringen. Erst sollte Elizabeth sprechen, dann Ernest, Jacob, Marie und Lydia: dem Alter nach. Aber es war zwecklos. Diese Kinder (zumindest vier von ihnen) hatten sieben Monate lang keine Elternliebe erfahren, und jetzt war das Bedürfnis nach Beachtung stärker als alles andere, und sie konnten es nicht abwarten, zu Wort zu kommen.

Yente weinte leise vor Freude. Aus dem Stimmengewirr erkannte sie eins ganz deutlich: Ihre Kinder hatten gelitten und gehungert. Sie schaute ihre Füße an. Wie schlecht ihre Schuhe waren, nur Maries nicht. Ich will ihnen allen neue Schuhe besorgen, dachte sie. Und ich will für sie kochen und ihnen gut zu essen geben. Bei ihr würden ihre Wangen bald wieder Farbe bekommen und die Schatten unter ihren Augen verschwinden, die verrieten, wie lange sie unterernährt gewesen waren. Unendlich sorgfältig und zärtlich betrachtete Yente die Gesichter ihrer Kinder.

Elizabeth sah blass und müde aus. Ernests Gesicht trug einen traurigen, deprimierten Ausdruck. Jacob betonte unaufhörlich, wie hungrig er war. Die Jungen sahen vernachlässigt und schlecht

160

gekleidet aus. Aber die Hauptsache ist, dachte sie, dass sie bei mir sind und wieder zu mir gehören. Gott hat sie mir zurückgegeben. »Ach Gott, ich danke dir so sehr«, betete Yente. Dann sagte sie ihren Kindern, sie sollten den Kopf senken, und sie beteten zusammen. Aus vollem Herzen dankte und lobte sie Gott für das Wunder, durch das er ihr die Kinder wieder gegeben hatte.

Ehrfurchtsvolle Stille senkte sich auf sie alle. Eins nach dem anderen wurden die Kinder ruhig. Gott selbst war bei ihnen.

Die Heimfahrt

Endlich sagte ihnen Yente, dass sie auf der Reise nach England waren. Bald würden sie über die Nordsee fahren – vielleicht heute Nacht oder morgen früh. Diese Aussicht begeisterte die Jungen, denn sie hatte die Abenteuerlust erfasst. Yente sagte ihnen, sie sollten sich nicht zu laut miteinander unterhalten, wenn sie in Rotterdam an Bord der Fähre gegangen wären, denn es sei Krieg zwischen Deutschland und England, und je unauffälliger sie sich auf der Fahrt über den Kanal verhielten, umso besser sei es für sie. Aber das war eine schwere Forderung. Die Kinder konnten nur Deutsch sprechen, und nachdem sie sich so lange hatten zurückhalten müssen, hatten sie ein großes Bedürfnis, sich auszusprechen.

Um 22 Uhr bestiegen sie in Hoek van Holland ein kleines holländisches Passagierschiff nach Harwich in England.

20. Feindbegegnung

Zu Yentes Freude hatten sie Fährbilletts erster Klasse nach England und zwei nebeneinander liegende Kabinen. Yente und die drei Mädchen belegten die eine Kabine, und die Jungen waren daneben in einer Kabine mit zwei Männern, die sie sehr wichtig nahmen und ihnen große Schokoladentafeln und andere gute Dinge schenkten. Für die Jungen war das Schiff die Erfüllung eines Wunschtraumes, und sie schmiedeten große Pläne, am nächsten Morgen jeden Winkel zu erforschen.

Es machte Spaß, in den engen, krummen Gängen hintereinander herzurennen, mit einem Bruder spielen zu können und das herrliche Gefühl zu haben, dass geliebte Menschen da sind. Ernest und Jacob dachten dasselbe: Wieder eine Familie zu sein, war unaussprechlich schön, und immer einmal wieder steckten sie den Kopf in die Kabine ihrer Mutter, nur um zu wissen, dass Yente da war.

Bald war es Zeit zum Schlafengehen. Beide Jungen durften in den oberen Kojen schlafen. Es machte Spaß, die Leiter hinauf ins Bett zu klettern. Das hatten sie nicht erwartet. In der Nebenkabine hatten Lydia und Mary (so wollte Marie jetzt genannt werden) die Freude, in den oberen Kojen schlafen zu dürfen. Und wenn Mutter, die unter Lydia schlief, der oberen Matratze zum Spaß einen Stoß gab, schrie das Mädchen vor lauter Aufregung und Freude. Wie konnte ein einziger kleiner Mensch so viel Glück aushalten? Erst als Yente sie in die Arme nahm, schlief Lydia endlich ein.

Die Stadt Gottes

Yente nutzte diese Nacht zum Beten und Loben. *So müssen sich die Kinder Israels gefühlt haben, als sie ins Heilige Land kamen,* dachte sie.

Was für einen mächtigen Gott hatte sie, und wie freundlich war er! Sie fühlte sich ganz unwürdig. Das Unmögliche, das absolut Undenkbare war tatsächlich eingetreten! Hier reiste sie, endlich wie-

162

der mit ihren fünf Kindern vereint, aus einem »Feindesland« in ein anderes »Feindesland.« Was für Feinde? Wessen Feinde? Sie hatte keinen Feind. Gott hatte liebenswerte Leute in Deutschland und in England und – da war sie sicher – überall auf der Welt. Sie wusste natürlich, dass es überall auch andere Menschen gab: harte, herzlose, rücksichtslose Menschen. Aber Yente lebte in Frieden mit allen Menschen auf der Welt und vor allem in Frieden mit ihrem Gott.

Sie war arm und ohne Geld, aber Gott hatte für alles gesorgt, was sie brauchte. Sie wanderte heimatlos umher und hatte kein Vaterland und keine Heimatstadt, aber sie war sicher, dass Gott ihr auch eine Heimatstadt geben würde, die Stadt, auf die sie wartete wie Abraham, die Zuflucht, wo man Ruhe findet, die Stadt Gottes, wo er wohnt und die, die ihn lieben. Ihr Leben lang wünschte sie sich schon solch eine Stadt. Plötzlich fiel ihr ein, dass diese Stadt überall auf der Welt sein kann, denn die Stadt Gottes ist da, wo Gott wohnt.

Yente schlief für kurze Zeit ein und träumte von Gott und seiner wunderbaren Friedensstadt. Sie ahnte ja nicht, welche Aufregung die nächsten Stunden ihr und den Kindern bringen würden.

Das Schiff hatte noch nicht abgelegt. Es sollte die Dunkelheit in dem niederländischen Hafen abwarten und erst am frühen Morgen die Fahrt nach England beginnen.

Auf dem Schiff waren die verschiedensten Leute: Holländer, Rotkreuzhelfer, aber hauptsächlich Flüchtlinge, die vor Krieg und Tod flohen. Alle Passagiere sahen angespannt aus, und Yente meinte einen Ausdruck von Angst in ihren Gesichtern zu erkennen. In einer Zeit wie dieser war die Überfahrt natürlich gefährlich. In der Nordsee lauerten ungeheuer viele deutsche U-Boote, und oft hielten sie neutrale Fahrzeuge für feindliche Schiffe und versenkten sie ohne Vorwarnung. Überall auf dem Schiff hingen Schilder in Holländisch, Englisch, Französisch und Deutsch über die Lage der Rettungsboote und den Umgang mit Schwimmwesten.

Die Jungen hatten es spannend gefunden, die Schwimmwesten anzuprobieren und zu hören, wie man sich im Notfall verhalten muss.

Yente schreckte auf. Sie hörte kein Motorengeräusch mehr, und ihre Uhr zeigte 5 Uhr morgens. Aber bald starteten die Motoren wieder, und das Schiff fing an zu schaukeln – ein sicheres Zeichen, dass sie auf See und nicht mehr im Hafen waren.

Da betete Yente und bat um eine sichere Überfahrt für ihre Kinder, sich selbst und alle anderen Menschen an Bord. In diesen frühen Morgenstunden spürte sie deutlich, dass Gott ihr sehr nahe war. Als sie ihr Gebet beendete, war sie ganz ruhig.

Um 7.30 Uhr waren die Jungen fertig angezogen, und die Mädchen folgten bald. Als sie entdeckten, dass sie auf hoher See waren, jubelten sie vor Freude und klatschten in die Hände.

Als Yente nachgeschaut hatte, ob sie Hände, Gesicht und Ohren gewaschen und die Haare gekämmt hatten, gingen sie alle zusammen in den Speisesaal, wo es Frühstück gab – ihre erste gemeinsame Mahlzeit seit sieben Monaten. Ernest schaute alles interessiert an und konnte es kaum erwarten, das Schiff zu untersuchen. Yente sagte ihnen, sie wollten aufs Oberdeck gehen, sich Liegestühle holen und sich dort hinsetzen, und sie befahl ihnen, immer in Rufweite zu bleiben. Sie wollte sie jederzeit sehen können, und sie sollten nahe beieinander bleiben.

Jetzt schon boten sie Gesprächsstoff für das ganze Schiff. Eine Frau mit fünf Kindern, die nur Deutsch sprachen, auf einem holländischen Linienschiff – das ergab einfach keinen Sinn.

Die Sonne stand jetzt schon hoch, und um 9 Uhr schienen alle irgendwie beschäftigt zu sein. Yente saß an Deck und neben ihr Elizabeth, Lydia und Mary spielten in der Nähe Ball. Alles war sehr friedlich. Im Augenblick dachte niemand an Kriegsgefahr oder an U-Boote, die in der Nähe im Wasser sein könnten.

Um 9.30 Uhr kam Jacob zu Yente und berichtete, Ernest sei verschwunden. Sie hatten miteinander Verstecken gespielt, und Ernest war fort und nicht aufzufinden. Zwei Matrosen kamen eilig dazu und bestätigten, was Jacob sagte. Sie hatten überall vergeblich gesucht. Der Junge war verschwunden.

Yente wurde angewiesen, bei den anderen Kindern zu bleiben, während man die Suche fortsetzte. Um 9.45 Uhr kam der Kapitän selbst zu ihr und bestätigte mit besorgter Miene, man könne Ernest

164

nicht finden. Ihr Herz blieb fast stehen. War er womöglich über Bord gefallen? Aber er konnte gut schwimmen, und dann müsste doch irgendjemand etwas gesehen oder gehört haben.

Ein feindliches U-Boot

Plötzlich ertönte laut und schrill eine Sirene. Überall wurden Trillerpfeifen geblasen und laute Befehle erteilt. Alles geriet durcheinander. Yente stand wie angewurzelt. Das konnte nur eines bedeuten: einen Notfall! Von der Brücke aus gab der Kapitän kurze, klare Befehle durch ein Megafon: »Zu den Sammelplätzen, Schwimmwesten bereithalten. Ruhig bleiben. Keine unmittelbare Gefahr. Halten Sie sich bereit.«

Es waren U-Boote da. In diesem Augenblick stolperte ein Seemann über das Deck und dicht hinter ihm Ernest. »Wo haben Sie ihn gefunden?« fragte Yente. »Achtern bei der Flagge«, antwortete er kurz.

Für Erklärungen war keine Zeit. Mit beschämtem Gesicht, das um Verzeihung zu bitten schien, stellte sich Ernest zu seiner Familie und machte sich mit den Schwimmwesten zu schaffen, die an alle Passagiere ausgegeben wurden.

Es war ein Augenblick enormer Spannung, wahrscheinlich der schwierigste in Yentes ganzem Leben. Sie musste die Nerven aufs Äußerste anspannen, um distanziert, ruhig und gelassen zu bleiben, damit die Kinder nicht in Panik gerieten. Mit einem Blick erfasste sie die Lage: Ein deutsches U-Boot hatte das Schiff angehalten. Schon jetzt, während noch die Sirenen und Trillerpfeifen tönten, wurde das Schiff langsamer, und ein Seemann auf der Brücke fing an Flaggensignale zu geben.

Der Kapitän sprach zur Mannschaft und zu den Passagieren: »Frauen und Kinder zuerst.« Es schien ihr, als schaute er dorthin, wo Yente und ihre Kinder in einer Reihe unter ihm standen.

»Dies ist ein niederländisches Schiff«, sagte er, »es ist neutral und darf nach internationalem Recht nicht versenkt werden. Aber wir müssen auf alles vorbereitet sein«, sprach er weiter. Alle Augen richteten sich auf die Wasserfläche, während man die Schwimmwesten anlegte. Die Rettungsboote wurden schon losgemacht.

Eine Frau in der Nähe schrie. Irgendjemand wurde hysterisch. Die Sirene und die Pfeifen tönten immer noch, und die fünf Kinder sahen Yente an, suchten ihren Schutz und ihre Kraft. Da stand sie, groß und schlank, aufrecht und würdevoll, ruhig und furchtlos. Dann fing sie an, einen Chorus zu singen:

Trau ihm einfach, trau ihm einfach, trau ihm einfach jetzt!
Er bewahrt dich, er bewahrt dich, er bewahrt dich jetzt.

Leise, wie hypnotisiert, sangen die Kinder mit. Jetzt waren auch sie ruhig, sie fassten sich an den Händen, standen da in ihren Schwimmwesten und waren auf alles gefasst. Ihre Mutter war bei ihnen, da brauchten sie sich vor nichts zu fürchten.

In diesem entscheidenden Augenblick gab Gott Yente übermenschliche Kraft. Während sie sich so an den Händen hielten, den Blick auf das bewegte Wasser dort unten gerichtet, hörten die Sirenen und Pfeifen auf, und es wurde still auf dem Schiff. Wie von einem Magneten angezogen richteten sich alle Blicke auf eine Stelle, nicht einmal 100 Meter vom Schiff entfernt, wo langsam und geräuschlos ein Periskop erschien. Zuerst sah es aus wie ein Stock, der aus dem Meer ragte; dann wurde es höher und höher und bewegte sich, und jeder konnte sehen, dass es das gefürchtete deutsche U-Boot war.

Alle hielten den Atem an, als endlich das Deck des Fahrzeugs über der Wasseroberfläche erschien. »Ein U-Boot!«, sagte Ernest atemlos; er hatte darüber gelesen und Bilder davon gesehen. »Und es ist ein deutsches U-Boot, Mutter«, rief er aufgeregt. »Siehst du die Flagge?«

Die Flaggensignale gingen weiter, und durch das Megafon rief der Kapitän eine Gestalt an, die tief unten auf dem Deck des U-Boots erschienen war. Wie gebannt starrten alle in dieselbe Richtung. Als die holländische Nationalität des Schiffes klar war, warteten sie auf weitere Befehle.

Der Befehl kam deutlich und scharf: »Sie dürfen weiterfahren.«

Alles war vorüber. Wie im Chor seufzten alle erleichtert auf,

166

manche lachten laut, manche brachen in Tränen aus, und wieder andere standen immer noch da und starrten verwirrt auf die Szene, die sie eben gesehen und sogar als Teilnehmer miterlebt hatten. Langsam tauchte das U-Boot wieder ab und entschwand den Blicken. Eine Zeit lang schauten sie noch wie gebannt auf das Kielwasser des tauchenden Fahrzeugs.

Yente versammelte ihre Kinder um sich, umarmte und küsste alle der Reihe nach und sagte ihnen, sie sollten dicht bei ihr bleiben, während sie ihnen aus den Schwimmwesten half. Schließlich sank sie in einen Liegestuhl, und die Kinder taten dasselbe. Alle waren wie betäubt von der großen Gefahr, die sie eben überstanden hatten.

Die Ankunft in London

Der Rest der Überfahrt verlief ohne Zwischenfälle. Kurz vor der Ankunft in Harwich in England wurde ein Mittagessen gereicht, und es herrschte eine erwartungsvolle Stimmung. Yente redete den Kindern noch einmal zu, nicht laut Deutsch zu sprechen oder sich etwas zuzurufen. Wenn es notwendig sei zu sprechen, sollten sie flüstern. Schon wenn man nur die Sprache des Feindes sprach, wurde man als einer von ihnen betrachtet. Yente wusste, dass es ihr größtes Problem nach der Beschaffung des Lebensunterhalts sein würde, die Kinder Englisch zu lehren.

Bei der Einwanderungsbehörde legte sie ihre Papiere und das Empfehlungsschreiben vor, das der freundliche christliche Einwanderungsbeamte ihr bei der Ausreise mitgegeben hatte. Sie hatte keinerlei Schwierigkeiten, mit den Kindern wieder nach England einzureisen.

Sobald sie im Zug nach London saßen, dachte Yente an Benjamin. Am Bahnhof Liverpool Street würden sie ein Taxi nehmen, und dann würden sie bald zu Hause sein.

21. Tod in den Wolken

Es war drei Jahre her, dass Benjamin Sitenhof ohne seine Familie nach Buenos Aires gefahren war, und die kleineren Kinder, besonders Lydia, konnten sich kaum noch an ihn erinnern. Als Yente jetzt mit den Kindern in das Haus kam, in dem sie und Benjamin im Londoner East End wohnten, sie die schmale Treppe hinaufführte und ihrem Vater vorstellte, schreckte Lydia zurück wie vor einem Fremden.

Mit müden Augen sah Benjamin seine Familie an. Seit Yentes Abreise war er krank in seinem Zimmer geblieben und hatte Tag und Nacht für sie gebetet. Jetzt hatte Gott sie wieder zusammengeführt.

In dem dämmrigen, zu dicht möblierten Zimmer setzte er sich im Bett auf und schaute schweigend von einem zum anderen. Er konnte es kaum fassen. Das Wunder, das da geschehen war, überwältigte ihn, und er fing an zu weinen.

Endlich waren diese sieben einsamen Menschen wieder vereint. Alle Gesichter waren von Schmerz, Kummer und Hunger geprägt. Mary, die am wenigsten Grund zum Weinen hatte, denn sie war gut versorgt worden und hatte keinen Mangel gelitten, weinte am lautesten. Aber irgendwie mussten die vielen Entbehrungen und die lange Ungewissheit, die mit diesem frohen Wiedersehen endeten, einen Ausdruck finden. Da waren Tränen eine große Erleichterung.

Es gab nur ein Doppelbett in dem Zimmer. »Wo sollen die Kinder schlafen?« fragte Yente. Benjamin beruhigte sie. Man hatte für die Nacht den Dachboden für sie eingerichtet. Gladys Taylor hatte eine Wohnung für sie gefunden und hatte von Freunden und bereitwilligen Spendern ein paar Möbel besorgt. *Jedenfalls haben sie ein Bett, in dem sie schlafen können. Mehr ist nicht wichtig*, überlegte Yente.

168

Russia Square Building

Im Londoner East End gibt es in Bethnal Green eine Gegend, die Cambridge Heath heißt; dort wohnen hauptsächlich Dockarbeiter, Brauereigehilfen, Straßenarbeiter und ähnliche Berufsgruppen. Dieser Bezirk misst vom Zentrum gut drei Kilometer im Umkreis, und je dichter man zum Zentrum kommt, »umso dicker ist die Luft.« Dort stehen große Mietshäuser – graue, düstere, eintönige vier- oder fünfstöckige Häuser – und dort spielen, kreischen oder weinen schmutzige, ungepflegte Kinder in Mengen.

1915 wohnten in diesen Gebäuden viele Trinker mit ihren Familien. Wer seinen Lebensunterhalt verdienen konnte und nicht in Alkohol umsetzte, konnte die Umgebung nicht lange aushalten und zog bald weg – mindestens an den Rand des Bezirks.

Mitten in diesem düsteren Stadtteil Londons stand das »Russia Square Building«, und Sitenhofs zogen in eine Wohnung im Erdgeschoss dieses Hauses. London bereitete sich schon auf deutsche Bombenangriffe vor. Man setzte Sirenen instand, um vor Luftangriffen warnen zu können. Die Polizei hatte Beamte speziell dazu eingesetzt zu helfen, für Ordnung zu sorgen und darauf zu achten, dass alle in Deckung gingen. Es gab Gerüchte, es seien Zeppeline unterwegs, um London dem Erdboden gleich zu machen.

All das war im Gang, als Sitenhofs mit ihren fünf Kindern, die nur Deutsch, also die Sprache des Feindes sprachen, in ihre neue Wohnung einzogen. Die gespendeten Betten wurden von Yente sorgfältig desinfiziert und jedes Möbelstück gewaschen. Als sie fertig war, blitzte die Wohnung wie wahrscheinlich noch nie, seit sie gebaut worden war.

Die neugierigen Nachbarn sprachen kein Wort mit ihnen. Yente spürte die Feindseligkeit der Menge gegen alles Deutsche und wies die Kinder an, gar nicht zu sprechen, solange sie noch kein Englisch gelernt hatten.

Am ersten Abend nach ihrem Einzug kam der erste Luftangriff. Benjamin kam um 18.30 Uhr nach Hause und trug auf dem Rücken eine zusammenklappbare Orgel, die er für sechs *Pence* in einem alten Kuriositätenladen gekauft hatte. Um 19.30 Uhr hatte er sie zusammengebaut und spielte einen Choral. Die Kinder waren schon im Bett: die drei Mädchen in einem Bett, die zwei Jungen im anderen. Als Benjamin spielte, setzten sie sich mit großen fragenden Augen auf. Sie verstanden nicht, wie ein so kleines Instrument solch eine schöne Melodie spielen konnte.

»Euer Vater ist so geschickt«, sagte Mutter, »er kann alles vom Häuserbauen bis zum Reparieren von alten Instrumenten.« Sie erinnerten sich, dass er immer eine Geige gehabt hatte. Jetzt wussten sie es wieder: Früher in Kassel hatte er ihnen oft vorgespielt, und mit der Musik war immer eine kleine Geschichte verbunden gewesen.

Als er aufhörte zu spielen, klopfte es heftig an die Tür. Yente öffnete, und ein großer Mann mit einem speziellen Polizeiabzeichen am Mantel trat schnell ein und schlug die Tür heftig zu. Sofort erklärte er ziemlich aufgeregt, Inspektor John Strong von der Polizeistation habe ihn geschickt. Er solle der Familie dringend raten, ihre Wohnung heute Nacht auf keinen Fall zu verlassen und abends bei Dunkelheit überhaupt nicht auszugehen. Sie sollten sich einschließen und sich ruhig verhalten. Bald würden die Alarmsirenen in Gang gesetzt, denn man erwarte jeden Augenblick einen Luftangriff. Als Ausländer, die nur die Sprache des Feindes sprachen, seien sie, vorsichtig ausgedrückt, sehr gefährdet.

Damit verschwand er. Der gute Inspektor Strong – er war ein echter Freund. Er wusste, dass sie umgezogen waren, weil Benjamin die Adressenänderung auf der Polizeistation gemeldet hatte.

Benjamin und Yente hatten keine Ahnung, wie groß die Gefahr wirklich war. Zehn Minuten später gab es eine Explosion, und die Sirenen heulten auf. Der Lärm war beängstigend. Die Menschen aus den oberen Stockwerken strömten schon die Treppe herunter. Sie suchten Deckung unter der Treppe oder drückten sich an die Wände.

Das sind Deutsche

Die kleinen Flure und Treppenhäuser waren voll Menschen. Sie stießen sich und beschimpften sich laut. Dann fielen plötzlich einem die neuen Mieter ein, und alle spekulierten, wer sie sein könnten. Fragen wurden gestellt: »Weiß jemand etwas von ihnen? Wer sind sie überhaupt? Warum machen sie nicht die Tür auf, dass wenigstens die Kinder in Deckung gehen?« Dann rief einer: »Das sind Deutsche. Jemand hat sie heute bei dem deutschen Bäcker Schmidt Brot kaufen sehen. Ausländer sind es, und die haben die beste Wohnung im Erdgeschoss. Wir schmeißen sie raus. Wir brechen die Tür auf.« All das war von Flüchen und Beschimpfungen begleitet.

Auf der anderen Seite der Wand hörte Benjamin jedes Wort und übersetzte rasch für Yente.

Welch tragische Ironie, dachten sie. Vor Jahren hatte sie der tödliche Judenhass der Russen aus ihrem Heimatland Polen nach Deutschland vertrieben. In Deutschland waren sie als Russen verachtet worden. Dann versuchten sie alles, um vor dem wahnsinnigen Hass aus Deutschland zu fliehen, und wagten mitten im Krieg die gefährliche Reise nach England trotz der feindlichen U-Boote, die im Meer lauerten, und der tödlichen Bomben aus der Luft. Und nun, endlich in England, dem Land der Freiheit und der Hoffnung, waren sie in Gefahr durch einen aufgebrachten Mob, der jeden Fremden hasste, gleich welcher Rasse oder Religion.

In dieser Zeit ging eine Welle von Ausländerhass und Ausländerfurcht über das Land. Menschen mit ausländischem Namen wurden misstrauisch beäugt, besonders wenn der Name zufällig deutsch war. Viele Schmidts, Schneiders und Zimmermanns, die schon lange in England wohnten, wurden zu ehrbaren und unverdächtigen Smiths, Taylors und Carpenters. In sogenannten besseren Kreisen war die Fremdenfeindlichkeit subtiler und verhaltener. Aber für die Leute des Russia Square Building, die Ungebildeten, die kaum lesen konnten und nie aus der Umgebung der Docks herauskamen, war ein Ausländer ein Feind Englands.

»Wenn die Polizei nicht gleich kommt, sind wir wirklich in Gefahr«, sagte Benjamin, als plötzlich ein Krachen das Haus

171

erschütterte. Das war die erste Bombe, die im Ersten Weltkrieg auf London fiel.

Draußen hörte man Schreckensschreie, drinnen war alles still. Sieben Menschen beteten; sieben Herzen klopften heftig in ängstlicher Erwartung. Im Flur war ein furchtbares Durcheinander. Menschen trommelten wütend mit den Fäusten an die Tür und kreischten, betrunken und erregt, und die drei kleineren Kinder, Jacob, Mary und Lydia, klammerten sich an ihre Eltern.

Ein zweites Krachen, und die Menge rannte auf die Straße, an den gefährlichsten Ort, den es gab. Bald war der Angriff vorbei, und lange und durchdringend wurde Entwarnung gegeben.

Yentes Schwester Sarah

Nach ein paar Wochen in dieser unerträglichen Umgebung unter Feinden erkannte Inspektor Strong – klarer als Benjamin und Yente selbst –, dass es zu gefährlich für sie wäre, weiter im Russia Square Building zu wohnen. Er setzte einen Wachtmeister speziell dafür ein, ihm über die Einstellung der anderen Mieter zu berichten, und der Bericht fiel nicht gut aus.

Eines Morgens kam er selbst in die Wohnung und teilte Yente mit, dass er erkundet hatte, wo ihre Schwester Sarah war: Sie war jetzt verheiratet und wohnte in Walthamstow. Sarah erwartete, dass Yente sie mit ihrer Familie besuchte und wenn möglich auch bei ihr wohnte.

Weil Gerüchte umliefen, es werde ernste Schwierigkeiten im Haus geben, packte Yente sofort ein paar Sachen in eine Tasche, nahm die Kinder und fuhr weg. Inspektor Strong, der treue Freund der Familie, hatte Benjamin schon benachrichtigt, dass er gleich nach Arbeitsschluss dahin kommen sollte, wo sie waren. Ein Taxi wartete schon, um sie die 20 Kilometer zu dem Vorort im Osten Londons zu fahren, wo Sarah jetzt wohnte. Yente war es inzwischen gewöhnt, Befehle zu bekommen und auszuführen; sie gehorchte, ohne nachzufragen.

Sarah wartete voll ungeduldiger Spannung am Eingang eines

kleinen Reihenhauses. Sie hatte ihre geliebte Schwester 14 Jahre nicht gesehen. Inzwischen hatte sie geheiratet und hatte eine siebenjährige Tochter und einen kleinen Sohn. Die gute Sarah! Sie konnte sich nicht genug tun, es ihren Nichten und Neffen angenehm zu machen.

Überall waren provisorische Betten aufgestellt. Ein Kind sollte auf zusammengeschobenen Stühlen schlafen. Für die Kleinen wurden Matratzen unter die Tische gelegt, damit sie bei einem Luftangriff etwas Schutz hätten. Mehrere Schalen mit frischem Obst standen da, damit die Kinder etwas Gutes zu essen hatten.

Tante Sarah und frisches Obst schienen zusammen zu gehören. In späteren Jahren erinnerte sich Lydia immer an ihren ersten Eindruck von Tante Sarahs Wohnung: alle möglichen Möbel, die für den Notfall umgestellt worden waren, und Schalen mit frischem Obst. Je größer die Bananen und Birnen, umso zufriedener war Tante Sarah. »Esst nur, Kindchen«, redete sie ihnen freundlich zu. »Von Obst werdet ihr gesund und außerdem schön.« Viel brauchte man den Kindern nicht zuzureden.

Zur Abendessenszeit kam Benjamin, und da gab es die größte Überraschung. Tante Sarah hatte Glück gehabt und gleich um die Ecke ein Haus gefunden, das zu vermieten war, und, obwohl es verhältnismäßig teuer war, für sie gemietet. »Teuer« hieß für Sitenhofs 15 Schilling in der Woche von den dürftigen 50 Schilling, die Benjamin damals verdiente.

Yente legte Wert darauf, nie in eine neue Wohnung einzuziehen, ohne vorher jedes Zimmer und alle Ecken zu scheuern und zu desinfizieren, und das tat sie gleich am nächsten Morgen. Was Sauberkeit anging, war sie sehr anspruchsvoll und nutzte jede Gelegenheit, ihre Kinder zu lehren, dass Sauberkeit zur Frömmigkeit gehört.

Nicht Frieden, sondern das Schwert

Nachdem sie den ganzen Tag geputzt, Vorhänge aufgehängt und alles für das Aufstellen der Möbel vorbereitet hatte, saß Yente abends spät bei Sarah und sprach mit ihr. In dieser Unterhaltung berichtete sie ihrer Schwester auch, auf wie ungewöhnliche Weise der Herr, der Messias Israels, sie und ihre Familie beschützt hatte und wie sie in einem Grundgefühl des Friedens lebte, seit sie daran glaubte, dass der Messias der Juden ihr Erlöser war. Das war ein Schlag, auf den Sarah nicht gefasst gewesen war.

Sobald sie sich ein wenig von dem Schock erholte, äußerte sie ihre bittere, schmerzliche Enttäuschung. »Wie kannst du zum *M'schumed* werden?« rief sie aus. »Was ist mit dir geschehen, seit wir uns vor 14 Jahren zuletzt gesehen haben? Hat Benjamin das aus Südamerika mitgebracht?« Sie weinte und schluchzte, als ob ein sehr lieber Mensch plötzlich gestorben wäre. »Was für ein schreckliches Unglück hat meine liebe Schwester getroffen?«, fragte sie unter Tränen.

Yente versuchte zu erklären, wie sich ihr Leben zum Guten verändert hatte, wie es von Frieden bestimmt wurde, seit sie den Messias anerkannten, und wie Jesus Christus ihr Leben bestimmte und sie nie im Stich gelassen hatte. Sie sagte ihr, sie liebten den Messias und wollten darum beten, dass Sarah ihn irgendwann auch anerkennen könne.

Die enge Beziehung der Schwestern war schwer gestört, und Sarah hatte seitdem nie mehr dieselbe herzliche Zuneigung für Yente. Sie baute eine Mauer von Vorurteilen zwischen ihnen auf; sie liebte ihre Schwester immer noch, aber sie betrachtete sie als Verräterin und konnte ihr ihren »Religionswechsel« nie verzeihen.

Tod am Himmel

Eines Abends, kurz nachdem Sitenhofs in das kleine Reihenhaus eingezogen waren, wurde London zum ersten Mal schwer bombardiert. Man sah, wie Zeppeline versuchten, den Kanal zu überqueren, und einer davon, die »Graf Zeppelin«, hatte Erfolg. Der Abend, an dem die »Graf Zeppelin« kam, wird den Menschen, die ihn erlebt haben, für immer im Gedächtnis bleiben, denn ein so entsetzlicher Anblick hinterlässt einen unauslöschlichen Eindruck.

Als die Familie schon schlafen gegangen war, tönten die Sirenen, und die Nachbarn weckten sich gegenseitig durch lautes Klopfen an die Haustüren. Diese Art der destruktiven Kriegführung war für sie alle neu und schuf natürlich Verwirrung. Bevor jemand einen Plan fassen konnte, zerstreute sich die Familie. Bomben fielen, man hörte Schreien und das Geräusch der schwerfälligen und ineffektiven Flakgeschütze des Ersten Weltkriegs. Benjamin übersetzte, was die Menge draußen rief: »Getroffen – der Zeppelin brennt. Gleich fällt er auf die Häuser. Raus aus den Häusern – auf die Straße!« Plötzlich erschütterte eine gewaltige Explosion das Haus von Grund auf, so dass die Kinder zu ihren Eltern rannten, die schon an der Tür waren, um zu sehen, was vorging. Es klang furchterregend.

Aber jetzt – die Hunderte von Menschen auf den Straßen schrien: »Hurra, hurra, hurra!« Als sie zum Himmel aufschauten, sahen sie etwas Entsetzliches: Die »Graf Zeppelin«, der Stolz Deutschlands, war zerschossen und brannte auf der ganzen Länge. Sprachlos vor Grauen sah Lydia den gräßlichen Anblick. Im Innern des Zeppelins konnte sie die Umrisse der Männer erkennen, die noch an ihre Sitze geschnallt waren und verbrannten. Sie war wie gelähmt vom Anblick dieses brennenden, taumelnden Luftschiffes. Sie hörte die Menge unaufhörlich »Hurra, hurra, hurra« brüllen (das einzige Wort, das sie verstand) und sah, dass da Menschen verbrannten, während andere über das grausige Geschehen jubelten.

Sie war verwirrt und verunsichert. Das erst sechsjährige Mädchen war innerlich tief verletzt. Die Menge schob sie hin und her, aber sie lief, so schnell sie konnte, zurück in den ersehnten Schutz der Wohnung, und dort weinte sie sich aus.

Die zerschossene »Graf Zeppelin« trieb noch acht oder zehn Kilometer steuerlos über das Land, dann stürzte sie bei Billericay in Essex ab und versenkte die armen verkohlten Piloten bis zur Taille in der Erde.

Später richtete man für die Männer, die da umgekommen waren, ein Denkmal auf. Aber in Lydias Erinnerung blieb der brennende Zeppelin ein Symbol unmenschlicher Grausamkeit: eine Menschenmenge, die jubelt, während Menschen am Himmel verbrennen.

22. Ein jüdisch-christliches Haus

Im Sommer 1915 bekam Benjamin Arbeit in einer Fabrik, die vor dem Krieg Klaviere hergestellt hatte, jetzt aber Flugzeuge produzierte, besonders Tragflächen aus Sperrholz, vier für jedes Flugzeug.

Das war eine hoch spezialisierte, anspruchsvolle Arbeit, aber Benjamin war ihr gewachsen. Er entwarf die Pläne, eine schwierige Aufgabe, die auf den Bruchteil eines Millimeters genau ausgeführt werden mussten. Er tat die Arbeit ruhig und unauffällig, sprach wenig und arbeitete viel und gut. Benjamins Sehnsucht war immer noch die Äußere Mission, und er wünschte sich, seinen jüdischen Verwandten das Evangelium predigen zu können, aber jetzt hatte die Regierung ihn aufgefordert, seinen Beitrag zur Landesverteidigung zu leisten, und er tat die Arbeit »als dem Herrn« (Kol 3, 23).

In dem gemäßigten englischen Klima besserte sich seine Gesundheit erheblich. Die Hitze in Südamerika hatte er nicht vertragen können, aber er war einer der Pioniere in Argentinien gewesen, und Gott hatte seine dreijährige Arbeit in Argentinien für die Juden in Buenos Aires gesegnet.

Jetzt im Krieg war es seine Pflicht, sich mit für das Land einzusetzen, das ihn so großzügig aufgenommen und ihm und seinen Lieben Asyl gewährt hatte. Seine Vorgesetzten bemerkten schnell den Unterschied zwischen seiner Leistung und der der anderen Angestellten. Aber Benjamin war Ausländer und erst kürzlich eingestellt worden. Sie konnten ihn nicht offiziell in eine verantwortliche Stellung versetzen, in der er viele gebürtige Engländer zu überwachen hätte. Daher wurden Benjamin sozusagen heimlich die komplizierten Arbeiten übertragen, die besonderes Geschick erforderten. Flugzeugplanungen waren natürlich streng geheim. Benjamin tat die Arbeit, aber ein englischer Mitarbeiter bekam die Anerkennung dafür.

Benjamin hatte von Natur eine Veranlagung zum Träumer und zum Gelehrten. Vor allem war er ein bescheidener Mensch, und sein größter Wunsch war es, das Evangelium weiterzusagen und bei Menschen Verständnis für Jesus zu wecken. Dieser Wunsch war so beherrschend, dass seine Familie oft zurückstehen musste. Die Worte des Paulus: »Und wehe mir, wenn ich das Evangelium nicht predigte!« kennzeichneten seine Einstellung. Der scheinbare Widerspruch zwischen seiner Pflicht gegen seinen Erlöser und seiner Verantwortung für seine Lieben gab seinem Leben einen tragischen Zug, der aber unter Menschen, die sich einer einzigen Aufgabe widmen wollen, nicht selten ist.

Ein Wochenende bei Sitenhofs

Bei Sitenhofs fing der Sonntag gewöhnlich am Samstagnachmittag um 14 Uhr an: Dann gingen sie alle zu dem Missionshaus im Londoner East End, das der hervorragende Christ David Baron leitete. Am Samstagvormittag arbeitete Yente eifrig im Haus, um alles für den Samstagnachmittag und den Sonntag, den Tag Christi, vorzubereiten. Dann fuhr die ganze Familie mit dem Bus oder mit der Straßenbahn nach Whitechapel. Wenn Sitenhofs kamen und eine ganze Sitzreihe füllten, gab es immer Bewegung im Missionshaus.

Manchmal waren sie die einzigen Besucher außer den Mitarbeitern des Hauses. Zwei Stunden lang hörten sie zu, wie so hervorragende Männer wie David Baron, Immanuel Landsman oder Charles Andrew Schoenberger die Bibel erklärten, und diese zwei Stunden waren für jedes einzelne Kind ein unvergessliches Erlebnis.

Nach dem Gottesdienst gab es Tee im Obergeschoss des Missionshauses. Gewöhnlich fungierte der freundliche Herr Baron als Gastgeber; nach dem Gottesdienst war er entspannt und erzählte lustige und interessante Geschichten aus seiner reichen Erfahrung. Es gab Butterbrotschnitten, Marmelade und Gelee, Brötchen, feines Kleingebäck und viel starken, heißen Tee mit Milch. An diesem Brauch hatten sowohl die Mitarbeiter als auch die Gäste der Mission viel Freude – es war eine Zeit guter Gemeinschaft. Wenn der Rest der Familie zum Tee ging, ging Benjamin oft hinaus und verteilte Traktate oder übernahm einen Teil der Predigt in dem Freigottesdienst, der dem Treffen im Haus folgte. Draußen ging es lebhafter zu, denn das Missionshaus lag mitten im jüdischen Viertel, und an Samstagnachmittagen kamen immer Tausende von Juden dort vorbei. Alle trugen ihre gute Sabbatkleidung, schlenderten ziellos umher, betrachteten dies und das und passten auf, ob nicht irgendetwas Ungewöhnliches vorginge, woran sie vielleicht teilnehmen könnten.

Der Bürgersteig vor dem Missionshaus war so breit, dass sich viele Menschen dort um einen Redner versammeln konnten. In Whitechapel lebten Juden aus allen Teilen der Welt bunt gemischt. Whitechapel am Samstagnachmittag war ein Schauspiel, wie man es wohl nirgends interessanter findet. Am Samstagabend, wenn die sieben Sitenhofs sich in eine überfüllte Straßenbahn quetschten, um heimzufahren, waren die jüngeren Kinder schon allein vom Anblick einer so bunten Volksmenge erschöpft. Lydia schlief jedes Mal in Benjamins oder Yentes Armen ein.

Am Sonntagvormittag nahmen sie am Gottesdienst der Plymouth-Brüdergemeine teil, und dies wurde »ihre« Gemeinde. Hier wurden Elizabeth, Ernest und Lydia getauft, als sie sich entschieden, ihr persönliches Leben dem Herrn Jesus Christus anzuvertrauen. Die Gemeinschaft mit den Brüdern war sehr schön.

Das Haus in Walthamstow musste man bald aufgeben, und zwar aus demselben Grund, aus dem es schon die Vorgänger verlassen hatten: Es wimmelte von Küchenschaben, die sich überall ausbreiteten, wenn das Haus am Samstagnachmittag ein paar Stunden leer stand.

Eines Abends, als sie vom Missionshaus zurückkamen, hörte Benjamin, sobald er die Tür aufgeschlossen hatte, ein summendes Geräusch. Schnell schaltete er den Gasbrenner im Flur an, und als er durch das Esszimmer ging, hörte er ein Knirschen unter seinen Füßen. Er sagte den anderen, sie sollten draußen bleiben, und verschaffte sich schnell ein Bild von der Lage: Der Fußboden und alle Möbel waren schwarz von Küchenschaben. Er besprühte sie mit einem selbst gemachten desinfizierenden Spray, das er immer bereithielt, und die scheußlichen Käfer verschwanden. Aber es dauerte Stunden, die Wohnung wieder zu säubern. Diese Nacht schliefen Sitenhofs nicht; stattdessen beteten sie. »Herr«, betete Benjamin, »du weißt, was wir brauchen und was wir haben. Gib uns morgen ein sauberes Haus.«

178

Gleich am Montag kam ein Brief mit der Post. Ein Bekannter hatte erfahren, ein Haus in Leytonstone ganz in der Nähe sei vielleicht zu vermieten. Das Haus war viel größer als das, in dem sie jetzt wohnten, und die Eigentümerin war Christin. Benjamin schrieb an die Dame; sie antwortete, sie habe schon einen Käufer für das Haus, aber als sie die Notlage der Familie sah, änderte sie ihren Plan und vermietete es an Sitenhofs, statt es zu verkaufen. »Ehe sie rufen, will ich antworten« (Jes 65, 24).

Leytonstone ist ein vornehmer Vorort von London am Rand des Epping Forest. Hier, in ruhiger Nachbarschaft an einer sauberen Straße, waren Sitenhofs zum ersten Mal wirklich zu Hause. Das Haus war alt, im Stil eines Sandsteinhauses, hatte drei Geschosse und acht Zimmer. In den folgenden sieben Jahren erlebten Sitenhofs dort viel Schönes.

Unter schwierigen Umständen entwickeln sich Kinder viel schneller als sonst. Mit 14 Jahren war Elizabeth schon fast erwachsen. Es kam für sie nicht in Frage, wieder zur Schule zu gehen; sie wollte selbst gern ihre Eltern unterstützen. Sie fand Arbeit in einer Schneiderei im East End, die während des Krieges Uniformen für die Armee herstellte. Die Familie war so begeistert, dass Elizabeth abends Arbeit mit nach Hause brachte und allen anderen zeigte, wie man sie tun musste. Sogar die achtjährige Lydia arbeitete mit an den »Bobbins« (den Tressen der Offiziersuniformen). Es machte Spaß, als Familie zu arbeiten. Yente arbeitete gut, und auch Mary und Lydia taten ihr Bestes. Die Arbeit war langwierig, und die Jungen hatten bald keine Lust mehr dazu. Aber die Mädchen blieben dabei, Elizabeth und Mutter zu helfen, zusätzliches Geld für Essen zu verdienen. In der Kriegszeit war es gar nicht so einfach, fünf Kinder, die noch wuchsen, zu ernähren und zu kleiden.

Chemische Experimente und Zaubertricks

Bald ging Ernest von der Schule ab und bekam eine Stelle im Labor einer chemischen Fabrik in Stratford. Er experimentierte gern, und Chemie faszinierte ihn. Sein besonderes Hobby war Fotografieren,

179

und als Yente ihm vorschlug, den dunklen Schrank unter der Treppe zum Entwickeln der Bilder zu nutzen, verbrachte er den größten Teil seiner freien Zeit in seinem »Labor«, wie er es nannte.

Jacob dagegen liebte Zauberkunststücke. Jeden Tag führte er der Familie einen neuen Taschenspielertrick vor.

Das Haus hatte einen Vorgarten und einen Hof. Am ersten Abend in ihrem neuen Heim in der Lytton Road brachte Benjamin einen kleinen, noch jungen schwarzen Hund für die Kinder mit, der ihnen große Freude machte. Dieses Haus war in jeder Hinsicht ein *Heim*. Sie nannten den Hund Prince, und bald war er der Liebling der Familie. Dann kam noch eine Katze dazu. Später, als Eier knapp wurden, baute Benjamin hinten im Hof Hühnerställe; dort zog eine Henne mit 12 Küken ein. Mit all diesen Tieren, die man versorgen und verwöhnen konnte, hatten die Kinder reichlich Abwechslung.

Yente arbeitete schwer, um ihre heranwachsenden Kinder zu versorgen. Anscheinend gelang ihr alles, was sie anfing. Die Nachbarn nannten sie bald »Yente mit dem grünen Daumen.« Sie brachten ihr kränkliche Pflanzen, auch solche, die schon fast eingingen, und Yente pflegte sie, berührte sie sanft, und bald waren sie gesund und kräftig. Sie pflanzte Kartoffeln und Kohl und konnte sie nach ein paar Monaten auf den Tisch bringen. Die Hühner vermehrten sich. Bald züchtete sie selbst nach, und aus 12 Eiern kamen immer 12 Küken – keines ging ein. Das Leben war herrlich, und Gott war so gut zu ihnen.

Für Gäste war das Haus Lytton Road 34 immer offen. Judenchristen wurden besonders herzlich empfangen; wenn sie Sitenhofs besuchten, bekamen sie ein gutes Essen und liebevolle Segenswünsche.

Zu den Judenchristen, die sich bei Sitenhofs wohl fühlten, gehörten mehrere junge Männer um Mitte zwanzig; sie kamen aus Polen und hatten in England keine Verwandten. Einer war Buchbinder, ein stiller, fleißiger, gebildeter Intellektueller, und hatte keine Heimat außer bei Sitenhofs. Eines Tages fasste er Mut und fragte Yente, ob er bei ihnen wohnen dürfe, und ein kleines Zimmer im zweiten Stock wurde für ihn eingerichtet. Bald war er wie

180

ein Familienmitglied, und auch er nähte abends fleißig mit an den »Bobbins.«

Gegen Ende 1915 kamen keine Zeppeline mehr. Sie waren zu langsam und schwerfällig und boten den englischen Geschützen ein leichtes Ziel. Jetzt kamen statt der Zeppeline Tag und Nacht große, schwerfällige Flugzeuge über den Kanal. Sie warfen ein paar Bomben ab und kehrten eilig wieder nach Frankreich oder Belgien zurück.

Diese Luftangriffe wurden immer gefährlicher und zerstörerischer. Sobald das unheimliche Warnsignal der Sirenen ertönte, wurden die Kinder nach unten gebracht und in Decken gewickelt, denn man konnte das Haus nur mit dem offenen Kamin heizen. Man legte Matratzen unter den Tisch oder unter die Treppe, und die Familie versammelte sich in der Diele im Tiefparterre, die als Wohnzimmer diente. Auf den Straßen riefen Polizisten und spezielle Luftschutzwarte: »In Deckung! In Deckung!«

Wenn die Bomben fielen, zerbrachen durch die Erschütterung unweigerlich Fensterscheiben. Zweimal war es nur Gottes besonderem Schutz zu verdanken, dass nicht die ganze Familie umkam. Während der Luftangriffe, die oft zwei oder drei Stunden dauerten, steckte Lydia, die Gott liebte, die Finger in die Ohren (um den betäubenden Lärm abzumildern) und betete. Ihr Glaube war einfach: Sie verließ sich ganz selbstverständlich auf Gott. Lydia zeigte nie Angst oder Schreckreaktionen wie das kleine Mädchen im Nachbarhaus, das den ganzen Tag bedauert werden wollte, weil die Bomben in der Nacht ihm so viel Angst machten. Wenn Lydia beim Beten keine Worte mehr einfielen, wiederholte sie immer und immer wieder den 23. Psalm:

Der Herr ist mein Hirte, mir wird nichts mangeln ...
Er führet mich ... Und ob ich schon wanderte im finstern Tal,
fürchte ich kein Unglück ... Gutes und Barmherzigkeit werden
mir folgen mein Leben lang, und ich werde bleiben im Hause
des HERRN immerdar.

Barmherzigkeit nach dem Gesetz

In den Kriegsjahren hatte Yente viel zu tun, um ihre Familie gut zu ernähren und zufrieden zu stellen. Als das Hühnerfutter knapp wurde, schickte sie die kleineren Kinder samstagvormittags zum Markt, um die äußeren grünen Blätter zu sammeln, die von den Kohlköpfen abgelöst worden waren. Manchmal stolperten sie nach Hause mit je zwei großen Taschen voll. Zur Belohnung bekam dann jedes ein Ei für sich.

Aber Yente fand noch Zeit, um etwas für Gott zu tun. Die Missionarinnen im East End waren immer mit Besuchen bei Kranken und bei armen jüdischen Familien beschäftigt; oft kamen sie gerade rechtzeitig, um bei einer Entbindung zu helfen; dann taten sie die niedrigsten Arbeiten. Yente stieß zu ihnen und arbeitete mit ihnen zusammen, und sie ging nie ohne ein Geschenk. Am beliebtesten waren Eier von ihren eigenen Hühnern, besonders jetzt, wo Eier knapp und rationiert waren. Yente hatte immer ein Dutzend im Vorrat »für die Armen.«

Besonders lag ihr eine jüdische Familie am Herzen, die Rosen hieß und sieben kleine Kinder hatte. Sie waren mehrere Jahre lang zu den Gottesdiensten im Missionshaus gekommen, und der Vater bezeichnete sich selbst als Christ, aber seine Lebensführung war nicht vorbildlich. Daher litten seine Frau und die Kinder oft unter Hunger und Kälte.

Für diese arme Jüdin war Yente ein Helfer in der Not. Sie wusste, dass Esther Rosen noch auf koscherer Ernährung bestand, und wenn sie ihr eins von ihren Hühnern schenkte, legte sie Wert darauf, es von einem *Schojchet* schlachten zu lassen, einem formell dazu bestimmten und berechtigten jüdischen Metzger. Das hieß, dass sie ein lebendiges Huhn in einer Stunde Busfahrt zum jüdischen Schlachthof bringen musste. Oft war das ein Hahn, der die Mitfahrer auf dem ganzen Weg in die Stadt durch Krähen unterhielt.

Wenn das Huhn nach jüdischer Vorschrift geschlachtet worden war, musste Yente es rupfen und nach jüdischem Brauch zubereiten. Dazu musste es eine Stunde lang in kaltem Wasser liegen, dann von allen Seiten mit Salz bedeckt und eine halbe Stunde so liegen

182

gelassen werden, damit das Blut ungehindert abfloss, denn die Kinder Israel dürfen nichts essen, was Blut enthält. Dann setzte sie das Huhn zum Kochen auf, rollte Teig aus und machte selbst Nudeln, scheuerte den Fußboden und wusch die Kinder. Bis dahin war das Essen fertig, und die Kinder warteten schon darauf.

Wenn Yente fertig war, war es gewöhnlich schon spät, und sie war müde. Während der Arbeit sprach sie mit Esther Rosen vom Messias und versuchte der einfachen Jüdin zu erklären, dass er sie liebte und an ihrem Ergehen Anteil nahm.

Frau Rosen sagte nie mehr dazu als: »Sie sind für mich ein Engel, Frau Sitenhof. Was täte ich ohne Sie?« Wenn das Geschirr abgewaschen, die Wohnung tipp-topp, die Kinder zu Bett gebracht waren und Esther ihren Gutenachtkuss bekommen hatte, ging Yente endlich und kam gegen Mitternacht rechtschaffen müde nach Hause. So setzte sie sich immer wieder für Gott ein und hatte Freude daran.

23. Luftangriff

1916 wurden die Nahrungsmittel jeden Tag knapper, und Yente war voll damit beschäftigt, ihre Familie so gut wie möglich zu ernähren. Es gab zu wenig Kartoffeln, die das Hauptnahrungsmittel waren, und zu wenig Margarine, von Butter gar nicht zu reden.

Stundenlang stand Yente Schlange, und oft war die Ware gerade ausverkauft, wenn sie an die Reihe kam. Dann kam sie müde, enttäuscht und ohne Lebensmittel nach Hause. Schließlich wurden die Waren rationiert, wenn auch nicht auf sinnvolle Weise. Immerhin wurden die verfügbaren Güter gerechter verteilt.

Mit dem Fortschreiten des Krieges wurden die Luftangriffe häufiger und heftiger. Die Flugzeuge kamen in Schwärmen über den Kanal wie Vögel, und das Dröhnen von 20 oder 30 Motoren hoch in der Luft ließ die Menschen erschauern, während sie eilig Deckung suchten. Ein solcher Angriff kam an einem Samstagvormittag, als die Hausfrauen auf dem Markt einkauften. Yente hatte die drei Mädchen zu Hause mit Hausarbeiten beauftragt, während sie selbst in den endlosen Schlangen anstand. Plötzlich tauchte wie aus dem Nichts ein ganzer Schwarm Flugzeuge auf. Zugleich erschienen Polizisten zu Pferd und zu Fuß, die Reiter galoppierten über die High Street und riefen den Leuten Befehle zu, schnell in Deckung zu gehen.

Yente geriet in helle Aufregung, weil ihre Töchter allein zu Hause waren, löste sich aus der Menge und rannte sofort nach Hause – das war etwa zehn Blocks entfernt. Um sie her herrschte völlige Verwirrung. Ein Polizist versuchte, sie festzuhalten und in einen Hauseingang zu schieben, aber sie befreite sich und rief: »Meine Kinder, ich muss nach Hause zu meinen Kindern!«

Dann fielen Bomben in der Umgebung. Jedes Mal wenn sie das Pfeifen hörte, hielt sie sich am nächsten Laternenpfahl fest, schloss die Augen und betete: »Herr, bring mich sicher nach Hause; die Kinder brauchen mich.« Die drei Mädchen zu Hause packte die Angst, als sie das Pfeifen und die »In Deckung«-Rufe und dann das schauerliche Heulen der Sirenen hörten. Ihre Mutter war draußen

184

auf der Straße. Sie wussten instinktiv, dass sie zu ihnen laufen würde ohne Rücksicht auf die Bomben, und das machte ihnen mehr Angst als die erschreckenden Explosionen. Sie standen an der Wand und baten Gott unter Tränen und Angstschreien für Leben und Gesundheit ihrer Mutter. Das war der schlimmste Luftangriff, den sie bisher erlebt hatten.

Draußen schossen die Flakgeschütze vor dem Haus auf die deutschen Flugzeuge. Jedes Mal, wenn ein Schuss fiel, hatte man das Gefühl, als wäre meilenweit im Umkreis alles zusammengebrochen. Das Haus wankte von Grund auf.

Dann ertönte über dem Lärm ein Schrei. Sie hörten ihn im Tiefparterre. Es war ihre Mutter. »Gott, du hast mich gerettet, du hast meine Kinder beschützt, ich danke dir!« Damit brach sie am Fuß der Treppe vor den Augen der Mädchen zusammen.

Solche Erinnerungen behält man sein Leben lang. Sie brennen sich ins Gedächtnis und ins Herz. Rundum mögen Tumult, Verwirrung und Zerstörung sein, aber wer an Gott glauben kann, den beschützt er und führt ihn sicher durch das Chaos. Gegen solche Menschen kann selbst die Hölle nichts ausrichten.

Der Krieg schien sich endlos hinzuziehen, und er hinterließ seine Spuren an den Menschen. Benjamin arbeitete zu jeder Tages- und Nachtzeit schwer, und manchmal wurde er für mehrere Tage mit geheimen Aufträgen weggeschickt. Er war dünn und blass und Yente ebenso. Trotzdem war eine so friedliche Atmosphäre im Haus, dass es wie eine Oase in der Wüste wirkte. Wenn die Familie beim Abendessen zusammen war und die Zeit für die Abendandacht kam, dann fiel Lydia unwillkürlich das Salböl von Gilead ein: Fast schien es ihr, als sei es über dieses Haus ausgegossen worden. Sicher aber war Jesus Christus hier bei ihnen.

1918 wurde Benjamin wegen der wichtigen Arbeit, die er für die Regierung tat, zum dritten Mal vom Wehrdienst freigestellt. Danach verhielten sich die Kollegen an seinem Arbeitsplatz so feindselig gegen ihn, dass er nicht mehr sicher war, wenn er bei Dunkelheit auf der Straße gesehen wurde. Das Problem wurde dem Hauptmann vorgetragen, der die Fabrik leitete, und er verbürgte sich für seine Sicherheit während der Arbeitszeit, aber als die Frage nach seiner Sicherheit nach der Arbeit zur Sprache kam, schüttelte er den Kopf. Aber Gott schützte Benjamin, und es geschah ihm kein Unglück.

Waffenstillstand

Am 11. November 1918 kam der Waffenstillstand so plötzlich, wie die Kriegserklärung gekommen war. Das war ein Freudentag! Auf den Straßen wurden Freudenfeuer angezündet, und überall gab es bei Tag und Nacht Feuerwerk, was den jüngeren Sitenhofs sehr gefiel.

Aber sobald es dunkel wurde, versammelten Benjamin und Yente ihre Kinder um den Tisch vor dem offenen Kamin, und Vater las aus der Bibel vor und erklärte den Text. Man las aus den Psalmen und lobte und dankte Gott, während draußen die Menge die ganze Nacht durch feierte und trank, als wollte sie den Teufel selbst ehren, der den Krieg und das Blutvergießen angerichtet hatte.

Lasst Glasgow blühen

Als der Krieg vorbei war, wurde Ernest klar, dass er sich auf eine hauptberufliche Arbeit als Prediger vorbereiten sollte. 1919 ging er nach Glasgow in Schottland und studierte dort drei Jahre am *Bible Training Institute*, einer hervorragenden christlichen Ausbildungsstätte für Missionare und Prediger.

Glasgow war damals ein großes Zentrum der evangelikalen Glaubensrichtung. Sein Motto war: »Lasst Glasgow blühen durch die Predigt des Evangeliums.« Aber später wurde das Motto gekürzt zu: »Lasst Glasgow blühen.«

Als Student nahm Ernest intensiv an allen christlichen Einsätzen und Aktivitäten in Glasgow teil. Er besuchte Straßenversammlungen und Gottesdienste in Missionszentren, und er sprach aus tiefer persönlicher Überzeugung von Jesus. Natürlich waren Ernests besonderes Anliegen seine jüdischen Brüder.

Samstags und sonntags nahm er an Gottesdiensten im Stadtteil Gorbels Cross teil, wo die meisten Juden wohnten. Er und auch andere wurden oft mit »Willkommensgrüßen« wie verdorbenen Tomaten, faulen Eiern und ähnlichen »Freundlichkeiten« empfangen. Aber trotzdem machte Gott auch bei diesen Leuten, die anscheinend nichts vom Evangelium hielten, einige auf die lebenschaffende Kraft seiner Aussagen aufmerksam, und sie glaubten an ihn.

Nach dem Krieg richteten sich Benjamins Wünsche wieder auf die Äußere Mission. In Russland tobte die bolschewistische Revolution, und er fragte sich, wie sie enden würde. Hatten seine Schwestern und die anderen Verwandten das Blutvergießen überlebt? Er fing an zu beten: »Herr, nach einem Krieg haben immer viele das Bedürfnis, dich zu finden. Schicke mich in ein Arbeitsfeld, das du bestimmst.«

Drei Jahre lang bat Benjamin Gott, ihn hinauszuschicken, und als ihm 1921 die presbyterianische Kirche von Irland einen Auftrag gab, war er vorbereitet.

Die freie Stadt Danzig an der Ostsee war eine schöne Stadt mit 350 000 Einwohnern. Sie grenzte auf der einen Seite an Deutschland, auf der anderen an Polen und hatte eine bewegte Vergangenheit. Sie war der Zankapfel für die beiden Rivalen und hatte erst zu Polen, dann zu Deutschland gehört. Die meisten Einwohner waren Deutsche, und Deutsch war auch die Verkehrssprache. Als Deutschland den Krieg verlor, erklärte der Völkerbund Danzig zur freien Stadt mit eigener Regierung und eigenen Pässen. Im Lauf der russischen Revolution kamen Tausende von Flüchtlingen über Polen nach Danzig, sowohl Juden als auch Nichtjuden. Dort konnten sie bleiben, wenn sie dem Staat nicht zur Last fielen.

Viele von diesen Flüchtlingen waren reiche jüdische Kaufleute, Studenten, Lehrer usw. Die reichen Juden brachten Schmuck und andere teure Besitztümer mit, verkauften sie nach und nach und konnten so eine komfortable Existenz aufbauen. Manche machten Geschäfte auf, andere handelten an der Börse (wobei sie oft alles verloren), und wieder andere machten sich auf Leben oder Tod von Glücksspielgewinnen oder -verlusten abhängig. Sie spielten in dem bekannten Spielkasino im nahen Zoppot, wo jeder Roulette und andere Glücksspiele spielen durfte, nur nicht die Danziger.

Aber es gab auch Flüchtlinge, die arm waren: Menschen jeden Alters, die ihr Leben vor der russischen Revolution gerettet, aber alles andere verloren hatten – manche sogar ihre Familie. Das war eine bunt zusammengewürfelte, orientierungslose Menge ohne Wohnung, Essen und Arbeit. Vor allem geistlich waren sie heimatlos und verlassen.

Zu diesen Armen, nicht zu den Reichen, ging Benjamin, sobald er Einreisepapiere bekam. Er hatte besonders gute Voraussetzungen für die Arbeit in Danzig, denn hier war er unter seinen Volksgenossen; er kannte ihre Geschichte und verstand ihre Lage. Er konnte ihre Sprache sprechen – Russisch, Polnisch oder Deutsch – und ihnen helfen wie kein anderer.

Familienrat

Als Benjamin den Auftrag bekam, in Danzig zu arbeiten, fand ein Familienrat statt. Yente und die Kinder wollten nur äußerst ungern das Haus verlassen, das sie nur so schwer hatten bekommen können. Aber als sie sahen, wie seine Augen vor freudiger Erwartung leuchteten, wurden sie von der Lust angesteckt, Abenteuer für Gott zu erleben. Es wurde entschieden, dass Benjamin zuerst fahren sollte, denn so kurz nach dem Krieg war es schwierig, für die ganze Familie Pässe zu bekommen. Die Familie würde dann etwa in einem Jahr folgen, wenn er heimisch geworden war.

Benjamin fühlte sich so sehr zu dieser Arbeit gedrängt, dass er nicht einmal auf einen britischen Pass wartete, obwohl er berechtigt war, einen solchen mitzunehmen. Er nahm stattdessen einen polnischen Pass, was er später sehr bedauerte.

Die Reise nach Danzig dauerte mit dem Zug drei Tage, und Benjamin besuchte unterwegs noch David Fogel, seine Schwester Dora und ihre Familie, die im Westen Deutschlands lebten und von denen er seit 1914 nichts gehört hatte.

Für Yente, die so oft umgezogen war und einen Wohnort nach

188

dem anderen hinter sich gelassen hatte, war dies nur ein zusätzlicher Umzug in der Arbeit für Gott, und sie war dazu bereit. Aber die Kinder? Mary und Lydia würden natürlich mitkommen. Man konnte sie noch nicht allein zurücklassen. Betty war mit einem Engländer verlobt und sollte im nächsten Jahr heiraten. Ernest wollte seine Ausbildung zum Prediger fortsetzen. Jack wusste noch nicht, wie seine Zukunft aussehen sollte. Er arbeitete als Lehrling in derselben Fabrik wie sein Vater und schien nicht fortziehen zu wollen. Also beschloss man, dass er eine Zeit lang in England bleiben und sehen sollte, ob er sich allein durchschlagen konnte.

Dass sie von den Jungen getrennt werden sollte, betrübte Yente, denn sie wusste, wie sehr sie sie noch brauchten. Aber Gottes Auftrag musste sie nachkommen.

Das einzige Möbelstück, von dem Sitenhofs sich nur höchst ungern trennten, war das Klavier. Sie hatten es während des Krieges gekauft, und jedes Familienmitglied hatte dazu beigetragen. Nur das Klavier wurde verkauft, alles andere wurde, so wie es war, verschenkt. An Dingen – materiellen Gegenständen – hingen Sitenhofs nicht. Alles, was ihnen bei ihrem Einsatz für Gott im Weg sein konnte, gaben sie ohne Bedauern weg. Und seltsam – jedes Mal gab ihnen Gott ein schöneres Haus, und jedes war besser eingerichtet als das vorige.

Benjamin lebte nach dem Vorbild des Apostels Paulus, des größten Missionars der Geschichte. Er dachte nicht an sein persönliches Wohlbefinden. Seine Leidenschaft war die Arbeit für Gott, und sein sehnlichster Wunsch und seine Bitte war, dass Israel Christus anerkannte (Röm 10, 1).

Oft vergaß Benjamin völlig, dass er eine Familie hatte; er konzentrierte sich ganz auf das, was Gott betraf (Lk 2, 49). Seine Familie verstand nicht immer, was er tat und wie sehr er sich nach dem richtete, was Gott wollte, und das verursachte oft große Unruhe. Um solche völlige Hingabe würdigen zu können, muss man schon selbst im geistlichen Leben geübt sein.

24. Danzig, Tor zum Westen

Als Benjamin ein Jahr lang in Danzig gearbeitet hatte, fand er sein Gefühl bestätigt, dass er dort war, wo Gott ihn haben wollte – und mehr als das. Wenn er sein Arbeitsfeld betrachtete, sah er, wie ahnungslos die Menschen in geistlichen Dingen waren und wie dringend jemand gebraucht wurde, der den vielen Heimatlosen in dieser großen Hafenstadt sagen konnte, dass es lohnendes Leben gibt. Er ging ganz in seiner Arbeit auf. Aber sie war mühsam. In Danzig gab es Tausende von Juden, aber niemand sprach von Christus. Hier war unbearbeitetes Brachland voller Dornen und Disteln. Das war für Benjamin eine große Herausforderung.

Menschen aus den verschiedensten Nationen bevölkerten Straßen, Hotels und Restaurants, Strände und Spielhallen. Danzig war in doppeltem Sinn eine »freie Stadt«: Es war auch ein Ort moralischen und religiösen Verfalls.

Frachtschiffe aus aller Welt legten in Danzig an, um Ladungen aufzunehmen oder zu löschen. Danzig und später seine Konkurrenz, der neu erbaute polnische Hafen Gdynia, waren Bindeglieder zwischen Ost und West, zwischen Russland, Polen und der übrigen Welt. Hier wurden die Flüchtlinge aus der Ukraine, die in den frühen zwanziger Jahren zu Tausenden vor dem bolschewistischen Regime flohen, registriert und abgefertigt, ehe sie als Einwanderer in ein anderes Land weiterreisen durften. Hier mussten sie eine Zeit lang wie Tiere in Quarantäne leben und auf die Schiffsreise in die Vereinigten Staaten warten. Unter diesen Flüchtlingen waren viele Juden.

Benjamin kümmerte sich um die Bewohner der hastig für die Emigranten aufgeschlagenen Notlager. Nur wenige waren früher schon einmal im Ausland gewesen, und nun waren die meisten in der fremden, verwirrenden Weltstadt völlig orientierungslos. Benjamin verteilte jiddische, polnische und deutsche Traktate und Neue Testamente, und er half ihnen mit ihren praktischen Problemen, wo immer er konnte. Diese armen Heimatlosen lernten Benjamin lieben. Manche weinten bitterlich, als sie endlich ausreisen

190

durften. Mehrere erkannten Jesus als ihren Messias an, bevor sie an Bord gingen.

Es war ein denkwürdiger Anblick, wenn die ukrainischen Bauern und ihre jüdischen Leidensgenossen mit ihren Tieren die Schiffe bestiegen, Töpfe und Pfannen und andere Habseligkeiten auf dem Rücken. Manche weinten aus Angst vor dem großen Meer, das sie überqueren mussten, manche weigerten sich tatsächlich im letzten Augenblick an Bord zu gehen. Viele fassten Mut, wenn Benjamin ihnen sagte, dass am Ende ihrer Reise auch Menschen sein würden, die den Messias Jesus liebten und sie gern aufnehmen würden. Dass er ihnen Liebe zeigte, gab ihnen Zuversicht.

Im September 1922 kamen Yente und die Mädchen in Danzig an; die Jungen blieben in England. Elizabeth sollte im nächsten Jahr wieder nach England fahren und ihren englischen Gutsbesitzer heiraten. Benjamin hatte vorläufig eine möblierte Wohnung für seine Familie gemietet. Sie lag im dritten Stock eines Gebäudes mit Blick auf das Danziger Gefängnis, einen düsteren und deprimierenden Ort. Immer wenn die »grüne Minna« wieder einmal am Tor ankam, vollgeladen mit Menschen, denen man verschiedene Verbrechen vorwarf, liefen die Mädchen ans Fenster und beobachteten den Vorgang weinend.

Tausende von Bettlern kamen an die Türen. An den meisten Familienmahlzeiten nahmen ein oder zwei hungrige Fremde teil. Sie bekamen ihr Essen auf der Treppe von Lydia, die viel Freude daran hatte, sie zu versorgen. Sie forderte sie sogar auf wieder zu kommen, und wenn sie gingen, bekam jeder ein Traktat oder ein Evangelium. Die Nachricht verbreitete sich schnell unter den Bettlern, und bald kamen viele neue »Kunden.«

»Jerusalem« in Danzig

In dieser Zeit beschloss die presbyterianische Judenmission Irlands ein Missionshaus zu bauen, und Benjamin wurde gebeten, den Bau des großen fünfgeschossigen Gebäudes zu überwachen; es sollte das erste Missionszentrum für Juden in der Stadt Danzig werden. Es war die Zeit der Inflation, und der Gulden, die Danziger Währung, verlor täglich an Wert. Wenn ein Mann seinen Lohn ausgezahlt bekam, bekam er für einen Tageslohn nur noch einen Laib Brot. Die Folge war, dass die Arbeiter nur noch zur Arbeit bereit waren, wenn sie täglich oder sogar stündlich entlohnt wurden. Aber auch dann wurden viele mutlos. Was nützte es, für Geld zu arbeiten, das das Papier nicht wert war, auf das es gedruckt war? Überall in der Stadt wurden »Wechselstuben« eingerichtet. Ausländische Währungen, besonders das britische Pfund und der amerikanische Dollar, waren heiß begehrt.

Für die kleinen Leute war das Leben in Danzig ein nie endender Kampf um die nächste Mahlzeit. Selbstmord war an der Tagesordnung. Unmoral und Korruption griffen in Danzig um sich. Die übliche Einstellung schien zu sein: »Laßt uns essen und trinken; denn morgen sind wir tot« (1. Kor 15, 32).

In das neu erbaute Missionshaus, das man »Jerusalem« taufte, kamen viele Flüchtlinge und wurden dort aufgenommen. Die meisten waren junge Männer, verlassene und mittellose Jungen zwischen 17 und 23 Jahren, die aus verschiedenen Ländern Osteuropas flüchteten. Viele kamen aus Polen und Russland.

Tausende solcher heimatlosen jungen Juden fanden in Danzig Zuflucht. Manche bekamen eine Unterkunft im »Missionshaus Jerusalem« und begegneten dort dem Messias. Im Erdgeschoss waren eine Buchhandlung und ein Hörsaal, im ersten und zweiten Stockwerk Missionarswohnungen und im dritten und vierten Stockwerk ein Heim für mittellose jüdische Bittsteller.

Im »Jerusalem« bekamen sie nicht nur Unterkunft und regelmäßiges Essen, sondern auch »geistliche Nahrung.« Es wurde ihnen empfohlen, die Bibel zu lesen und etwas über den Messias Israels zu erfahren. Später dachten viele von diesen Leuten dankbar an das Gute, das sie Anfang der zwanziger Jahre in diesem Missionshaus erlebt hatten. Manche wurden schließlich selbst Missionare für ihr Volk.

Hochzeitsglocken

Im Sommer 1923 fuhr Betty wieder nach England, um zu heiraten, und Yente und Lydia kamen mit. Betty war 22 Jahre alt und eine schöne Braut, immer ruhig und oft nachdenklich, und man konnte ihr ihre tieferen Gefühle nicht anmerken. In ihrem jungen Leben hatte sie schon so viel Traurigkeit und so wenig Glück und Wohlbefinden erlebt, dass die Aussicht, sich in England in einem eigenen Heim niederzulassen, sie begeisterte. Ihr Mann war ein Viehhändler mit einem ländlichen Adelssitz aus einer wohlhabenden adligen Grundbesitzerfamilie in Essex.

Als die Hochzeit vorbei war und der Abschied kam, waren Yente und Lydia tieftraurig, dass sie wieder nach Danzig fahren mussten.

Eine der einsamen heimatlosen Jüdinnen, die Christin geworden und zum »Missionshaus Jerusalem« in Danzig gekommen war, war Bronislava Jamaika, eine etwa 30 Jahre alte polnische Jüdin. Bronislava wurde wegen ihres Glaubens an den Messias von ihrer Familie völlig abgelehnt. Sie wurde in die Familie Sitenhof aufgenommen, bevor die Mission offiziell eröffnet wurde, und blieb mehr als zwei Jahre bei ihnen. In dieser Zeit schloss sie sich eng an die Familie an, aber am liebsten mochte sie Lydia. In ihrem Handwerk, der Herstellung künstlicher Blumen, konnte sie keine Arbeit finden; so half Bronislava im Haus und machte sich nützlich, wo sie konnte. Ihre Familie lehnte sie ab und hatte den Kontakt abgebrochen, daher fühlte sie sich allein und unsicher. Aber Yente half ihr und führte sie im Glauben weiter, und Mary und Lydia hielten sie beschäftigt; so lernte sie wieder lachen und fühlte sich wohl.

An Lydias sechzehntem Geburtstag erzählte ihr Broni (so nannten sie sie liebevoll) etwas von ihrer Vergangenheit in Polen. Sie berichtete, wie herzlos ihre Familie sich verhalten hatte, als sie entdeckte, dass sie zur Missionsstation ging, und wie sie daraufhin arbeitslos geworden war. Lydia war eine gute und einfühlsame Zuhörerin; sie fragte Broni, ob es noch jemanden in ihrer Familie gäbe, der an den Messias glaubte, und sie antwortete: »Ja, ich habe einen Vetter, 21 Jahre alt, der sich zu Christus hält und sich hat taufen lassen. Er studiert jetzt an der Universität Warschau. Er hat mir

193

den ersten Anlass gegeben, mich für das Christentum zu interessieren. Er ist ein sehr netter junger Mann, es wäre schön, wenn du ihn kennen lernen könntest. Vielleicht würdest du dich dann in ihn verlieben und ihn eines Tages heiraten.« »Wie heißt er?«, fragte Lydia. »Victor Buksbazen.« Lydia vergaß dieses Gespräch bald, und nicht einmal der Name blieb dem jungen Mädchen im Gedächtnis.

Es war Bronis Wunschtraum, den Rest ihres Lebens mit Lydia zu verbringen, die sie so gut verstand, und häufig dachte sie darüber nach, wie das möglich werden könnte.

»Lydia«, sagte sie oft, »wenn du heiratest, komme ich und wohne bei dir und versorge deine Familie, solange ich lebe.«

Ein- oder zweimal erwähnte Broni noch liebevoll den Vetter Victor, aber so sehr sie wünschte und plante, es gab keine Möglichkeit, ihn in die Nähe von Danzig zu bringen.

Eines der größten Probleme, mit denen die Mädchen zu kämpfen hatten, war die deutsche Sprache. In ihrer frühen Kindheit hatten sie mehrere Jahre lang nur Deutsch gesprochen. Aber seit sie in London lebten, hatten sie nur noch Englisch gesprochen, besonders während des Krieges. Deutsch verlernten sie schnell. Kinder lernen eine Sprache so schnell und vergessen sie auch ebenso schnell wieder. Jetzt bemühten sich Mary und Lydia, wieder Deutsch zu lernen, aber sie strengten sich nicht genug an. *Warum Deutsch lernen, wenn so viele Deutsche und auch Danziger Englisch sprechen oder doch anscheinend verstehen?*, dachten sie. Viele Flüchtlinge planten, hofften oder träumten davon, eines Tages nach England oder Amerika zu kommen, und gaben sich große Mühe, Englisch zu lernen. »Sprich Englisch mit mir«, baten sie, um die Sprache zu hören.

So wurde nichts aus den Plänen der Mädchen, Deutsch zu lernen, und Lydia beschloss, an einem Kurs in Stenografie und Schreibmaschine für Sekretärinnen teilzunehmen. Aber sie kam nur langsam vorwärts, denn sie konnte den deutschsprachigen Lehrer nicht verstehen. Nach sechs Monaten, als ihr Sekretärinnenkurs erst zur Hälfte abgeschlossen war, fand Lydia eine Stelle als Privatsekretärin bei einem Holzexporteur. Er meinte, es würde das Ansehen seines Geschäftes fördern, eine englische Sekretärin für seine

194

Kunden zu haben. Aber seine »englische Sekretärin« konnte weder deutsche Briefe schreiben noch englische Diktate richtig aufnehmen – jedenfalls nicht seine Diktate. Der englische Wortschatz ihres Chefs bestand hauptsächlich aus »Good morning«, »Good afternoon«, »Have a cup of tea« und »Good business.«

So wurde die Stelle die einer Botin, die keine Büroarbeit zu tun hatte. Lydia musste bei jedem Wetter unterwegs sein. Im Winter, wenn es bitterkalt war (manchmal 20°C unter Null), musste sie Briefe, Botschaften und Dokumente zu Banken, Reedereien und Kunden bringen. Manchmal schickte man sie zu den Docks, um Versandpapiere zu einem Schiff zu bringen. Die Docks und die Schiffe faszinierten sie. Benjamin war nicht glücklich, dass Lydia eine Stelle angenommen hatte, bevor ihre Ausbildung abgeschlossen war, aber er wusste, dass dies ein Opfer war, das ein Missionar auf sich nehmen muss, wenn er seine Kinder im Einsatz bei sich haben will, und so sagte er nichts.

Drei Monate lang lief Lydia bei eisiger Kälte in der Stadt umher, dann kündigte sie ihre erste Stelle und bewarb sich um eine Arbeit bei einer skandinavischen Reederei. In englischer Stenografie hatte sie nur wenig Übung, aber am Abend vor dem Vorstellungsgespräch sah sie noch einmal ihr Stenografie-Lehrbuch durch. Am nächsten Tag wurde sie, aufgeregt und ängstlich, in das Büro des Kapitäns Burton gebeten, eines Engländers, der eine Sekretärin suchte. Lydia wollte diese Stelle sehr gern haben, aber insgeheim wusste sie, dass sie schlecht darauf vorbereitet war.

Kapitän Burton schaute das schmächtige Mädchen an, das mit gerade 16 Jahren fast vier Jahre jünger war als alle anderen Mädchen in der großen Firma, und lächelte heimlich. Ihre langen Korkzieherlocken baumelten ihr über die Schultern, und als er sagte, er wolle sie prüfen, griff sie mit selbstbewusster Miene (immerhin konnte sie ja Englisch sprechen) nach Block und Bleistift. Aber als sie versuchte, das Diktierte wieder vorzulesen, war es offensichtlich, dass sie keine Erfahrung hatte. »Nur Mut, Kleines«, sagte Kapitän Burton zu ihr. »Es war ein tapferer Versuch. Sie haben Mut, das mag ich. Kommen Sie nächstes Jahr wieder, dann sind Sie 17 und haben schon mehr Übung.«

Lydias Mut sank, und sie kämpfte mit den Tränen. »Kapitän Burton«, sagte sie, »bitte geben Sie mir noch eine Chance vor dem nächsten Jahr. In drei Tagen komme ich wieder, und wenn ich dann bei Ihnen durchfalle, warte ich bis nächstes Jahr. Aber dann bin ich bestimmt gut genug.« Kapitän Burton klopfte ihr breit grinsend auf die Schulter. »Bei dem Unternehmungsgeist kann ich schlecht nein sagen«, sagte er, »aber ich kann mir um die Welt nicht vorstellen, wie Sie das in drei Tagen schaffen wollen.«

Das war die Herausforderung, die Lydia brauchte. Sie lief nach Hause, holte ihre Bücher heraus, und jeder, der auch nur ein klein wenig Englisch konnte, musste ihr diktieren oder wenigstens zu ihr sprechen, während sie mitstenografierte. Dann übertrug sie jedes Wort, so gut sie konnte. In den nächsten drei Tagen musste ihr jeder Besucher der Mission wohl oder übel helfen, denn im Augenblick war ihr diese Stelle wichtiger als alles andere. Drei Tage lang dachte Lydia nicht an Essen oder Schlafen, aber als sie am Donnerstag derselben Woche wieder kam, um sich prüfen zu lassen, konnte es der verblüffte Kapitän Burton nicht glauben: Sie bestand die Prüfung und bekam die Stelle bei Bergenske Baltic Transports Ltd.

Der Hauptsitz der Gesellschaft war ein fünfstöckiges Bürohaus, wo Lydia mit Dänen, Norwegern, Schweden und Briten zusammen arbeitete. Da konnte sie den ganzen Tag Englisch sprechen. Sie lernte schnell, was sie zu tun hatte, und wurde so tüchtig, dass Kapitän Burton, der die Firma kurz darauf verließ und selbständiger Vertreter für Lloyds of London wurde, Lydia bat, für ein beträchtlich erhöhtes Gehalt weiter als seine Sekretärin zu arbeiten. Aber nichts konnte sie von ihrer Stelle weglocken, auch nicht die Vorstellung, das doppelte Gehalt zu bekommen. Geld bedeutete Lydia nichts. Die Reederei, das bedeutete Reisen und Abenteuer, und da wollte sie bleiben.

Bald gab es wirklich Möglichkeiten zum Reisen. Im Sommer sollte sie mit einem 1500-Tonnen-Frachtschiff mit Holz aus den baltischen Staaten nach London fahren. Solche Frachter beförderten meist mehrere Passagiere, die alle Büroangestellte der Firma waren. Aber diese angenehme fünftägige Reise nach London war nur bewährten Mitarbeitern vorbehalten.

25. Die unsichtbare Wand

Die freie Stadt Danzig war *der* Verkehrsknotenpunkt Osteuropas. Hier sammelten sich Emigranten, um in bessere und freiere Länder weiterzureisen. Junge Juden, die in ihren antisemitisch geprägten Heimatländern keine höheren Schulen und Universitäten besuchen konnten, kamen hier zusammen, wo die Atmosphäre offener und freundlicher war.

So kam es, dass eines Tages Benjamins Schwester Sima in Danzig auftauchte; sie brachte mehrere erwachsene Söhne und Töchter mit, um zu sehen, ob sie dort studieren könnten. Benjamin war hoch erfreut, seine Schwester zu sehen; seit er vor 20 Jahren Christ geworden war, hatte er sie nicht mehr gesehen. Sie war mit einem Geschäftsmann namens Aaron Goldberg verheiratet und Mutter von zehn Kindern.

Ihre älteren Kinder waren schon Ingenieure und Ärzte, und manche von den jüngeren studierten an der Universität Warschau. Sima war sehr freundlich zu Benjamin. Sie sagte: »Wir wollen nur daran denken, dass du mein Bruder bist und ich deine Schwester, dann kommen wir gut zurecht. Besuche uns einmal in Warschau, und bring deine Familie mit. Wir würden uns sehr freuen.«

Eines Tages machte Benjamin sich auf und besuchte seine Schwester und seinen Schwager in ihrem gepflegten und großzügigen Haus in Warschau. Es war ein gastfreies Haus und für jeden offen, und oft versammelten sich die jungen Leute aus den gebildeten jüdischen Kreisen dort. Das war Benjamins heimische Umgebung: großzügig, gepflegt und fröhlich. Goldbergs empfingen ihn mit offenen Armen, aber schon bald fühlte er sich fehl am Platz. Wo niemand Christus anerkannte, fühlte er sich nicht zu Hause. Er spürte den Konflikt zwischen der Verpflichtung gegen seine natürlichen Angehörigen und der Forderung seines Glaubens.

Mary und Lydia, die mit ihrem Vater gekommen waren, um ihre Vettern und Cousinen kennen zu lernen, empfanden diese intensiv jüdische Atmosphäre seltsam. Sie verstanden kein Polnisch, das bei

Goldbergs gesprochen wurde, und so mussten sie sich zur Verständigung mit ein wenig Deutsch behelfen.

Oft kamen Studenten, Ärzte, Ingenieure und leidenschaftliche Zionisten bei Goldbergs zu Besuch. Bei den Juden der frühen zwanziger Jahre blühte der Zionismus. Er war die Hoffnung Israels, das in Europa verfolgt, verachtet und diskriminiert wurde. Bei Goldbergs war der Zionismus die Familienreligion.

Die Sitenhof-Mädchen wussten wenig über die zionistische Bewegung und ihren starken Einfluss auf das Denken und Fühlen der Juden. Für sie war die Zukunft der Juden Gottes Plan für Israel, wie er in der Bibel steht. Dieser glühende jüdische Nationalismus und Zionismus war seltsam und beunruhigend. Die Mädchen hörten aufmerksam zu, und die Leidenschaft dieser jungen Leute erfasste auch sie. Dann hörten sie die jüdische Nationalhymne:

Solange im Herzen darinnen
ein jüdisches Fühlen noch taut,
solang' gen Südost zu den Zinnen
von Zion ein Auge noch schaut –
solang' lebt die Hoffnung auf Erden,
die uns 2000 Jahre verband,
dass ein Freivolk wir wieder werden
in Zions, Jerusalems Land.

Die intensive, ja brennende Sehnsucht in diesem Lied bewegte sie zwangsläufig. Sie sehnten sich danach, dass Gott seinem zerstreuten Volk das Heilige Land wiedergäbe. Hier eröffnete sich ihnen eine neue Welt, und sie wurden von der Begeisterung ihrer vielen Vettern und Cousinen mitgerissen.

Lydia wusste nicht, wie sie sich verhalten sollte. Sie glaubte an den Herrn Jesus Christus, er war ihr Vorbild, und sie wusste, dass sie für ihn eintreten musste, aber hier war es der Familie Goldberg unangenehm, sie wünschte es nicht. Mary sagte nichts zu dem Thema, um niemanden zu kränken. Aber Lydia sagte ihre Meinung, obwohl ihre Vettern ihr sagten, sie solle ihre Religion für sich behalten. Das machte Lydia unbeliebt bei ihren Verwandten. Sie mochten sie und ihre Schwester, aber sie wollten nicht so seltsame religiöse Vorstellungen hören, wie sie Lydia offen aussprach. Die Beziehung zu den Verwandten, die nicht an Christus glaubten, war heikel. Sie wollten die Gemeinschaft mit Tante, Onkel und Cousinen aus England genießen, und sie fühlten sich zueinander hingezogen, aber zugleich war ein deutliches Hindernis da. Oft dachte Lydia an den Vers: »Ich bin nicht gekommen, Frieden zu bringen, sondern das Schwert« (Mt 10, 34).

Im Vorfrühling 1925 bekam Elizabeth, die in England lebte, ihr erstes Kind; es war ein Sohn und hieß Dick. Betty hatte auf der Farm und für die Familie außerordentlich viel Arbeit, also bat sie Lydia, von Danzig zu kommen und eine Zeit lang bei ihr zu wohnen. Das tat Lydia nur zu gern.

Für Lydia war England, wo sie ihre ersten sieben Schuljahre verbracht hatte und vom Kind zu einer jungen Frau herangewachsen war, ihre Heimat. Sie wünschte sich sehr, ihre Familie könnte wieder mit ihr in England sein. Oft bat sie Gott, sie wieder dorthin zu bringen, wenn es seinen Plänen nicht widerspräche, und ihrem Vater ein Einsatzgebiet zu Hause zu geben. In London gab es so viele Juden! Warum konnte er nicht ihnen von Jesus berichten?

Sie glaubte kindlich daran, dass Gott ihr Gebet erhören würde. Sie arbeitete auf der Farm, fütterte die Hühner, versorgte das Baby und half bei der Hausarbeit. Die Zeit verging schnell; aber sie sehnte sich nach ihrer Familie, besonders nach ihrer Mutter.

Eine Gebetserhörung

Etwa um diese Zeit wurde in London die Internationale Jüdisch-Christliche Allianz gegründet. Die erste Konferenz sollte 1926 in London stattfinden. Lydia war begeistert, als sie einen Brief aus Danzig bekam mit der Nachricht, dass ihre Eltern an dieser Konferenz teilnehmen wollten und dass ihr Vater einen Auftrag angenommen hatte, in London mit der Londoner Stadtmission zu arbeiten. Sie war sicher, dass Gott auf ihre Bitten gehört hatte. Ein Gefühl tiefer Dankbarkeit nahm von ihr Besitz. Gott sei Dank, jetzt würde die Familie wieder zusammen sein. Die Jungen würden nicht mehr allein wohnen müssen; sie könnten wieder mit ihren Eltern in der Familie leben. Gott war wirklich freundlich.

Aber Ernest und Jack wollten sich beide zu Predigern ausbilden lassen. Christliche Freunde aus Amerika, die in Sitenhofs neuer Wohnung zu Gast waren, luden die Jungen ein, mit nach Amerika zu kommen; dort hätten sie die Möglichkeit, eine Ausbildung am College zu machen. In England war damals jede höhere Ausbildung unerschwinglich. Nur die Reichen konnten sich ein Studium am College leisten.

Auf zum Moody-Institut

Im Frühjahr 1926 reiste Ernest nach Chicago, um am *Moody Bible Institute* zu studieren. Wenige Monate später war auch Jack an Bord des Schiffes »Leviathan« auf dem Weg nach Chicago und zum *Moody Bible Institute*. Yente fiel es schwer, sich von ihren Lieben zu trennen, aber sie sah, dass es bedeutete, dass sie in Zukunft für Gott arbeiten könnten, und sie war dankbar für die Möglichkeit, die sich ihnen bot.

Lydia war in London in ihrem Element. Zuversichtlich suchte sie Arbeit als Sekretärin. Weil sie etwas Deutsch konnte, bekam sie eine Stelle in einer Reederei in London. Mary arbeitete als Verkäuferin in einem Kaufhaus. Bald führten Sitenhofs ein ruhiges Leben, und Bettys Sohn Dick war eine Freude für die ganze Familie.

Damals errichtete die Barbican-Mission für Juden in London ein Heim und eine Schule für bedürftige junge Judenchristen. Benjamin wurde gebeten, die Leitung zu übernehmen. Er schien für diese Arbeit besonders geeignet zu sein. Wieder zog die Familie um, dieses Mal in ein großes Haus im Norden Londons. Dieses Haus war bald voll mit jungen Männern aus allen Teilen Europas, auch von der Danziger Mission in Polen. Unter Benjamins kundiger Anleitung bereiteten sich manche von ihnen auf eine zukünftige Missionarsausbildung vor.

In den nächsten fünf Jahren gab es für Familie Sitenhof viel zu tun. Wenn ein Brief von den Jungen aus Amerika kam, war das ein

200

richtiges Fest für die ganze Familie. Die Jungen schrieben fröhliche Briefe. Sie studierten intensiv, und zwischen den Vorlesungszeiten nahmen sie die verschiedensten Arbeiten an, um ihren Lebensunterhalt zu verdienen. Jack war der Reihe nach Parkreiniger, Liftboy, Kellner und gelegentlich auch Zauberer. Taschenspielertricks waren seine Spezialität, und auf Abschlussfeiern verschiedener Schulen war er gern gesehen; er verband dann seine Zauberei mit einer christlichen Ansprache. Sonntags predigten Ernest und Jack in verschiedenen Kirchen, manchmal auch auf dem Land. So sammelten sie Erfahrung für den Predigerdienst.

Ein paar Jahre später wurde das Heim geschlossen, und Benjamin arbeitete nun unter den Juden im Londoner East End, machte Besuche, hielt Reden im Freien und predigte treu und unermüdlich das Evangelium.

Mary hatte einen kleinen Kleiderladen eröffnet und hatte gut zu tun. Lydia hatte bei mehreren Firmen gearbeitet und viel Erfahrung in der Büroarbeit gesammelt. Lydia und ihre Mutter hatten eine tiefe, freundschaftliche Zuneigung zueinander. Lydia wusste, wie sehr ihre Mutter die Jungen vermisste, und versuchte den Verlust wenigstens teilweise auszugleichen.

Aber Benjamin fühlte sich immer noch für Danzig verantwortlich. In London gab es so viele Missionare, die seine Stelle einnehmen konnten, aber in Danzig gab es wenige oder gar keine. Daher fuhr er 1931 wieder nach Danzig, ohne an eine Missionsgesellschaft angeschlossen zu sein, und verließ sich darauf, dass Gott ihn versorgen würde. Lydia hatte jetzt eine gute Stelle und konnte, wenn nötig, ihre Mutter unterstützen. Es war so eindeutig und zwingend, dass Benjamin in Danzig arbeiten sollte, dass niemand aus der Familie etwas einwenden konnte. Benjamin war mit Leib und Seele Missionar. In den folgenden Jahren hatte er oft nichts zu essen und kein Geld, um die Miete für sein kleines Zimmer zu bezahlen. Sehr oft gaben ihm seine neuen Mitchristen von ihrem Brot oder ihrer Suppe ab. Materielles bedeutete Benjamin wenig. Seine Einstellung war die der ersten Jünger des Erlösers: Er machte sich keine Sorgen um Kleidung, Essen oder einen Platz zum Schlafen. Er tat einfach das Notwendige und glaubte.

Die jahrelange Überanstrengung hatte bei Yente Spuren hinterlassen; nun litt sie an Rheumatismus. Trotzdem war es eine glückliche Zeit. Lydia gab sich große Mühe, ihrer Mutter jede Erleichterung zu verschaffen. An den Wochenenden kam Betty von der Farm und brachte Eier, Butter, Sahne und Gemüse als Geschenk. Bettys Mann war kränklich, und die Hauptarbeit für ihre kleine Familie fiel ihr zu. Aber sie gehörte zu denen, die Schwierigkeiten tapfer auf sich nehmen. Sie war zuverlässig und stark.

Lydia war jetzt Sekretärin bei einem Lederhändler in Bermondsey in London. Er war ein deutscher Jude und betrachtete sie als seine rechte Hand. Wenn er sie einem Kunden vorstellte, sagte er: »Sie sagt, sie ist Jüdin und glaubt an den Messias. Ich sage, sie ist ein Goj, denn sie hält unsere Feiertage nicht ein. Wie dem auch sei, ich würde ihr meinen ganzen Besitz und noch mehr anvertrauen, denn sie ist zuverlässig – die beste Sekretärin, die ich je gehabt habe.« Durch ihre Geschäftsbeziehungen hatte Lydia oft Gelegenheit, mit ihren jüdischen Kunden über den Messias zu sprechen. Merkwürdigerweise respektierten sie sie als Christin.

Endlich wurde Ernest in Kalifornien zum Prediger des Evangeliums ordiniert und kam wieder nach England. Ein *nicht verlorener* Sohn kam nach Hause, und die Freude war groß. Man bot ihm die Pfarrstelle der Kirche St. Columba in Walthamstow in London an. Ein Jahr später kam seine Braut Ella nach England, und sie heirateten in Ernests Kirche. Ella Grauer war deutsch-französischer Abstammung. Ihr Vater David war ein Pionier, der schon vor der Jahrhundertwende nach Kalifornien gekommen war. In harter Arbeit hatte er eine Apfelsinenplantage und ein Haus für seine wachsende Familie aufgebaut und so mitgeholfen, die südkalifornische Wüste in das blühende Land zu verwandeln, zu dem sie sich dann entwickelte.

Ella war in einer christlich bestimmten Umgebung aufgewachsen, liebte die Juden und fühlte sich vor Gott für sie verantwortlich. Als junges Mädchen hatte sie das *Bible Institute of Los Angeles* besucht, und als Studentin hatte sie in einer Missionsstation für Juden eng mit Dr. Immanuel Gittell zusammengearbeitet. Dort hatte sie Ernest kennengelernt, und sie hatten sich verliebt.

Aber in letzter Zeit zogen sich schwarze, tief hängende und

202

bedrohliche Wolken über Europa und über der ganzen Welt zusammen. In Deutschland kam ein böswilliger Mensch namens Adolf Hitler an die Macht. Alles bewegte sich schnell auf eine Katastrophe zu.

26. Die Hebräer von Hutton

Als Ernest und Ella geheiratet hatten, kauften sie zusammen mit Lydia ein Häuschen auf dem Land für ihre Mutter. Sie meinten, Yente sollte nun endlich ein eigenes Reich haben. In dem roten Backsteinhaus in Hutton in Essex, das sie Whitby Moor nannten, erlebte Yente die glücklichsten Jahre ihres Lebens.

Hutton war ein friedliches kleines Dorf fernab von der Hektik und dem Lärm der Großstadt und doch so nah, dass Lydia täglich zu ihrem Arbeitsplatz in London fahren konnte; mit dem Schnellzug dauerte das nur eine halbe Stunde. Abends kam Lydia immer erschöpft von der Arbeit nach Hause, aber die Ruhe und die friedliche ländliche Umgebung waren so erholsam, dass sie morgens wieder ganz ausgeruht und tatkräftig in den Schnellzug stieg.

Dies waren kostbare Erinnerungen, die Lydia immer wieder vor Augen kamen: die sanfte Dämmerung, wenn sie an Sommerabenden im Duft der Pflanzen mit ihrer Mutter auf der Veranda saß; der Ruf der Eule und das Zirpen der Grille, wenn sie am Tag in der Stadt gewesen war; der Geruch des frisch gemähten Grases, der so stark war, dass sie davon ein wenig benommen wurde; der Vollmond, wie er über der Wiese am Ende des Gartens aufstieg und ein Lichtband bis zu ihnen schickte; das entfernte Brüllen der Kühe mit seinem wiederkehrenden Echo und die Stille der Sommernächte, die sie so wohltuend umgab, dass sie das Gesicht zum Himmel hoben und dem dankten, der all das geschaffen und es gut gemacht hatte.

Yente pflanzte Blumen, und sie waren so bunt und vielfältig und der Rasen so grün, dass es an Ansichtskarten von alten englischen Gärten mit Rosen um die Haustür erinnerte. Zuckererbsen wuchsen üppig um die Veranda, und ihr Duft zusammen mit dem des Goldlacks, der in großen Mengen in der Nähe wuchs, war manchmal fast berauschend.

In den acht Jahren, die sie in Whitby Moor lebten, wurde für Lydia und Yente nichts selbstverständlich, nichts nahmen sie gedankenlos hin. Jeden Morgen weckten der Tau, der schwer auf

204

dem Gras und den Blumen lag, und der Duft der Nelken und Rosen, der durch das immer offene Fenster hereinwehte, neue Freude in ihnen. Hier war wirklich Ruhe vor der Hetze der Welt. Hier wurde Yentes Traum wahr.

Yentes Liebe zu Blumen, das herzliche Lächeln, mit dem sie ihren Nachbarn begegnete, und ihre Liebe zu Kindern wurden sprichwörtlich im Ort. Man betrachtete Sitenhofs als eine besondere Art von Menschen und nannte sie, nicht unfreundlich, »die Hebräer von Hutton.«

Der Mann mit dem komischen Schnurrbart

In Whitby Moor waren sie zufrieden und glücklich. Yente pflegte ihre Blumen, hackte, jätete, säte und päppelte die Pflanzen, die nicht gediehen, liebevoll auf, bis auch sie gesund und fröhlich aussahen.

Aber am 30. Januar 1933 senkte sich Dunkelheit über die Juden der Welt – und nicht nur über sie, sondern über alle Menschen. Adolf Hitler wurde deutscher Kanzler. Hitler war in einem kleinen Dorf in Oberösterreich geboren worden; er war der Sohn eines kleinen Beamten, der bis zum Alter von 35 Jahren Alois Schicklgruber hieß. Im Ersten Weltkrieg war Hitler Soldat in der bayrischen Armee, und er kam verbittert, arbeitslos und enttäuscht aus dem Krieg zurück.

Die Deutschen waren besiegt und litten unter Armut, Wirtschaftsdepression und allgemeiner Demoralisierung. Wie immer wurden die Juden zum Sündenbock für ihre Frustration und ihre unerfüllten Wünsche nach Eroberungen und Bereicherung.

Der kleine Gefreite brütete über seinem persönlichen und nationalen Unglück und tat sich mit anderen, ähnlich verbitterten Veteranen zusammen. Ihre Weltanschauung bestand aus Hass gegen die Demokratie, die westlichen Alliierten und besonders gegen die Juden. Hitler mit seiner hysterischen Redeweise wurde bald ihr Sprecher und Anführer. Das war einer jener bemerkenswerten Fälle in der Geschichte, in denen ein neurotischer Demagoge mit verstiegenen Ansichten all den heimlich genährten oder offen ausgesprochenen Wünschen und Ressentiments eines großen Volkes in seiner Person Ausdruck verlieh.

Sein Buch *Mein Kampf*, in dem er seinen Hass predigte und seinen Plan zur Welteroberung darlegte, wurde dem deutschen Volk als neue »Bibel« aufgezwungen. Man ignorierte Hitler, sein Buch *Mein Kampf* und die heftigen Drohungen gegen die Welt im Allgemeinen und die Juden im Besonderen, oder man lachte sogar darüber, denn so etwas konnte man nicht ernst nehmen. Als die Welt erkannte, wie gefährlich das alles war, war es zu spät.

Der einzige Staatsmann, der in diesen verhängnisvollen Jahren erkannte, welche Bedrohung Hitler und seine Bande wirklich darstellten, war Winston Churchill. Er warnte England und die ganze Welt vor der Aggression, die da erwachte. Aber das war »eine Stimme eines Predigers in der Wüste« der Gleichgültigkeit oder der Furcht der anderen Politiker. Churchill erntete nur Ablehnung und Vorwürfe für seine Mühe, bis es zu spät war.

Später beschrieb Winston Churchill Adolf Hitler als »einen blutrünstigen Gassenjungen, einen Ausbund der Bosheit, unersättlich blut- und beutegierig.«

Die Männer um Hitler wie Göring und Goebbels glaubten – oder gaben vor zu glauben –, er sei der »Messias« des deutschen Volkes, ein Gott aus dem altgermanischen Walhall, wo die blutdürstigen Götter und grausamen Helden der Mythologie angesiedelt waren. Hitlers Bestimmung war es, wie sein Generalbevollmächtigter und Sprecher Joseph Goebbels sagte, »vulkanische Leidenschaften zu entfesseln, Wutausbrüche auszulösen, Menschenmassen in Marsch zu setzen und mit eiskalter Berechnung Hass und Misstrauen zu organisieren«.

Genau das tat der Mann mit der widerspenstigen Haarsträhne, dem winzigen dunklen Schnurrbärtchen und der heiseren Stimme. Ein ganzes Volk überließ seine Ehre und seine Zukunft einem Besessenen.

Hauptgegenstand seines Hasses war »der Jude«, den er wie sein Vorgänger Haman vollkommen auszurotten versprach. Nur der Güte Gottes ist es zu verdanken, dass er sein Vorhaben nicht ganz verwirklichte.

206

Yente saß vor ihrem Radio und hörte die wilden Wutausbrüche dieses bösen Menschen an, der keinen Hehl aus seiner Absicht machte, die Juden zu vernichten. Sie litt mehr darunter, als sie nach außen zeigte. Jede Rede, die sie von ihm hörte, war wie ein Messer, das ihr ins Herz stach. Ja, sie »wartete auf die Stadt, die einen festen Grund hat, deren Baumeister und Schöpfer Gott ist« (Hebr 11, 10). Und da trat dieser erbärmliche Mensch auf und behauptete, er sei der »Retter« und »Erbauer« des deutschen Volkes. Oft sagte Yente zu Lydia: »Weiß er nicht, dass er ohne Gott nur verlieren kann?«

Sie las täglich in der Bibel und dachte über das Gelesene nach, und es beunruhigte sie tief, dass eine so giftige, hasserfüllte Stimme, wie die Welt sie noch nie gehört hatte, ständig Drohungen gegen ihr Volk ausstieß. Das war eine schwere Zeit für Yente. Sie litt mit ihren unglücklichen Geschwistern in Deutschland.

Anfang 1935 war Lydia die Büroarbeit leid und beschloss, selbständig etwas anderes zu versuchen. Sie mietete einen kleinen Kleiderladen in Muswell Hill im Norden Londons, und obwohl sie mit sehr wenig Kapital anfing, lief das Geschäft im Mai desselben Jahres schon sehr gut.

Sie hatte vorher nie im Verkauf gearbeitet, und alle (auch Lydia selbst) waren erstaunt zu sehen, dass sie darin ungewöhnliche Fähigkeiten hatte. In drei Monaten erwarb sie sich einen so guten Ruf, dass die Großhändler froh waren, ihr Kredit geben zu können. Ihre Rechnungen bezahlte sie immer sofort.

Sie war geschickt mit der Nadel und der Nähmaschine und änderte alle Mäntel, Anzüge und Kleider selbst, um die Kosten niedrig zu halten. Es gab keine Reklamationen; die Kunden waren zufrieden und kamen immer wieder. Diese »neue« Lydia zu entdecken, gab ihr neues Selbstvertrauen. Ihr Umsatz erhöhte sich jeden Monat um 100 Prozent.

Im Frühjahr 1935 wurde Lydia im Haus eines jüdisch-christlichen Freundes, des Pfarrers Jacob Peltz, der damals Sekretär bei der Internationalen Jüdisch-christlichen Allianz war, einem jungen Mann vorgestellt. Lydia und ihre Schwester Mary waren dort zum Tee am Sonntagnachmittag eingeladen. Als sie den jungen Pfarrer sah, sagte sie zu ihrer Schwester, er erinnere sie an Broni in Danzig. »Meinen Sie Bronislava Jamaika?«, fragte der junge Mann. »Ja, wie konnten Sie das ahnen?«, fragte Lydia. »Weil«, sagte er, »Bronislava Jamaika meine Cousine ist.«

Das war also dieser Victor Buksbazen, von dem die gute Broni Lydia vor 12 Jahren erzählt hatte. Was für seltsame und unvorhersehbare Dinge tut Gott! Bronis Vetter war jetzt ein junger ordinierter Prediger des Evangeliums und arbeitete als Missionar bei den Juden in Krakau in Polen. Er war als Abgesandter der Gemeinde nach England geschickt worden. Ausgerechnet Lydia lernte ihn kennen. Musste das nicht Gott sein, der diese zwei Menschen zusammengeführt hatte?

Beide fühlten sich zueinander hingezogen. Ja, als sie sich zum ersten Mal sahen, wussten sie sofort, dass etwas für sie entscheidend Wichtiges geschehen war.

Als Victor und Lydia sich drei Wochen später noch einmal trafen, machte er ihr einen Heiratsantrag. Sie konnte nicht gleich ja sagen, denn sie wollte erst genauer wissen, was Gott von der Sache hielt. Als sie dann eindeutig antworten konnte, hatte sich in der Welt, aber auch in ihrem eigenen Leben vieles verändert. In dieser Zeit hatten sowohl sie als auch Victor Schweres zu bewältigen.

Lydia musste noch vieles lernen, ehe Gott sie gebrauchen konnte. Vor allem musste sie Leiden und Schmerz ertragen. So bereitet Gott Menschen vor, die er für seine Pläne einsetzen will. Er zerbricht sie, schmilzt sie, formt sie, und nach der Prüfung füllt er sie mit dem Heiligen Geist, wenn sie das wollen, und gebraucht sie zu seiner Ehre. Aber ohne Feuer kann es keine Reinigung geben.

Im August 1935 hatte Victor drei Monate in England zugebracht und reiste wieder in seine Missionsstation in Krakau, wo er den Juden das Evangelium erklärte. Krakau war früher die Hauptstadt Polens gewesen und hatte eine tausendjährige Geschichte – so alt wie Polen selbst. Ende des 18. Jahrhunderts war Polen von seinen drei räuberischen Nachbarn in drei Teile geteilt worden. Seitdem war Krakau die wichtigste Stadt im österreichischen Teil Polens und ein Zentrum des orthodoxen Judentums.

Es war nicht ungewöhnlich, dort Juden mit langem Bart und

Schläfenlocke zu sehen, die in Pelzhut, langem schwarzem Mantel, weißen Strümpfen und Kniehosen zur Synagoge oder zu den Lehrstätten der Rabbis gingen oder von dort kamen. Schon seit fast hundert Jahren machten Missionare aus England hier das Evangelium bekannt, und viele Juden nahmen es an. Aber immer wenn ein Missionar starb oder in den Ruhestand ging, ruhte die Arbeit für mehrere Jahre, und die kleine judenchristliche Gemeinde zerstreute sich.

Als Victor zum Prediger ordiniert wurde, bekam er die Aufgabe, die Arbeit in Krakau wieder aufzubauen. Das war am Anfang sehr schwierig und entmutigend. Aber hier wie andernorts auch gab es viele Juden, besonders in der jüngeren Generation, die geistliche Orientierung brauchten und nach etwas suchten, das dieses Bedürfnis befriedigen konnte. Da bot das Evangelium eine neue Möglichkeit – den Anfang zu einem neuen Leben.

Jacobs Rückkehr

Jacob war seit mehreren Jahren in den Vereinigten Staaten und studierte am *Moody Bible Institute* und anderen christlichen Ausbildungsstätten; jetzt hatte er seine Ausbildung beendet und wurde zum Prediger des Evangeliums ordiniert. Er beschloss zurückzukommen zu seiner Mutter, die er liebte, und in den Kreis der Familie.

Mit ihm kam ein junger Bekannter namens Roger Derby. Jack und Ernest hatten beide als Studenten in Amerika die Christenfamilie von Lewis Derby und seiner Frau in Minneapolis kennen gelernt. Derbys liebten das Volk Gottes aufrichtig und setzten sich ganz dafür ein, dem jüdischen Volk Gutes zu tun, besonders den Judenchristen. Man nannte ihr Haus »das Judenchristen-Hotel.«

Dort hatten Jack und Ernest eine Heimat in der Fremde gefunden, und während ihre eigene Mutter nicht da war, war ihnen Mrs. Derby eine Mutter gewesen. Jetzt kam Roger, ein Musikstudent, mit Jack nach England, um seine musikalische Ausbildung fortzusetzen.

Sitenhofs, besonders Yente, freuten sich sehr darauf, Jack wieder zu Hause zu haben. Jetzt, wenn ihre beiden Söhne wieder da wären, wäre die ganze Familie zusammen, und nichts würde zu ihrem Glück fehlen.

Im frühen Herbst 1935 kam Jack endlich in England an. Die ganze Familie außer Benjamin, der noch in Danzig war, wartete am Bahnhof Waterloo, um ihn und seinen amerikanischen Freund zu begrüßen. Seit neun Jahren waren sie nicht mehr beieinander gewesen; es war ein freudiges Wiedersehen. Yente war glücklich und voll Lob und Dank.

Weihnachten war in diesem Jahr ein denkwürdiges Fest. Die ganze Familie versammelte sich in Whitby Moor, um die Geburt Christi zu feiern. Das Häuschen war zum Bersten voll. In allen Zimmern brannten fröhliche Feuer in den offenen Kaminen. Man war glücklich, wieder beieinander zu sein, und man sang gemeinsam Weihnachtslieder. Gott war gut zur Familie Sitenhof. Die einzige Wolke am Horizont war der Hass gegen das jüdische Volk, der Europa überschattete.

Jack predigte eindrucksvoll – für Gott entfaltete er eine hohe Redekunst. Er hatte in den Vereinigten Staaten lange und intensiv studiert, und jetzt hatte er Urlaub und genoss in vollen Zügen das schönste Haus, das Sitenhofs je gehabt hatten. Yente war vollkommen glücklich. Sie hatte ihre beiden Söhne wieder bei sich, und die Zukunft des beliebten und angesehenen Jack sah besonders vielversprechend aus.

Aber »meine Gedanken sind nicht eure Gedanken, und eure Wege sind nicht meine Wege, spricht der Herr« (Jes 55, 8). Wenn die Sonne freundlich auf grüne Wiesen und blühende Gärten scheint, wer denkt dann schon an ein heftiges Unwetter, das schon bald Schmerz und Leiden nach sich ziehen kann?

Lydia, die Purpurhändlerin

Mit dem Auftreten Hitlers verloren jüdische Kulturgüter und alle jüdischen Besitztümer in Deutschland enorm an Wert; sie wurden

210

sogar fast vollkommen wertlos. Juden, die nicht in Konzentrationslager interniert oder einfach ermordet wurden, versuchten verzweifelt Deutschland zu verlassen. Damals bedeutete ein Visum für ein Land, das Hitler nicht erreichen konnte, oft ein Visum zum Leben – und seine Verweigerung ein Todesurteil.

In dieser Zeit kam ein jüdischer Geschäftsmann namens Hermann Silber, der mit bedruckten Seiden- und Kunstseidenstoffen handelte, mit einem Teil seines Kapitals nach London, den er irgendwie hatte aus Deutschland retten können. Um bald wieder ein Geschäft aufbauen zu können, setzte er sich mit seinen Handelspartnern in Verbindung und erkundigte sich nach einer Person, die fließend Deutsch und Englisch spräche und ihm helfen könnte, in England ins Geschäft zu kommen. Man empfahl ihm Lydia Sitenhof als vertrauenswürdige und tüchtige Kraft.

Als Herr Silber Lydia ansprach, wollte sie sein Angebot nicht annehmen, denn sie war in ihrem eigenen kleinen Unternehmen sehr zufrieden. Aber er schilderte ihr seine Lage und erklärte ihr, wie dringend er ihre Hilfe brauchte. Er war fremd in diesem Land, und wenn sie ihm nicht helfen wollte, stünde seine Zukunft und die seiner Familie auf dem Spiel. Herr Silber war hartnäckig und wollte kein Nein akzeptieren. Jeden Tag kam er in ihren Laden und versuchte, sie umzustimmen.

Wenn Lydia sagte: »Herr Silber, ich verstehe nichts von Ihrem Geschäft und Ihrem Beruf«, antwortete er: »Liebe junge Frau, jeder, der praktischen Verstand hat, kann einen Beruf lernen. Aber Charakter, Ehrlichkeit und Zuverlässigkeit – die gibt nur Gott, und Ihnen hat er sie gegeben.«

Lydia versuchte zu erkennen, was sie tun sollte, und schließlich nahm sie Herrn Silbers Angebot an, und er war sehr großzügig zu ihr. Er kaufte nicht nur ihren Laden auf, er bot ihr auch ein überdurchschnittliches Gehalt an, das höchste, das sie jemals bekommen hatte.

Merkwürdig, dachte sie. *Dieser Mann ist Jude und weiß, dass ich Judenchristin bin, und trotz aller eingewurzelten Vorurteile will er mir sein ganzes Vermögen und seine Zukunft anvertrauen.* Juden wenden sich oft gegen das Christentum, aber zugleich wissen sie durchaus

211

zu schätzen, was der Geist Christi im Menschen schaffen kann; das ist eine unbewusste Anerkennung des größten Schöpfers und Charakterbildners.

Am nächsten Tag gingen Herr Silber und Lydia zu einer Bank, eröffneten ein Sparkonto und mieteten einen Tresor. Als der Bankchef Herrn Silber fragte, auf wessen Namen das Konto ausgestellt werden sollte, antwortete er: »Auf den Namen dieser jungen Dame, Lydia Sitenhof.« »Wieviel wollen Sie einzahlen?« »Für den Anfang 5000 Pfund.« »Kennen Sie sie gut genug, um ihr eine so hohe Summe anzuvertrauen?«, fragte der Bankchef. »O ja,« antwortete er, »ich würde ihr meinen ganzen Besitz anvertrauen.«

Herr Silber übergab Lydia umfassende Informationen über sein Geschäft; diese Informationen waren ihm sehr viel wert, denn sie bildeten die Grundlage für seine zukünftige Existenz. Lydia war sehr bewegt, dass ein Mensch, den sie kaum kannte, ihr so viel Vertrauen entgegen brachte. Herr Silber musste sofort wieder nach Deutschland fahren, um dort alles Notwendige zu regeln, versprach aber, in einer Woche wieder zu kommen.

Lydia fing mit aller Energie an zu arbeiten. Als erstes mietete sie große Büro- und Ausstellungsräume, um die Waren auszustellen, die ihr Chef aus Deutschland schickte. Dann arbeitete sie sich in die Details ihrer neuen Pflichten ein. Jeder Seidenballen hatte einen Grundpreis, einen Transportpreis und eine Gewinnspanne, die genau ausgerechnet werden musste, und sie musste all diese Tausende von Zahlen parat haben. Dabei half ihr eine deutsche Rechenmaschine. Sie war für damalige Begriffe ein mechanisches Wunderwerk und vereinfachte das Rechnen unglaublich.

Dann stellte sie Vertreter und Bürokräfte ein. Herrn Silbers einwöchige Reise wurde zu einer Abwesenheit von drei Monaten. Als er zurückkam, hatte Lydia das Warenlager gemietet und das Personal eingestellt, die Vertreter bemühten sich um neue Kunden, die Ware war im Umlauf, und das neue Unternehmen lief gut – ein eingeführter Betrieb.

212

Benjamin kommt nach Hause

Inzwischen arbeitete Benjamin in Danzig unter den Juden und versuchte seine kleine Gemeinde, die dem brennenden Hass der aufsteigenden Nationalsozialisten ausgesetzt war, zu trösten und zu unterstützen. Er blieb bei ihnen, solange er konnte, aber seine Tage in Danzig waren gezählt.

Eines Tages erhielt er den Befehl, Danzig innerhalb von 36 Stunden zu verlassen. Unter Hitler war kein Platz dafür, den Juden das Evangelium bekannt zu machen. Benjamin kam nach London zurück.

Da war England schon für viele tausend Juden, die vor Hitler flohen, ein Zufluchtsort geworden. Täglich strömten Flüchtlinge aus Deutschland, Österreich und Osteuropa herein, die sich vor Hitlers Zugriff gerettet hatten. Diese leidenden und hilflosen Menschen waren besonders offen für das Evangelium; sie hungerten nach Freundschaft und Mitgefühl.

Benjamin, dem es immer darauf ankam, seinem geliebten Volk den Messias nahe zu bringen, fing eine missionarische Arbeit in Brighton in Sussex an. Brighton liegt an der Südküste von England und war von London aus leicht zu erreichen. Es war der Mittelpunkt einer Reihe von Küstenstädten und Kurorten: Hove, Worthing, Shoreham, Lancing und viele andere Städte lagen in der Nähe. Jede hatte eine ganze Anzahl jüdischer Einwohner, aber niemanden, der ihnen jetzt, da sie es brauchten, etwas vom Erlöser sagen konnte.

Benjamin kannte diese Menschen von früher; in Europa hatte er unter ihnen gelebt und gearbeitet. Er verstand sie, nicht nur weil er ihre Muttersprachen beherrschte, sondern auch weil er ihre unausgesprochenen Ängste und Leiden, ihre Hoffnungen und Wünsche verstand. Bald wurde Benjamins Mission in Brighton zu einem Zentrum christlicher Verkündigung und Nächstenliebe.

27. Die Insel Man

Aber es wartete noch eine neue Belastung auf Familie Sitenhof.

Jack wurde eingeladen, sich in einer Kirche in der Stadt Ramsey auf der Insel Man vorzustellen. Er machte einen ausgezeichneten Eindruck auf die Gemeinde, und sie beschloss einstimmig, ihm die Stelle des Pastors anzubieten. Jack gefiel die Kirche. Mr. Quilliam, einer der Ältesten, der sich besonders für den jungen Pastor interessierte, nahm ihn in seinem kleinen Austin mit und stellte ihn dem Bürgermeister der Stadt und allen wichtigen Persönlichkeiten auf der Insel vor.

Es war eine schöne Insel mit tiefen, stürmischen Buchten und lieblichen Stränden, Bergen und kleinen Dörfern. Sie war von alters her bewohnt, und die Einwohner waren Originale, aber sehr freundlich. Von der Nordspitze der Insel aus schaute Jack über das Wasser und sah drei alte Kulturländer: Schottland im Norden, England im Osten und Irland, die Grüne Insel, im Westen.

Voll freudiger Erwartung dachte Jack an seine zukünftige Arbeit als Pastor. Am Karfreitag sollte er seine erste Predigt halten. Um den neuen Pastor würdig zu begrüßen, beschlossen alle Gemeinden in Ramsey einen gemeinsamen Gottesdienst zu halten, in dem Jack Sitenhof die Predigt hielt.

Lydia, die einen erfolgreichen, aber anstrengenden Winter erlebt hatte, wollte die Osterferien auf der Insel verbringen. Als sie abfuhr, erschien ihr die ganze Welt wunderbar. Die Frühlingsblumen schienen besonders für sie zu blühen. Das Leben war herrlich. Sie reiste nachts und saß an Deck des Schiffes, als es über den Irischen Kanal zur Insel fuhr. Lydia war froh für ihren Bruder und freute sich auf ein paar Tage Urlaub auf der Insel, die Jack als »ein Stückchen Himmel« beschrieben hatte. Als sie aus London abfuhr, hatte Herr Silber sie darin bestärkt, ein paar Tage wohl verdienten Urlaub zusätzlich zu nehmen.

Aber statt Erholung wartete Kummer auf sie. Lydia erwartete selbstverständlich, dass ihr Bruder sie in der Hafenstadt Douglas, die auch die Hauptstadt der Insel war, vom Boot abholen würde.

214

Als er nicht zu sehen war, dachte sie nicht viel darüber nach, nahm ihr Gepäck und stieg in den Bus nach Ramsey. Es war eine eindrucksvolle Fahrt an der Küste entlang, hoch auf den Klippen über dem Meer. Die Landschaft war unbeschreiblich schön: wild zerklüftet, rau und majestätisch. Sie war so atemberaubend, dass Lydia fast vergessen hätte, da auszusteigen, wo Jack es ihr angegeben hatte.

Dann erwachte eine böse Vorahnung in ihr. Als sie den Türklopfer ergriff, wusste sie, dass etwas nicht in Ordnung war. In den sieben Tagen, seit er von zu Hause weggefahren war, war etwas mit ihrem Bruder geschehen. Auf ihr Klopfen hin kam Jack herunter. Es war erst 7 Uhr morgens, und er war im Bademantel, aber als sie sein verstörtes Gesicht sah, wusste sie, dass etwas Schreckliches geschehen war, und blieb wie angewurzelt stehen.

Dann nahm sie sich zusammen und folgte ihm in sein Zimmer. Sie sprachen kein Wort miteinander, nicht einmal die Begrüßungsworte, die Lydia sich nachts auf dem Schiff so oft vorgestellt hatte. Jetzt wurde ihr klar, dass Jack einen Nervenzusammenbruch hatte. Sie redete ihm liebevoll zu und versuchte sachlich mit ihm zu sprechen. Noch bevor sie den Mantel auszog, kniete sie zusammen mit ihrem Bruder auf dem Boden und flehte Gott an zu handeln. Da legte sich ihre Erregung und wich einer ruhigen Entschlossenheit. So antwortete Gott auf ihr Gebet. Sie handelte sofort. Es war Mittwoch.

Eine Kirchenvorstandssitzung wurde einberufen, und man verpflichtete einen anderen Prediger für Karfreitag. Lydia rief in London an, dass sie am nächsten Tag mit Jack zurückfliegen würde. Plötzlich, in einem Augenblick, schien die Welt, die gestern noch so angenehm und heiter ausgesehen hatte, ein Ort voll Schmerz und Tränen zu sein. Lydia charterte ein kleines Flugzeug, und am nächsten Tag flogen sie mittags bei strahlendem Sonnenschein zurück nach Hause.

Träume ich?, fragte sich Lydia. Vielleicht war alles ein Alptraum und würde verschwinden, wie die Küste der Insel Man dort unten verschwand. Vielleicht würde sie aufwachen, und die Wirklichkeit würde angenehm sein, nicht wie dieser augenblickliche gespenstische Zustand. »Ach Herr, gib uns deine Kraft, komm

215

und hilf uns, denn sonst kann uns niemand helfen«, betete Lydia.

Yente traf diese plötzliche Wendung tief und schmerzlich. Man suchte Rat bei Ärzten und Spezialisten. Jack schien gegen immer neue Wellen der Verzweiflung anzukämpfen. An einem Tag schien es ihm gut zu gehen, aber am nächsten Morgen hatten ihn trübsinnige Gedanken überfallen, und er war nicht wieder zu erkennen. So ging es weiter. Es war eine schwere Zeit für die Familie Sitenhof, aber die Gebete für Jack wurden erhört.

Lydia verdiente mehr Geld als jedes andere Familienmitglied, und sie war froh, dass sie die Arztrechnungen begleichen konnte, die sich ansammelten. Schon ehe dieser Schlag die Familie traf, hatte Gott für Hilfe gesorgt. Wie gut erwies es sich jetzt für die ganze Familie, dass Lydia die Stelle bei Herrn Silber hatte! Wer nicht erlebt hat, wie quälend es ist, auf die Gesundung eines Angehörigen von solch einer Krankheit warten zu müssen, kann auch nicht wissen, welche Leiden und Verzweiflung mit diesem Erlebnis zusammenhängen.

Als endlich wieder ein gesundes Lächeln auf dem freundlichen Gesicht Jacks erschien, war es, als hätte Gott selbst der erschöpften und überanstrengten Familie wieder zugelächelt.

Während Jack sich von seiner Krankheit erholte, wurde Victor Buksbazen in Polen von einem Unfall mit Pferdewagen betroffen. Er besuchte Freunde auf dem Land bei Krakau. Auf dem Rückweg zur Stadt scheute das Pferd auf einer steilen Gefällestrecke, und alle Passagiere wurden aus dem Wagen auf die Landstraße geschleudert. Victor wurde mit einem komplizierten Bruch des linken Beines von einem Rettungswagen abgeholt. Wenige Tage später trat eine Krise ein, die sein Leben bedrohte.

Fünf Monate lag er im Krankenhaus in ein und derselben Position auf dem Rücken, das Bein in einem Gipsverband; danach wurde er endlich auf Krücken entlassen. Lydia machte in England mit der Krankheit ihres geliebten Bruders eine Zeit der Verzweiflung durch, hoffte aber, dass Gott ihn heilen würde, während Victor zur gleichen Zeit in einem Krakauer Krankenhaus lag und man fürchtete, man müsse das Bein amputieren. So lehrt Gott seine Kinder, nicht selbstherrlich zu werden und dicht bei ihm zu blei-

216

ben. Wenn wir meinen, wir hätten den höchsten Platz der Welt erreicht, dann fordert er uns leise auf, den Platz dicht bei ihm einzunehmen und Geduld und Ausdauer zu lernen. Durch das alles führt er uns näher zu sich.

In dieser Zeit wurden die Vorzeichen des Krieges in Europa bedrohlich und unheilverkündend. Die Judenverfolgung ging planmäßig voran. Lydia hatte jetzt für ihren Arbeitgeber ein einträgliches Geschäft in England und ein bedeutendes Exportgeschäft aufgebaut. Von 8 Uhr bis Mitternacht traf man sie im Büro bei der Arbeit. Aber die Arbeit zusammen mit der Belastung durch die Krankheit ihres Bruders forderte viel Kraft von ihr. Sie fragte Gott, was sie tun sollte, und es sah aus, als wollte er ihr etwas sehr Bestimmtes sagen.

Im Frühjahr 1937 war Jack eindeutig auf dem Weg der Besserung. Jetzt fühlte Lydia sich gedrängt, Victor nach seinem Unfall zu besuchen und über ihre Zukunft zu sprechen. Er wollte gern, dass sie mit ihm in Polen lebte, und ihr war es aus mehreren Gründen ebenso wichtig, das nicht zu tun. Lydia kannte die politische Lage und besonders die verzweifelte Situation der Juden in Europa unter Hitler, und es war, als ob eine starke Hand sie davor zurückhielte, in Polen zu leben.

Was nun? Wie konnten zwei Menschen zusammen sein und dabei nicht im selben Land leben? Aber Gott hatte selbst schon einen Plan für die Zukunft seiner Kinder gemacht, und der Plan nahm jetzt Gestalt an. »Wie unbegreiflich sind seine Gerichte und unerforschlich seine Wege!« (Röm 11, 33). In derselben Woche, in der Lydia in Krakau war, machte auch der Generalsekretär der Britischen Gesellschaft für die Juden seinen turnusmäßigen Besuch in Polen. Er war Victors Arbeitgeber, und das Problem wurde mit ihm besprochen. Sie beteten zusammen, und dann entschied er, es sei in dieser Lage richtig, Victor eine Aufgabe in England zuzuweisen.

Im August 1937 waren Lydia und Victor verlobt. Wie durch ein Wunder und gegen seinen Willen wurde Victor vor dem Grauen der hitlerschen Konzentrationslager und Gaskammern gerettet; alle seine Verwandten, auch seine Mutter, Schwestern und andere direkte Angehörige, kamen darin um.

217

Victor und Lydia heirateten am 21. Dezember 1937 in der presbyterianischen Kirche St. Colomba in Walthamstow, deren Pastor Ernest Sitenhof war. Es war eine denkwürdige Feier, und Jack hatte sich so gut erholt, dass er auf eigenen Wunsch die Braut zum Altar geleitete.

Sogar Herr Silber kam in die Kirche und dann zum Empfang, und er war hoch erfreut, dass er seine Geschäftsleiterin nicht verlor. In England werden die Kirchen nicht geheizt, daher erkältete er sich und musste wochenlang mit Lungenentzündung im Bett liegen: Aber er sagte immer, er habe es nie bereut, dort gewesen zu sein, denn die einfache christliche Feier hatte ihn tief beeindruckt.

Victors Arbeit bestand jetzt darin, in verschiedenen Kirchen in England, Wales und Irland Vorträge über die Missionsarbeit unter den Juden zu halten. Bald nach der Hochzeit ging er auf eine Vortragsreise, die drei Wochen dauerte. So konnte Lydia ihre Arbeit fortsetzen. Sie wohnten bei Hampstead Heath in London, und wenn Victor zu Hause war, machten sie abends in der Heide lange Spaziergänge zu idyllischen alten Orten in der Nähe.

Gespenstische Nacht

Im Februar 1938 wurde Lydia gebeten, eine Geschäftsreise nach Deutschland zu machen, um zwei der größten australischen Einkäufer von deutschen Stoffen zu bedienen. Dass sie fließend Deutsch und Englisch sprach, war für den Verkauf an englische und außereuropäische Kunden, die kein Deutsch sprachen, von großem Nutzen. So kam sie an einem trüben Februartag in ein Hotel in Krefeld; dort sollte sie ihre australischen Kunden treffen und sie dann zum Warenlager der Firma nach Köln begleiten.

Aber in den nächsten 24 Stunden erlebte sie Grauen erregende Szenen. Es war der erste Tag des rheinischen Faschings. Während sie wartete und sich ausruhte, war ein ständiges Kommen und Gehen. Mit jeder Stunde stieg die Aufregung auf den Straßen, in den Cafés und auch in der Halle des Hotels. Es sollte eine »besondere« antisemitische Vorführung geben, und jeder, gleich ob jung

218

oder alt, sollte Hitler an diesem Abend so ehren, wie es ihm am besten gefiel. Lydia fand es klug, in ihrem Zimmer zu bleiben. Hinter zugezogenen Vorhängen beobachtete sie, wie der Umzug sich formierte.

Sie schloss die Tür von innen zu, denn sie fürchtete Ausschreitungen. Dann fing der »Spaß« an. Große Fackeln wurden angezündet, und in einer grotesken Prozession zogen die Menschen die Straße entlang, betrunken und von Hasspropaganda aufgestachelt. Sie schaute mit angehaltenem Atem zu. Was trugen sie da? Erst bei näherem Hinschauen ging ihr auf, wie schauerlich die Situation war. Man hatte große Karikaturen und lebensgroße ausgestopfte Puppen in der Gestalt bekannter Juden wie Bernard Baruch, Siegmund Freud, Leon Blum, Albert Einstein und anderen angefertigt. Ihre Züge waren phantastisch übertrieben, sie hatten halbmeterlange Nasen, riesige Ohren und große Füße.

Diese Nachbildungen wurden an langen Stangen durch die Hauptstraße getragen, während Hitlers »Volksführer« mit heiserer Stimme das »Horst-Wessel-Lied« sangen, aber auch gemeine antisemitische Lieder.

Nach jedem Lied, das die betrunkenen Massen grölten, gab es laute Rufe: »Nieder mit den Juden! Bringt sie um! Verbrennt sie!« Dann wurden auf der Hauptstraße im Abstand von etwa 100 Metern riesige Feuer angezündet und die Bilder und Puppen verbrannt. Später wurde noch alles hineingeworfen, was man aus benachbarten Judenwohnungen geraubt hatte. Das war die »Herrenrasse«, die Hitler von den Juden befreien wollte.

Während der betrunkene Mob draußen ausgelassen feierte, hauptsächlich um die Juden zu beschimpfen und lächerlich zu machen, schaute der Gott Israels hinunter und sah, wie Hass und Verachtung sein Volk trafen, und er lachte über die Spötter. »Aber der im Himmel wohnt, lachet ihrer, und der Herr spottet ihrer. Einst wird er mit ihnen reden in seinem Zorn, und mit seinem Grimm wird er sie schrecken« (Ps 2, 4-5).

Sieben Jahre später, 1945, war das Reich zerstört, das Hitler aufgebaut hatte und das tausend Jahre bestehen sollte. Sein böser Gründer Adolf Hitler, der Mann mit der widerspenstigen Haarsträhne und dem komischen Schnurrbart, lag tot unter den Trümmern eines Bunkers in Berlin.

So war es der Gott Israels, der am Ende lachte. Schon zu Abraham hatte er gesagt: »Ich will segnen, die dich segnen, und verfluchen, die dich verfluchen« (1. Mose 12, 3).

Hinter dem Vorhang stand Lydia, verfolgte die grässliche Szene und fürchtete, man könnte sie sehen und der Mob würde auf sie losgehen. Vor ihrer Tür wogten Menschenmassen hin und her. Weitere Hunderte waren unten in den Hallen und auf der Treppe, und alle tranken und sangen die abscheulichsten antisemitischen Lieder, die sie je gehört hatte. Sie versuchte sich telefonisch ein Essen zu bestellen, aber man sagte ihr, sie solle zum Speisesaal kommen und es abholen. Das konnte sie nicht, denn sie hatte Angst, in der feindseligen Menge gesehen zu werden. Ihre Lage glich einem Alptraum. Endlich schlief sie ein, erschöpft vom Lärm und von den widerlichen Szenen unten auf der Straße.

Am nächsten Morgen wurde sie früh vom Telefon geweckt; es waren die Kunden, die sie treffen sollte. Sie waren im wildesten Trubel angekommen und hatten sich angewidert schlafen gelegt. Bald kam der Chauffeur der Firma, wie es ausgemacht war, und nach einem eiligen Frühstück fuhren sie nach Köln, von Krefeld aus etwa eine Stunde Fahrt. Die Straßen sahen aus wie eine Müllhalde. Das waren die letzten Waren, die Lydia in Deutschland verkaufte; solange Hitler regierte, kam sie nicht wieder.

Während Lydia im Lager ihre Kunden bediente, standen Spitzel der NSDAP hinter den Glaswänden (jede Firma musste mindestens einen oder zwei einstellen) und beobachteten heimlich, was vorging, um es später dem Hauptquartier melden zu können.

Ein beliebter jüdischer Verkäufer, der 30 Jahre lang bei Lydias Firma angestellt gewesen war, war am Vortag gestorben. Die Nazis hängten in allen Büros und Lagern Schilder auf, um die »arischen« Angestellten zu informieren, dass sie aus der Partei ausgeschlossen und bestraft würden, falls sie an der Beerdigung teilnähmen. Manche nichtjüdischen Mitarbeiter, die die meiste Zeit ihres Lebens mit diesem jüdischen Kollegen zusammengearbeitet hatten und ihn nun mochten und achteten, waren darüber sehr aufgebracht.

So herrschte in Hitlerdeutschland 1938 eine gefährliche Atmosphäre voll Angst, Hass und Misstrauen.

Als ihre Arbeit erledigt war, verließ Lydia Deutschland mit dem ersten Flugzeug, das nach London flog; erst da atmete sie wieder auf und dankte Gott für das freie Land. Die Erinnerung an diese Reise nach Köln blieb ihr unauslöschlich im Gedächtnis haften. Wenn sie später an diesen Abend dachte, wurde ihr beängstigend klar, was ihr hätte geschehen können, obwohl sie einen britischen Pass hatte, der damals in Deutschland noch weitgehend respektiert wurde.

Bald konnte Herr Silber in britischen Fabriken Waren der gewohnten Qualität herstellen und brach alle Verbindungen zu Deutschland ab. Das Land, das er früher geliebt hatte, verhielt sich jetzt zu grausam und hinterhältig gegen seine jüdischen Bürger.

28. Ein Ungeheuer bedroht die Welt

Bis Weihnachten 1938 war Jack zu dem Schluss gekommen, dass seine Zukunft in Amerika lag, und wollte dort möglichst bald ein neues Leben anfangen. Anscheinend wollte Gott, dass er wieder dorthin ging. Zwei Landgemeinden in South Dakota baten Jack, ihr Pastor zu werden, und die Familie rüstete ihn für die Reise aus. Er wurde von Kopf bis Fuß neu eingekleidet, bekam neue Gepäckstücke und alles, was er sonst brauchen würde. Jack freute sich auf eine vielversprechende Zukunft.

Aber wieder sagte Gott, wie damals durch den Propheten Jesaja: »Meine Gedanken sind nicht eure Gedanken, und eure Wege sind nicht meine Wege« (Jes 55, 8).

Am 6. Januar 1939, drei Monate vor der Geburt von Buksbazens erstem Sohn John, schiffte Jack sich nach Amerika ein – voller Hoffnungen, Träume und Vorfreude auf ein neues Leben im Dienst Gottes. Wie Mose durfte er das »versprochene Land« sehen, aber nicht hineinkommen.

Der Abschied von seiner Mutter machte Jack traurig, denn er hing sehr an ihr. Als sie von Bord gingen, sagte Yente zu ihrer Tochter Betty: »Irgendwie habe ich das Gefühl, als ob ich ihn nicht mehr sehen werde.« Lydia und Victor kamen zu spät; sie holten das Boot weiter themseabwärts in London ein, als es in eine Schleuse einfuhr, und unterhielten sich vom Kai aus zehn Minuten lang mit Jack. Er war glücklich und aufgeregt und sagte, er wolle dafür sorgen, dass Victor eine Pfarrstelle in den Vereinigten Staaten bekäme, damit sie auch in das Land kommen könnten, das er liebte.

»Ich bin sicher«, sagte er zu seinem Schwager, »Gott hat für dich eine bestimmte Aufgabe in Amerika.« Er ahnte nicht, was für ein »Ruf« ihn selbst bei seiner Ankunft in Amerika erwartete. Auch Lydia hatte ein unbehagliches Gefühl, als ob Jack ihr Kind niemals sehen würde.

Der Januar 1939 verging schnell. Wegen der Winterstürme dauerte die Überfahrt über den Atlantik etwa 12 Tage. Am 17. und 18. Tag nach Jacks Abreise waren Yente und die ganze Familie schon

222

unruhig, weil sie nichts von seiner glücklichen Landung gehört hatten. Am Morgen des 19. Tages war Yente so besorgt, dass sie von ihrem Haus in Hutton aus mit dem Bus nach Walthamstow fuhr, wo Ernest wohnte.

Ernest, seine Frau Ella und seine Schwester Mary, die zu Besuch da war, saßen beim Frühstück, als es klingelte. Ernest ging zur Tür, und man übergab ihm ein Telegramm aus Chicago. Er öffnete es hastig und las: »Jacob am Blinddarm operiert. Verstorben. Hier beerdigen?« Die Unterschrift war von Mr. Lewek, dem Präsidenten der Jüdisch-Christlichen Allianz Amerikas.

Ernest war so erschrocken, dass er wie angewurzelt dastand, aber dann handelte er schnell. Weil er fürchtete, der Schock käme zu plötzlich für seine Frau und Mary, steckte er das Telegramm in die Tasche und fuhr schnell nach London. Unterwegs ging er in Lydias Büro. Sie war gerade angekommen. Als sie die Nachricht hörte, wurde ihr schwarz vor Augen, sie wurde ohnmächtig und fiel vom Stuhl.

Als ihre Mitarbeiter sie wieder zu Bewusstsein gebracht hatten, sprach sie noch einmal mit Ernest, und sie überlegte mit der rasenden Geschwindigkeit eines Menschen, den ein plötzliches Unglück getroffen hat. Sie erinnerten sich, dass Jack einmal gesagt hatte, die Jüdisch-Christliche Allianz in Chicago habe einen Platz für Judenchristen auf dem schönen Acacia Park-Friedhof, und dort würde er gern begraben werden. Also verfassten sie eine telegrafische Antwort mit der Bitte, ihren Bruder auf diesem Friedhof zu beerdigen. Dann traten sie den traurigen Weg nach Hause an, um dem Rest der Familie mitzuteilen, dass Jack zu seinem Herrn heimgegangen war.

Inzwischen war Yente angekommen. Sie fragte Ella, ob es Nachrichten von Jack gäbe und warum Ernest so früh morgens in die Stadt gefahren war. Ella antwortete wahrheitsgemäß, sie wisse es nicht, und Yente wollte gerade wieder wegfahren, als Lydia und Ernest kamen.

Yentes Glaube

Yente sah sie an und wusste, dass ein Unglück geschehen war. Lydia nahm sie sanft mit ins Haus, ließ sie sich setzen und fing an ihr zu erzählen, was in dem Telegramm stand. Schon ehe sie sagen konnte, dass er gestorben war, wusste es Yente und vollendete den Satz: »Mein lieber Jack ist zu Gott gegangen.«

Was dann geschah, wird für alle Zeiten ein Zeichen sein, wie stark Yentes Glaube war. Sie wurde nicht ohnmächtig, wie ihre Kinder es erwartet hatten. Sie faltete die Hände, kniete sich auf den Boden, schaute zum Himmel auf und betete: »Herr, ich danke dir für deine Weisheit. Ich will dich immer loben. Du hast gegeben, und du hast genommen. Gelobt sei dein Name.«

In diesem Augenblick schien es, als sei sie rundum von vielen Engeln umgeben. Die hielten sie aufrecht und gaben ihr übernatürliche Kraft. Sie war ruhig und gefasst. »Komm, mein Kind«, sagte sie zu Lydia, »wir müssen an dich und dein zukünftiges Kind denken. Gott hat uns Jack weggenommen, und jetzt will er dir stattdessen einen Sohn geben. Du musst auf dich achten, und ich muss auch auf dich achten.« Zusammen fuhren sie nach Whitby Moor, in ihr kleines Häuschen in Hutton, an dem so viele gute und schlimme Erinnerungen hingen. Sie waren zu erschüttert und zu benommen, um zu weinen. Später, als Benjamin nach Hause kam, der die Nachricht telefonisch erhalten hatte, brach der Damm, und jeder weinte für sich allein, denn die anderen sollten es nicht sehen. Dieser Schlag ließ Yente über Nacht altern. Am nächsten Morgen wachte sie nach einer unruhigen Nacht auf, und ihr Haar war nicht mehr grau meliert, sondern vollkommen weiß.

Am nächsten Tag kam noch ein bitteres Erlebnis zu ihrer Trauer: Nach mehrtägiger Verzögerung durch die Winterstürme kam die Post aus den Vereinigten Staaten an, und dabei waren Postkarten von Jack mit Grüßen an die ganze Familie und ein Brief, in dem er von der stürmischen, aber angenehmen Überfahrt nach Amerika berichtete. Er schrieb, er sei gesund und zufrieden und freue sich auf seine Zukunft als Pastor und Prediger.

Später erfuhren sie, dass Jack bei der Ankunft in Amerika seine

224

Reise in New York City unterbrochen hatte, um alte Freunde zu besuchen. Auf dem Weg zu seiner Pfarrstelle in South Dakota hatte er auch in Chicago Besuche gemacht. Am Abend besuchte er einen seiner guten judenchristlichen Freunde und war dort zum Abendessen eingeladen. Später kam er zum YMCA-Heim, wo er übernachtete, und bekam plötzlich eine akute Blinddarmentzündung. Den genauen Verlauf der Krankheit erfuhr die Familie nie. Anscheinend wurde Jack in der Nacht schwer krank und konnte niemanden benachrichtigen. Als schließlich ein Arzt kam, dachte er, Jack leide nur an akuter Verstopfung. Als sein Zustand schlimmer wurde, brachte man ihn eilig ins Krankenhaus und führte sofort eine Notoperation durch. Aber da war schon eine Bauchfellentzündung ausgebrochen, und nach der Operation kam noch eine Lungenentzündung dazu.

Jack spürte, dass Gott ihn zu sich rufen würde, rief seine Gemeinde zum Beten zusammen und bat um die Krankensalbung. Er saß aufrecht im Sauerstoffzelt und leitete das gemeinsame Gebet selbst. Alle Anwesenden staunten über das, was der junge Mann so kurz vor seinem Tod sagte: Er dankte Gott, dass seine Eltern an ihn glaubten und ihn gelehrt hatten, Jesus Christus zu fürchten und zu lieben. Er vertraute sie, seine Familie und die Gemeinde seinem Erlöser an, und dann schlief er ein.

Finstere Zeiten

Wer gegen Ende der »schrecklichen dreißiger Jahre« nicht in Europa gelebt hat, kann sich unmöglich vorstellen, welche Untergangsstimmung in dieser unheilverkündenden Zeit die Menschen bedrückte. Es war, als ob ein riesiges Ungeheuer die Erde verfolgte und auf dem Weg ganze Völker verschlänge. Nach jedem Beutezug schien es stärker und raubgieriger zu werden. Große wie kleine Völker fragten sich: »Wer wird das nächste Opfer des Ungeheuers sein?« Die Juden, gegen die sich Hitlers wahnsinniger Hass hauptsächlich richtete, lebten in panischer Angst wie jemand, der im Traum von einem starken und wütenden Mann verfolgt wird, sich aber nicht von der Stelle rühren und in Sicherheit bringen kann. Aber es war kein Traum; dieser Alptraum war grausame Wirklichkeit.

Wie Schafe zur Schlachtung

David Fogel mit seiner judenchristlichen Familie, die schon fast 50 Jahre in Deutschland lebte, war jetzt in dieser Falle gefangen. Einer ihrer Söhne, Emil, erreichte Palästina. Mit bloßen Händen und ohne Geld arbeitete er hart, bis er seine Frau und Kinder nachkommen lassen konnte. Aber seine Eltern und seine beiden Schwestern waren in Deutschland eingeschlossen.

In England machten Sitenhofs verzweifelte Anstrengungen, um die verwandten Fogels zu retten, aber die bürokratischen Schikanen hielten sie fester als eiserne Ketten. Als Fogels endlich die Genehmigung hatten, nach England zu kommen, war der Krieg schon ausgebrochen. Kurz darauf wurden Fogels von den Nazis inhaftiert, und sie starben im Viehwagen eines Zuges, der sie zum Konzentrationslager bringen sollte. Aber sie starben mit einem Loblied auf den Lippen. Eine Christin, die eine Freundin der Familie war, erlebte ihren Tod mit; nach dem Krieg schrieb sie Sitenhofs die traurigen Einzelheiten ihrer letzten Lebensstunden.

Sie fuhr in demselben Zug nach Hause wie Fogels, aber sie war in einem Fahrgastwagen, der für Deutsche reserviert war und vor den mit Juden beladenen Viehwagen fuhr. Als sie an ihrem Zielbahnhof ausstieg, hörte sie die Melodie eines vertrauten Kirchenliedes. Sie ging schnell auf die Viehwagen zu in der Hoffnung, Fogels ein letztes Mal zu sehen, aber über dem Stöhnen und Jammern der anderen zum Tod verurteilten Juden hörte sie nur ihre schönen Stimmen, wie sie sangen:

So nimm denn meine Hände und führe mich
bis an mein selig Ende und ewiglich!
Ich kann allein nicht gehen, nicht einen Schritt;
wo du wirst gehn und stehen, da nimm mich mit.

226

So verließen David, seine Frau Dora und ihre Tochter Hedwig mit Freuden diese Erde, um zu Gott zu kommen. Ihre andere Tochter, Martha, war mit einem Deutschen verheiratet, der konsequent an Christus glaubte. Sie überlebte, aber sie wurde bis zum Kriegsende wie ein wildes Tier verfolgt und von einer Gefahr in die nächste gejagt.

In Polen gefangen

Victor Buksbazens Mutter und seine beiden Schwestern wohnten noch in Polen. Als ältester Sohn hatte er seit dem Tod seines Vaters 1920 die Hauptverantwortung für seine Familie getragen. Seine Schwester Hanna war mit einem Drucker verheiratet, und ihr Sohn Abraham war vor dem Ausbruch des Krieges etwa vier Jahre alt. Victors 19-jährige Schwester Dora studierte am Polytechnikum in Warschau.

Victor und Lydia merkten, dass Krieg kommen würde, und versuchten Dora zu retten. Befreundete Christen in England übernahmen eine Bürgschaft für sie und schrieben sie als Studentin an der Universität Reading in England ein; aber auch Dora kämpfte vergeblich gegen die Bürokratie, und bevor sie einen Pass bekam, brach der Krieg aus. Weder Victors Mutter noch seine Schwestern oder ihre Familien konnten sich retten. Alle kamen unter Hitler oder auf der Flucht in Russland um.

Das Münchner Abkommen

Je mächtiger Hitler wurde, umso mehr verachtete er die Menschen und die Vorstellungen der zivilisierten Welt von Anstand. Oft hörte man ihn oder Goebbels im Radio wütende Drohungen gegen die Juden und die »entarteten Demokratien« ausstoßen. Seine Henker und Mitläufer riefen machttrunken: »Denn heute gehört uns Deutschland und morgen die ganze Welt.« Und die Welt zitterte.

Jahrelang hatte Hitler aufgerüstet und Kanonen statt Butter produzieren lassen, während die friedliebenden Völker schwach und wenig bewaffnet waren. Sie wollten Frieden um jeden Preis. In einem letzten verzweifelten Versuch fuhren Neville Chamberlain, der Premierminister von England, und Edouard Daladier, der Premierminister von Frankreich, im September 1938 nach München, um sich mit Hitler und seiner italienischen Marionette Mussolini zu treffen. Mit seinem schwarzen Hut und Regenschirm wurde Chamberlain zum Symbol der *Appeasement*-Politik. Sie baten um Frieden. Hitler versprach großzügig, ihnen Frieden zu gewähren, wenn sie ihm erlaubten, das Sudetenland einzugliedern, das ein lebenswichtiger Teil der Tschechoslowakei und zum Teil von Einwohnern deutscher Abstammung besiedelt war. Nur das wollte er – und dann Frieden. Man ging auf Hitlers Wunsch ein.

Wenige Stunden später stieg Neville Chamberlain in London aus seinem Flugzeug, schwenkte triumphierend ein Blatt Papier, das der »Führer« unterschrieben hatte, und verkündete der jubelnden Menge, die ihn auf dem Flughafen begrüßte: »Ich habe unserer Zeit Frieden gebracht.«

Sechs Monate später marschierte Hitler in die Rest-Tschechoslowakei ein, stolzierte durch die Straßen Prags und proklamierte sich selbst zum Beschützer des hilflosen, verschreckten Staates. Die tschechischen Bürger standen fassungslos in den Straßen von Prag und weinten unverhohlen um die geraubte Freiheit. Der »Friede« hatte nicht einmal sechs Monate gedauert.

Kurz darauf gab Hitler bekannt, seine Geduld sei am Ende und Polen müsse Danzig und die dazu gehörige baltische Provinz abgeben, sonst müsse er einmarschieren.

Da wachte England auf. Das Wort *Appeasement* wurde zum Schimpfwort.

Als die Briten erkannten, dass Appelle und unterwürfige Friedensgesuche Hitlers Aggression nie unterbinden würden, fingen sie an, fieberhaft aufzurüsten und strebten zugleich ein Bündnis mit Russland gegen den gemeinsamen Feind an. Aber Stalin verkündete plötzlich zum Erstaunen aller Welt, er habe einen Nichtangriffspakt mit Hitler geschlossen.

Am 1. September 1939 griff die deutsche Wehrmacht überraschend Polen an; ihre Panzereinheiten und die Luftwaffe brachten

228

Feuer und Tod über die friedlichen Dörfer und Städte des Landes. Nach heroischem, aber kurzem Widerstand kapitulierte Polen. Am 3. September 1939 erklärte Großbritannien Deutschland den Krieg. Frankreich schloss sich an.

Europa stand in Flammen. In England fürchtete man das Schlimmste und bereitete sich auf ein Leben in unterirdischen Bunkern vor, die man »Anderson Shelters« nannte und die die Regierung errichtete, um die Bevölkerung vor Luftangriffen zu schützen. Eine Zeit lang war es in England verhältnismäßig friedlich, und man fing schon an, von einem »Scheinkrieg« zu sprechen. Aber in Osteuropa wütete ein grausamer und verheerender Krieg. Nach dem Sieg über Polen marschierten die deutschen Truppen plötzlich und ohne Vorwarnung in Norwegen ein. Damit beherrschte Hitler Osteuropa und konnte sich auf den Westen konzentrieren.

Jetzt sah der »Scheinkrieg« für das britische Volk grausam und bedrohlich aus. Tausende von jüdischen Flüchtlingen waren im Land, denen es gerade noch gelungen war, der Vernichtung auf dem europäischen Kontinent zu entkommen. Diese Leute waren verstört und verängstigt. Würde ihr Verfolger sie womöglich noch hier in England erreichen und ermorden, wo sie Schutz und Freunde gefunden hatten?

Oft versammelten sich viele solcher Menschen, die dringend Ermutigung und Trost brauchten, bei Sitenhofs und Buksbazens. Sie kamen ängstlich und deprimiert, und wenn sie gingen, waren sie zuversichtlich, ihre Angst war verflogen, und ihre Hoffnung richtete sich auf den Gott Israels, der sie liebte, alles für sie gegeben hatte und ihnen alles schenken wollte.

Jetzt, in ihrer Angst und Unruhe, waren sie so offen für Gottes Worte und für das Evangelium wie nie zuvor. Sie brauchten Glauben wie die Luft zum Atmen, und wo sollten sie Glauben finden, wenn nicht im »Buch des Lebens«? In dieser Zeit musste man aus dem Glauben leben, wenn man überhaupt leben wollte.

29. Yente erreicht die Stadt

Als Polen besiegt und handlungsunfähig und Norwegen nach dem Überraschungsangriff fest in ihrer Hand war, wandten sich die Nazis im Frühjahr 1940 gegen die westlichen Alliierten. Sie überfielen das neutrale Holland und Belgien – wieder ohne Vorwarnung. Nach einem kurzen Kampf ergab sich der belgische König schnell samt seiner Armee den Deutschen. Damit stand Frankreichs Hintertür – ja, die ganze Hinterwand – dem Eindringling weit offen. Gegen den Feind, der jetzt von hinten angriff, war die Maginot-Linie völlig nutzlos. Die britischen Expeditionskorps in Europa zogen sich mit den Resten der französischen, belgischen und niederländischen Truppen zu den Kanalhäfen von Frankreich und Belgien zurück.

Anfang Juni 1940 waren plötzlich etwa 330 000 Soldaten – fast die gesamte britische Armee und kleine Einheiten der Alliierten – am Strand von Dünkirchen eingeschlossen. Hinter ihnen lag das Meer, vor ihnen der selbstbewusste und unnachgiebige Feind. Darauf folgte eine der entscheidendsten, aber auch beklemmendsten Wochen der Geschichte.

Die Männer am Strand von Dünkirchen waren der Stolz des britischen Volkes. Wenn sie in Feindeshand fielen, wäre Großbritannien den Eindringlingen ausgeliefert. In einem kühnen Versuch, diese Soldaten zu retten, wurden alle Fähren, Transportschiffe, Sportboote und Fischerkähne – überhaupt alles, was ein paar Menschen auf dem Wasser befördern konnte – in einer Blitzaktion an den Strand von Dünkirchen gebracht.

Die Welt hielt den Atem an. Bedeutete dies das Ende Großbritanniens und das Ende der Freiheit in Europa? Die Freiheit stand auf dem Spiel. Von zahllosen Menschen auf der ganzen Welt stieg ein mächtiger Strom von Gebeten zu Gott auf, und diese leidenschaftlichen Gebete wurden gehört und erhört. Der Ärmelkanal, der um diese Jahreszeit im Allgemeinen aufgewühlt und unberechenbar ist, war ungewöhnlich ruhig. Auch die kleinsten Schiffe kamen am Bestimmungsort an und konnten Soldaten vom Strand

230

retten. Manche sonst kaum seetüchtigen Schiffe konnten sogar mehrfach über den Kanal setzen. Die meisten Soldaten, im ganzen etwa 270 000, wurden vom Strand von Dünkirchen aus sicher nach Hause gebracht. Ihre Waffen und Ausrüstung fielen allerdings dem Feind in die Hände.

Der »Seelöwe« in seiner Höhle

Während all dies sich ereignete, entfernte sich Yente keine Minute vom Radio und wartete auf jedes Wort, das über den Verlauf der Ereignisse Auskunft gab. Sie aß und trank nicht, sondern fastete und betete. Sie kämpfte für ihre Wahlheimat mit den einzigen Waffen, die sie hatte: Gebet und Glauben.

Ab und zu sah eine gutherzige Nachbarin Yentes abgemagertes Gesicht und brachte ihr in unerschütterlichem Glauben an die stärkende und aufmunternde Wirkung der sprichwörtlichen englischen »Cup o' tea« Tee und Kekse. »Meine Liebe«, sagte sie freundlich, »trink das, es wird dir gut tun.« Und das tat es regelmäßig.

Mitte Juni 1940 war das »Wunder von Dünkirchen« schon Geschichte; Englands tapfere Söhne waren wieder zu Hause. Aber alle Alliierten waren besiegt, und Großbritannien stand fast allein und ohne Waffen gegen einen vom Sieg berauschten Todfeind. Seine stärksten Waffen waren Glaube, Mut und Hoffnung. Nach den Worten seines überragenden Premiers Winston Churchill war dies eine der ruhmreichsten Stunden in der langen Geschichte Englands.

Die Briten rechneten damit, dass die Nazis nach Dünkirchen in ihr Land einmarschieren würden. Tatsächlich sammelten die Deutschen zu diesem Zweck eine Flotte in den Kanalhäfen des Kontinents und zogen Truppen zusammen für einen entscheidenden Schlag gegen Großbritannien, die »Operation Seelöwe.« Der »Seelöwe« brüllte trotzig und bereitete sich darauf vor, sich unter allen Umständen zu verteidigen. Auf Fernstraßen, Feldern und Wiesen wurden große Straßenblockaden aus massivem Beton errichtet.

Der Kampf um Großbritannien

Lydia und Victor hatten ihre Wohnung gekündigt und wollten zu Ernest ziehen. Kurz nach dem Ausbruch des Krieges hatten die amerikanischen Behörden allen Staatsbürgern der Vereinigten Staaten dringend empfohlen, nach Hause zu kommen, solange es noch möglich war, denn sie rechneten mit schweren Luftangriffen auf England. Ernests Frau Ella lebte jetzt mit ihrem sechs Monate alten Sohn David bei ihren Eltern in Kalifornien, wo sie sicher waren.

Im Mai 1940 bekam auch Mary einen Sohn, Harold, aber die Familie wurde von einem Unglück betroffen. Ihr Mann, der an einer Herzkrankheit litt, brach plötzlich zusammen und starb, als das Kind zwei Monate alt war. Dieser Schicksalsschlag traf Mary so schwer, dass sie und das Baby in einem privaten Pflegeheim betreut werden mussten. Die Beerdigung war am 10. August, und Yente war zu erschüttert, um daran teilzunehmen. An diesem Tag hatte sie in ihrem Garten einen Schwindelanfall und stürzte in einen zwei Meter tiefen Graben.

Der Montag darauf war der 12. August und Lydias Geburtstag. Sie hatte von ihrer Mutter noch nichts Genaues über ihr Befinden erfahren, nur dass sie sich nicht wohl fühlte, und fuhr nach Hutton. Da bemerkte sie, dass Yente einen Schlaganfall gehabt hatte und ganz allein im Bett lag. Sie rief Benjamin an, er kam sofort, und weil Yente offenbar fachkundige Pflege brauchte, beschlossen sie, sie mit dem Krankenwagen in das Pflegeheim zu bringen, wo auch Mary und ihr Kind versorgt wurden. So konnte Lydia für beide sorgen.

An diesem Tag fing der Kampf um Großbritannien ernstlich an. Deutsche Bomber kamen in großen Schwärmen dröhnend über den Kanal und verdunkelten den Himmel. Ihr unheilverkündendes Brummen weckte in allen, die es hörten, schlimme Vorahnungen. Bald war in ganz London der durchdringende Alarm der Sirenen zu hören.

Die Fahrt im Krankenwagen mit Yente zum Pflegeheim war ein einziger Alptraum. Als sie abfuhren, ertönte der ohrenbetäubend schrille Luftalarm und dann das Dröhnen der feindlichen Flug-

232

zeuge. Aber der Wagen fuhr weiter bis zum Pflegeheim.

Jeden Tag kamen die feindlichen Flugzeuge in voller Stärke, manchmal über tausend auf einmal. Aber die britischen Piloten und die Alliierten, die nach England geflohen waren und sie nun verstärkten, konnten immer wieder Hunderte von Flugzeugen zerstören. Nicht selten konnte man Luftkämpfe am Himmel über London und seinen Vororten beobachten und Piloten, die aus den Maschinen absprangen, um unten zu sterben oder gefangen genommen zu werden.

Winston Churchill, den Gott bestimmt hatte, in dieser Zeit höchster Gefahr den Verteidigungswillen seines Volkes zu stärken, sagte über die Männer der *Royal Air Force*: »Kaum je haben in einem Krieg so viele so wenigen so viel zu verdanken gehabt.« Diese Ritter der Luft trugen entscheidend zur Wende bei und geboten dem Tyrannen Einhalt.

Später erkannte die deutsche Luftwaffe, dass sie London bei Tageslicht nicht zur Kapitulation bomben konnte, und sie begann die Angriffe nach Sonnenuntergang und setzte die Zerstörung die ganze Nacht über fort. Die Schwärme von feindlichen Flugzeugen kamen regelmäßig wie ein Uhrwerk und warfen ihre schweren Bomben oder Brandbomben ab, die ganze Stadtviertel von London zerstörten und verbrannten und Tausende töteten oder verstümmelten.

Sobald in der Dämmerung oder auch schon früher die Sirenen warnten, suchten die Menschen eilig Schutz in den Räumen, die man speziell für die Bevölkerung eingerichtet hatte. Andere gingen in Luftschutzbunker in ihrem eigenen Hinterhof. In den dunklen und feuchten Räumen drängten sie sich mit ihren Kindern und Säuglingen zusammen und versuchten, es sich mit Wolldecken und Wärmflaschen einigermaßen bequem zu machen. Die Bunker waren für den Ersten Weltkrieg angelegt worden, als ein Luftangriff höchstens zwei oder drei Stunden dauerte.

Aber 1940 fingen die Luftangriffe um 16 Uhr an und dauerten bis 8 Uhr am nächsten Morgen. Also musste man, so eng diese Schutzräume waren, doch wenigstens für die Kinder Schlafplätze schaffen. Man baute Kojen, oft nur etwa 35 Zentimeter breit, damit die Menschen ihre müden Glieder wenigstens für einen Teil der 14 Stunden ausstrecken konnten, die sie manchmal in den feuchten Bunkern blieben.

Manche spielten Spiele oder unterhielten sich, andere sangen Kirchenlieder oder beteten. London wurde zu einer Stadt von Höhlenbewohnern. Die ständigen Explosionen der Bomben, das Abwehrfeuer der Flak und das Knistern von brennendem Holz machten diese Nächte fast unerträglich. Der Himmel war von zahllosen Suchscheinwerfern erleuchtet, deren Strahlen sich überall kreuzten. London brannte.

Wenn morgens endlich Entwarnung gegeben wurde, tauchten die Bürger auf mit der feuchten Kälte der Nacht noch in den Knochen, schmutzig, rotäugig und müde. Zuerst schauten sie immer nach, ob ihre Häuser noch standen. Viele fanden ihr Haus noch heil vor und freuten sich; aber andere fanden das ihre abgebrannt oder zerbombt, wenn sie aus dem Schutzraum kamen. Manchmal waren Strom-, Gas- oder Wasserleitungen beschädigt, und man konnte nichts kochen. Als die Wasserreservoirs getroffen wurden, wurde die Lage noch schlimmer.

Aber London war entschlossen zu überleben und bewahrte sich einen grimmigen, trotzigen und mutigen Humor. In schwierigen Zeiten und großen Gefahren zeigt sich, welchen Charakter und welche Kraftreserven Menschen und ganze Völker wirklich haben. Großbritannien nahm die Prüfung auf sich und bestand sie ehrenvoll.

London und weiter außen liegende Gebiete an der Themsemündung wurden täglich bombardiert. Tausende von Privathäusern, öffentlichen Gebäuden, Kirchen und Krankenhäusern gingen in Flammen auf. Jede Nacht wurden Männer, Frauen und Kinder von den Bomben getötet oder von Patronensplittern der Flak verletzt. Tote und ausgebrannte Straßen wirkten gespenstisch. Überlebende wurden in weniger gefährdete Landesteile evakuiert.

Ernest war neben seiner Pfarrstelle als Luftschutzwart und ehrenamtlicher Geistlicher tätig; er musste jeden Tag Beerdigungen von Bombenopfern leiten. Manchmal wurden ganze Familien ausgelöscht.

234

Am Anfang waren der Lärm und die Explosionen Schrecken erregend. Die Kinder schrien vor Angst. Zu den ersten Worten, die Lydias Sohn John lernte, gehörten *Bombe* und *Verdunkelung*.

Yente war in ihrem Pflegeheim inzwischen sehr krank. Weil die Bomben sie beunruhigten, verstopfte man ihr die Ohren; aber sie hörte den Lärm immer noch. Patienten, die allein zum Luftschutzkeller gehen konnten, sollten das tun; aber da konnte Yente schon nicht mehr stehen und auch nicht mehr mühelos sprechen.

Schließlich wurden Mary und ihr kleines unterernährtes Kind aus dem Pflegeheim entlassen, aber sie war zu deprimiert, um ihren Sohn zu versorgen. Jeden Morgen ging Lydia mit John im Kinderwagen zum Pflegeheim und brachte ihrer Mutter Hühnerbrühe, aber Yentes Zustand verschlechterte sich. Sie bat darum, in Ernests Haus gebracht zu werden, denn sie wollte nicht im zweiten Stock des Pflegeheims bleiben, wenn die furchtbaren Angriffe auch nachts acht Stunden oder noch länger dauerten. Überall herrschten Verwirrung und Chaos.

Victors Tätigkeit für die *British Jews Society* wurde zwangsläufig eingeschränkt. Als »freundlicher Ausländer« (Pole) konnte er sich in Gebieten ohne besondere Kriegsgefahr frei bewegen, aber die ganze Küste galt als »Verteidigungszone.« So konnte er zu vielen Gemeinden, die ihn vor Beginn der Luftangriffe zu Vorträgen eingeladen hatten, nicht kommen. Auch das schwer bombardierte und ausgebrannte Londoner East End, in dem so viele Juden wohnten, konnte er nicht besuchen.

In dieser Zeit sah eine Missionsgesellschaft in Amerika die Verpflichtung, Victor um seine Mitarbeit zu bitten. Er nahm das Angebot gern an, obwohl Buksbazens keine Ahnung hatten, wann sie Visa bekommen und sicher über den von U-Booten bedrohten Atlantik fahren könnten. Aber auch hierin erlebten Victor und Lydia, dass bei Gott wirklich alles möglich ist.

Im Spätherbst 1940 jagten sich die Ereignisse. Die Tage waren so kurz, dass es fast ein Wunder war, dass es Lydia gelang, alles Notwendige zu tun: zwei Säuglinge füttern, waschen und zufriedenstellen, einen Haushalt, zwei Männer und ihre kranke Mutter im Pflegeheim versorgen und ihre vereinsamte Schwester trösten.

Gerade jetzt erlebte London die bisher schwersten Luftangriffe. Es war eine Zeit, an der auch die Stärksten zerbrechen konnten. Da konnte sich glücklich schätzen, wer sich konsequent auf Gott verließ (Jes 26, 3). »Gott ist unsre Zuversicht und Stärke, eine Hilfe in den großen Nöten, die uns getroffen haben« (Ps 46, 2).

Yente erreicht die Stadt

Yente erholte sich nicht. Wie sollte sie auch? Um einen Schlaganfall zu überwinden, wie sie ihn erlitten hatte, brauchte sie Ruhe und eine friedliche Umgebung, aber stattdessen gab es Bombenexplosionen und das Heulen der Luftschutzsirenen. Dazu kam, dass ärztliche Hilfe schwer zu bekommen war, weil Ärzte wie Schwestern zu Anfang der Luftangriffe aus London evakuiert worden oder in den Militärdienst eingetreten waren.

Yente lag im Sterben und wusste es, und so bat sie darum, in ihr geliebtes Whitby Moor in Hutton gebracht zu werden. Unglücklicherweise war das eine »Verteidigungszone«, wo sich große Flakgeschütze bewegten und auf die Flieger vom Kontinent schossen, damit sie nicht die Innenstadt von London erreichten. Der Lärm der Flakgeschütze war oft noch erschreckender als die Bomben selbst.

Mit ihrer Mutter und dem Baby fuhr Lydia in einem Krankenwagen nach Hutton zurück, der ein großes rotes Kreuz auf dem Dach trug, und sie versuchte sie zu pflegen, so gut sie konnte, obwohl sie von Krankenpflege gar nichts verstand. Victor und Ernest blieben in Walthamstow; dort war Ernests Kirche, aber sie stand nur noch zur Hälfte. Vor den offenen Löchern, wo früher Wände gewesen waren, hingen große Planen, und manchmal fanden die Gottesdienste unter »freiem« Himmel statt, weil das Dach schwer beschädigt war. Es war wirklich eine harte Zeit.

Ende August wurde die Anstrengung für Lydia zu viel. Betty und ihr Mann, die auf dem Land den Haushalt eines Farmers führten, lösten sie für ein paar Wochen ab; dann übernahm sie wieder die schmerzliche Aufgabe, ihre Mutter zu pflegen, die sie so sehr liebte.

Yentes Schluckmuskeln wurden gelähmt, und mit jedem Tag wurde sie schwächer. Während der furchtbaren Luftangriffe musste sie im Bett festgehalten werden, sonst hätten die Erschütterungen sie aus dem Bett werfen können. Die Familie litt sehr mit ihr, und dazu kam die Anspannung durch die ständigen Luftangriffe, so dass Lydia manchmal betete: »Herr, lass das nicht so weitergehen – gib ihr Frieden und Ruhe.«

Nach langem Suchen fand man eine ältere Krankenschwester und mietete ein kleines strohgedecktes Häuschen weit draußen auf dem Land, denn der Arzt meinte, dort könne sie sich vielleicht erholen, weil es dort keine Bombenangriffe und keine Flak gab. Auch Benjamin zog dorthin.

Wieder kam der Krankenwagen, und man trug sie vorsichtig auf der Bahre hinaus. Da setzte das Heulen der Sirenen ein. »Lass nur«, sagte sie und gab ihrer Tochter einen Kuss, »bei Gott ist Ruhe und Frieden, und da gehe ich jetzt hin.« Ihre Kraft ließ ständig nach. Weil ihre Kehlkopfmuskeln gelähmt waren, konnte sie keine Nahrung zu sich nehmen. Wenige Tage später fiel Yente ins Koma. Sieben Wochen Hunger hatte ihr geschwächter Körper nicht ausgehalten.

Da öffnete Gott seiner viel gereisten Dienerin das Tor zum Himmel. Sie kam von ihrer Wanderung nach Hause! Endlich kam Yente in die Stadt, um die sie sehnsüchtig gebetet hatte, »die Stadt, die einen festen Grund hat, deren Baumeister und Schöpfer Gott ist« (Hebr 11, 10).

hänssler

Hanni Lützenburger
Der die Sperlinge liebt
Tb., 224 S.,
Nr. 392.803, ISBN 3-7751-2803-4

Pfiffig, humorvoll und liebevoll: Claire!
Trotz Inflation, Arbeitslosigkeit, dem Einbruch des National-
sozialismus und des zweiten Weltkriegs läßt sie sich nicht
unterkriegen.
Eine reizende Lebensgeschichte!

Bitte fragen Sie in Ihrer Buchhandlung nach diesem Buch!
Oder schreiben Sie an den Hänssler-Verlag, Postfach 12 20,
D-73762 Neuhausen.

hänssler

Paul Odland

Siddi Deutsch

Das bewegende Schicksal einer messianischen Jüdin
Tb., 160 S.,
Nr. 392.745, ISBN 3-7751-2745-3

Spannend wie ein Roman: Siddis Weg von Haß und
Erniedrigung zu einem erfüllten Leben!

Weil Siddi Deutsch Jüdin war, spürte sie schon als Kind den
Haß der Umgebung. Durch die Flucht nach Rußland konnte
sie sich den Vernichtungslagern der Nazis entziehen. Während
des Krieges erlebte sie schlimmste Erniedrigungen. Nach dem
Zusammenbruch Deutschlands war sie heimatlos und landete
schließlich zusammen mit ihrer Familie in Norwegen. Dort
geschah das größte Wunder ihres Lebens: Sie nahm Jesus Christus
in ihr Leben auf und wurde dadurch ein lebendiges Zeugnis für
den wahren Messias der Juden . . .

Bitte fragen Sie in Ihrer Buchhandlung nach diesem Buch!
Oder schreiben Sie an den Hänssler-Verlag, Postfach 12 20,
D-73762 Neuhausen.